Annick

DES FLEURS ET DES ÉPINES

Après avoir travaillé dix ans dans la publicité, Valérie Gans se lance dans l'écriture. De cette aventure naîtront plusieurs romans où l'amour, le couple et la famille occuperont une place privilégiée. Elle est aujourd'hui journaliste au *Figaro Madame* et chroniqueuse pour LCI.

Paru dans Le Livre de Poche :

LE BRUIT DES SILENCES

VALÉRIE GANS

Des fleurs et des épines

ROMAN

JC LATTÈS

ISBN : 978-2-253-09858-4 – 1re publication LGF

À toi

« L'huître sécrète une perle de ce qui la blesse. »

William FAULKNER

« Vénérez la maternité, le père n'est jamais qu'un hasard. »

Ainsi parlait Zarathoustra,
Friedrich NIETZSCHE

Dans la cuisine carrelée de blanc de leur vaste maison d'architecte, aussi froide que le bloc où son compagnon avait coutume d'opérer, Julie venait de verser le café. Noir, dans des mugs immaculés. Elle goûta le sien, avant de poser avec précaution – pas de bruit – les tasses sur la table en pierre de lave – blanche – où ils prenaient leur petit déjeuner.

Patrice lisait le journal.

— Tu veux du sucre ? demanda-t-elle d'une voix à peine audible.

Elle savait que le matin il ne fallait pas le déranger.

Mais la question du sucre dans le café n'ayant jamais été clairement résolue – certains jours, il en prenait, d'autres, non, et ce de la manière la plus aléatoire – elle se sentait obligée de lui en proposer. Ne pas le faire, ne pas approcher le sucrier, avec une cuiller pour touiller « au cas où » eût provoqué une crise. Lui adresser la parole aussi, du reste.

Patrice ne broncha pas. Ne toucha ni au sucre, ni à sa tasse. Matin calme, se dit Julie, et elle entreprit de recouvrir une tranche de pain grillé d'une couche généreuse de beurre salé. Depuis qu'elle était toute petite, elle adorait le beurre salé.

Patrice quitta son journal d'un œil pour lui jeter un regard réprobateur. Immédiatement, le couteau racla le pain en sens inverse, enlevant la plus grande partie du beurre, et tout son charme à la tartine. Mieux valait ne pas le contrarier.

Il continua sa lecture ; il n'avait toujours pas touché à son café.

Aïe, songea Julie en allant se servir une autre tasse. Le café allait refroidir ; Patrice détestait le café froid. Avec le sucre, la température était devenue la hantise de ses petits déjeuners.

Elle s'apprêtait à prendre le mug de son compagnon pour aller remplacer l'arabica par celui qui fumait dans la cafetière lorsque la tasse vola dans sa direction, constellant les murs, le sol, la robe qu'elle venait d'enfiler – Patrice détestait les femmes en pantalons –, avant d'aller se fracasser contre la fenêtre. Elle l'avait évitée de justesse.

— Il est froid, ton café !

Patrice était maintenant debout, et il hurlait.

— Mais…

Julie n'alla pas plus loin. Incapable de contrôler le tremblement dans sa voix.

— Quoi, mais ? Non seulement tu n'es pas foutue de faire un café correct, mais en plus…

Il ne termina pas sa phrase. Depuis quelque temps, il aimait bien laisser ses phrases en suspens lorsqu'il la houspillait. Il savait qu'elle imaginerait des mots bien plus durs que ceux qu'il était lui-même capable de proférer. Il était fort, pourtant.

En effet, cela ne rata pas. Les insultes de Patrice, les paroles méprisantes qu'il avait pris l'habitude de lui adresser pour un oui, pour un non, une fois passée la phase de séduction. Il l'avait alors tellement subjuguée qu'elle s'était laissé insensiblement éloigner de son métier, de ses amis, et même de sa famille qu'elle ne voyait presque plus, et le plus souvent en cachette. Les mots ressurgirent dans son esprit comme autant d'accusations muettes et auto-infligées. Des blessures. Des blessures qui avaient une mémoire.

Car c'était ça, la technique. Étêter sa victime au point qu'elle se fustige elle-même. Oui, se disait Julie, elle était nulle. Inutile. Moche. Incapable de préparer un petit déjeuner correct, elle qui n'avait rien d'autre à faire de ses journées. Incapable de donner un enfant à l'homme qu'elle aimait. Depuis combien de temps essayaient-ils, sans succès ?

Oui, elle ne servait à rien. Elle n'était rien. Gommée. Effacée. Engloutie dans la fange de sa propre médiocrité.

— On se demande vraiment à quoi tu sers…, ajouta Patrice d'une voix où perçait, en plus du mépris glacial auquel elle avait fini par s'habituer, et qu'elle savait mériter – à quoi servait-elle en effet ? –, de la haine.

Oui, c'était réellement de la haine qu'elle percevait dans la voix de son compagnon. Patrice, qui était le seul à l'aimer, Patrice qui la tuait à petit feu de ce qu'il appelait son amour, le lui retirait.

C'était l'estocade. Elle fondit en larmes.

— Tu ne vas pas en plus te mettre à chialer ! tonna le chirurgien.

Il ne supportait pas les larmes.

Comme Julie sanglotait de plus belle, il fit un pas vers elle, et la poussa brutalement, l'envoyant valdinguer contre la cuisinière AGA qui « lui avait coûté un bras et sur laquelle elle n'était même pas fichue de cuisiner ». Sic.

Elle tomba.

Sur le dos. Les yeux grands ouverts, le mucus coulant de son nez. La robe relevée. Stupéfaite : c'était la première fois qu'il la bousculait. Physiquement.

Elle resta un instant figée. La surprise. La peur. La peur de mal faire, surtout, et de s'attirer de nouveaux coups. Elle ne bougea pas.

Et c'est alors que, les yeux toujours grands ouverts, comme paralysée, elle vit…

— Noooooon ! hurla-t-elle.

La semelle de la Weston à pompon de Patrice s'avançait vers son visage, plus qu'un centimètre et il allait la piétiner. L'odeur du cuir. La massacrer.

L'homme qu'elle aimait plus que tout s'apprêtait à lui défoncer la gueule. Au sens propre.

Alors des deux mains, elle attrapa le pied qui la menaçait, et tira. Fort. Sur le côté.

Patrice perdit l'équilibre et s'affala. Sans même le regarder, elle se leva, et sortit de la pièce sans se retourner. Les narines encore pleines de cette odeur de cuir que désormais son cerveau associerait au danger.

Ce matin-là, grâce à un café trop froid et une chaussure à la semelle trop neuve, qui sentait encore le cuir, Julie prit la décision qui allait la sauver : elle ne serait pas une femme battue. Jamais.

— Hé, Bast ! Je peux entrer ?

Derrière la porte vitrée de la cuisine, où il était en train de préparer des légumes pour la soupe au pistou du dîner – après la journée que sa mère et Octave allaient passer, il ne faisait aucun doute qu'ils auraient besoin de reprendre des forces –, Bastien vit une longue silhouette s'agiter. Il lui fallut quelques secondes pour reconnaître sa tante. En un peu moins d'un an passé en Afrique, Julie avait minci, ses cheveux tombaient en une vague lourde et noire jusqu'au milieu de son dos. Et le contre-jour ne permettait pas de distinguer ses traits.

Et puis cette voix, si hésitante et éteinte lorsqu'elle était partie, était devenue plus ferme. Deux ans dans la moulinette d'un pervers narcissique de compétition n'avaient pas arrangé son manque viscéral de confiance en soi. Plus que l'apparence de sa tante, cette voix le surprenait.

— Bastien ! poursuivit la voix, impérieuse cette fois. C'est moi, Julie ! Tu m'ouvres, s'il te plaît ?

Mais que faisait-elle ici ? Ce n'était pas son genre de débarquer à l'improviste. De si loin, en plus. Pris d'une soudaine inquiétude – lui était-il arrivé quelque chose, s'était-il passé quelque chose, là-bas, qui l'avait obligée à rentrer d'urgence, avait-elle attrapé une maladie qui nécessitait les soins d'un hôpital français ? –, Bastien abandonna ses légumes et déverrouilla la porte. Aussi vite que ses mains devenues soudain moites le lui permettaient.

Rouge et essoufflée, Julie fit irruption dans la pièce. Tirant derrière elle une énorme valise.

— Ça sent bon, dis donc !

Son ton était joyeux. Bastien fut rassuré.

Saisissant le bouquet de basilic qui embaumait à côté de l'évier, Julie y plongea son visage. Elle n'avait pas senti cette fraîcheur depuis si longtemps, ce vert, cette explosion de nature. Les yeux fermés au creux des feuilles, elle réalisa à quel point cela lui avait manqué. Et à quel point sa place était là.

— Soupe au pistou aux légumes du jardin ! annonça l'adolescent en balayant la cuisine d'un geste théâtral.

Comme à chaque fois qu'il préparait un nouveau plat, les ingrédients y étaient éparpillés.

Il aurait voulu sauter au cou de sa tante pour l'embrasser, mais quelque chose dans l'hyperféminité qu'elle dégageait l'intimidait. Il se réfugia dans une galanterie qui lui parut terriblement gauche.

— Laisse, je vais t'aider… Il s'empara de la valise. Putain, c'est vachement lourd, ce truc ! Tu te balades avec ta maison ?

Julie éclata de rire et le serra dans ses bras. Après tout ce temps loin des siens, elle était folle de bonheur de les retrouver.

Le jeune homme remonta la mèche qui lui mangeait le visage, et osa enfin la regarder. La regarder *vraiment.* Posant ses deux mains sur les épaules de sa tante, il l'écarta un peu pour mieux l'admirer.

— Laisse-moi te voir, ma Juju ! Ouaouh ! Mais c'est que tu es devenue canon !

Et c'était vrai. En plus de sa taille, si fine que ses formes paraissaient redessinées, avec sa robe d'été qui mettait en valeur ses bras ronds et la naissance de son décolleté, Julie arborait un bronzage caramel qui donnait envie de la manger. Impossible d'imaginer qu'elle allait sur ses quarante-quatre ans.

— C'est ton passage chez les cannibales qui t'a transformée en morceau de choix ? ironisa Bastien, que la vue d'une belle plante avait toujours mis d'excellente humeur. Même s'il était trop timide pour s'y frotter.

À peine majeur, et déjà des politesses de vieux chasseur, songea Julie. L'humour en plus. Bastien allait faire des ravages. Si cela n'avait déjà commencé.

— Oh, Bast, tu charries ! Je suis ta tante, quand même !

Le garçon rougit, et changea de sujet. Ou plutôt, il aborda le seul sujet qui l'intéressait, et, l'espace d'un instant, l'avait inquiété.

— Qu'est-ce qui t'amène, au fait ? Tu m'as fichu la trouille, tu sais… – Il fit un geste vague vers la porte. – Te voir là, comme ça, quand on ne t'attend pas…

J'ai vraiment cru qu'il t'était arrivé quelque chose ! Tu ne devais pas rentrer à la fin de l'été ?

Julie lui saisit les mains en secouant la tête. Elle savait qu'elle aurait dû prévenir, appeler. Mais tout avait été si rapide. Cette montée d'angoisse lorsqu'elle avait pris conscience que l'Afrique n'était qu'une fuite, qu'elle était en train de fuir sa vie à l'âge où elle aurait déjà dû la construire. Elle n'avait pas d'homme, pas d'enfant, pas vraiment de job… Un soir, alors que l'équipe de médecins qu'elle accompagnait vidait des verres de whisky en blaguant autour d'un feu, elle s'était demandé ce qu'elle faisait là, avec des personnes qu'elle appréciait, certes, mais qu'elle connaissait à peine, au milieu d'un désert qui lui était complètement étranger. Alors que dans son pays, sa famille, son avenir l'attendaient.

Et puis cette force qui l'attirait, cette voix impérieuse qui lui avait dicté de rentrer.

— Je suis venue voir ma petite-nièce ! résuma-t-elle, nommant ainsi une partie de la vérité.

Bastien crut que Julie voulait parler de Louise, sa sœur, avant de réaliser que sa tante faisait allusion au bébé qui allait naître : Louise venait de partir pour la maternité. Sauf que Julie ne pouvait pas le savoir, et encore moins le sexe du bébé. Personne ne le connaissait.

— Bah… mais…, bégaya le jeune homme. Comment… comment tu sais ?

Julie lui ébouriffa les cheveux, ce qui, se souvenait-elle, avait le don de le mettre en rage, et le regarda droit dans les yeux. Puis elle le serra de nouveau dans ses bras. Et ébouriffa encore sa tignasse.

— Oh ben nooon… mon brushing !

Bastien râla pour la forme. Pour une fois, ses coquetteries capillaires étaient le cadet de ses soucis. Comment sa tante avait-elle fait pour débarquer pile le jour où sa sœur accouchait : voilà qui le sidérait.

— Réfléchis, Bast ! C'est évident. Qui est née aujourd'hui ?

Dans l'avion, elle avait compris ce qui, précisément ce jour-là, l'avait poussée à rentrer. Ni avant, ni après.

— Ben… le bébé de Louise. Enfin… Bientôt. J'espère. – Il regarda sa montre et leva les paumes au ciel dans un geste d'impuissance. – Pauvre Loulou !

L'idée qu'à son âge, sa petite sœur allait accoucher provoquait chez lui des sentiments mitigés. D'un côté, il était heureux de son bonheur, et de l'arrivée dans la famille d'un nouveau « petit frère ». Ou « petite sœur », comme sa tante semblait le suggérer. Il avait du mal à envisager autrement le bébé. De l'autre, il considérait toujours sa sœur elle-même comme un bébé, et trouvait que seize ans, c'était tôt pour être mère et surtout pour se maquer. Même s'il avait beaucoup d'affection pour Octave, qui, il fallait le reconnaître, avait depuis le début de cette affaire une conduite exemplaire – à l'annonce de la grossesse de leur mini-copine, beaucoup d'ados auraient pris leurs jambes à leur cou –, et bien que les deux eussent l'air de bien s'entendre, il ne pouvait s'ôter de l'esprit que Louise s'enfermait avant d'avoir vécu. Et cela le chagrinait.

Par ailleurs, en bon métrosexuel obsédé par son physique et d'une extrême sensibilité, l'idée de l'accouchement lui-même le terrifiait. Lui faisait mal, même. L'hôpital, la grande aiguille de la péridurale, le sang, et ces autres trucs de fille auxquels il ne voulait même pas penser.

— Bastien ! insista Julie, en lui donnant une petite tape sur le bras. – Devant le regard ébahi de son neveu, elle poursuivit en soupirant. – Bon, je vais t'aider : de qui, si elle était toujours là, fêterions-nous aujourd'hui l'anniversaire ?

Bastien fixa sa tante sans comprendre où elle voulait en venir. Déjà qu'il avait un mal fou à retenir les anniversaires des vivants ! Alors ceux des morts…

— Ama ! exulta Julie. Ama, ma grand-mère et celle de ta mère, ton arrière-grand-mère muette, qui nous a quittés l'été dernier, tu te souviens ? Ou toi aussi, comme elle ne disait pas un mot, tu as fini par l'oublier ?

Julie faisait allusion à sa mère, Christiane, qui, agacée par le mutisme de l'aïeule, était capable de parler d'elle comme si elle n'était pas dans la pièce, alors même qu'elle y était. Quand elle ne l'oubliait pas tout bonnement à la table du dîner.

Au souvenir de son arrière-grand-mère, devenue muette pour enterrer un chagrin d'amour mais dont les yeux contenaient le monde, Bastien sentit sa gorge se nouer. Julie avait raison : Ama aurait fêté aujourd'hui ses quatre-vingt-dix ans… quelque chose comme ça – décidément, les dates, ce n'était pas son truc.

— C'est ouf ! finit-il par s'exclamer. – Un peu court, jeune homme, mais c'était le mieux qu'il put trouver. – Mais rien ne dit que ce sera une fille !

— On parie ?

En Afrique, Julie avait appris que certaines âmes naissaient pour en remplacer d'autres, et terminer sur terre un travail inachevé.

— Une bouteille de champagne ! enchérit Bastien.

En topant dans la main de sa tante, il savait déjà qu'il perdait.

— Bon, si je comprends bien j'ai intérêt à me dépêcher si je ne veux pas rater l'arrivée du bébé ! Tu viens ?

Julie récupéra le sac qu'elle avait laissé tomber à ses pieds.

— Euh..., bredouilla Bastien. C'est que moi, tu vois, je suis un peu obligé de rester ici pour faire le dîner. J'ai promis de m'en occuper, tu comprends...

Tout, plutôt que de mettre les pieds dans un hôpital.

— C'est la clinique Sainte-Marguerite, reprit-il, c'est pas loin. Tu vois où c'est ?

— Bien sûr, t'inquiète ! Une bouteille de champagne, hein ? fit-elle en lui passant une fois encore la main dans les cheveux.

Bastien lui tira la langue, replaçant sa mèche d'un petit coup de tête parfait – un geste de tapette, aurait dit Louise, qui ne le loupait jamais. Il adorait sa tante, et était ravi de la retrouver. Elle lui avait manqué.

*

À peine venait-elle d'entrer dans l'aile de la clinique Sainte-Marguerite abritant la maternité, alors qu'elle s'apprêtait à aller en découdre avec une infirmière aux airs de cerbère qui barrait l'accès de la banque d'accueil – la femme était tout sauf accueillante –, une voix familière l'interpella. Familière… mais qu'elle ne parvenait pas à resituer.

— Ah ! Julie ! Vous tombez bien ! dit la voix dans son dos. On a un accouchement qui commence à durer un peu trop longtemps à mon goût, là-haut…

Une main, large, chaleureuse, autoritaire, se posa sur son épaule.

— Vous allez pouvoir nous donner un aperçu de vos talents !

Sous l'impulsion de la main, qui imprimait sur son omoplate un léger mouvement rotatif, Julie se retourna. Et se retrouva nez à nez avec Victor Le Crétois, tout de vert vêtu comme s'il allait de manière imminente entrer en salle d'op. Ce qui était le cas.

— Alors ça ! s'exclama-t-elle, surprise de le trouver là.

Victor était l'homme qui, plus d'un an plus tôt, lui avait pour ainsi dire sauvé la vie en l'empêchant d'avoir un enfant avec son horrible compagnon. Ou plutôt, en ne faisant rien pour. Gynécologue-obstétricien spécialisé dans le traitement de la stérilité, il avait deviné qu'inconsciemment Julie ne voulait pas d'enfant de l'homme qui la lui avait envoyée, et sous l'emprise duquel, à l'époque, elle vivait. Et, plus encore, c'était lui qui lui avait permis de s'enfuir en Mauritanie, son frère l'ayant aussitôt accueillie sur sa mission humanitaire. Mettant entre elle et son bourreau – depuis quelques années la psychanalyse avait remplacé le terme de « complice » par celui de « victime » pour qualifier la proie d'un pervers, faisant couler beaucoup d'encre : on aimait bien les victimes – les milliers de kilomètres nécessaires pour lui échapper. Et s'en sortir.

— Mais qu'est-ce que vous faites là ? interrogea Julie, réalisant en rougissant que demander à un gynécologue ce qu'il faisait dans une maternité – la sienne, qui plus est – était comme demander à un chef cuisinier ce qu'il faisait derrière son piano.

— Là, tel que vous me voyez, dit le chirurgien avec un sourire tendu, je m'apprête justement à aller accélérer la naissance de votre petite-nièce… ou petit-neveu… et – il la prit par le bras – je vous embarque !

Sans tenir compte des récriminations du cerbère qui pointait du doigt un énorme registre sur lequel tout visiteur devait impérativement s'inscrire avant de pénétrer dans le sacro-saint de la maternité, et de ses regards de plus en plus courroucés lorsqu'elle comprit que le médecin l'entraînait vers le bloc – strictement interdit à qui ne faisait pas partie du personnel –, « pas le temps ! » bougonna-t-il en passant, Victor la fit pénétrer dans la zone stérile et lui donna de quoi se changer.

— Mais…

Julie sentit la panique la gagner. Victor posa sur elle un regard qui n'invitait pas à la négociation, où brillait quelque chose que, si elle avait eu plus confiance en elle, elle aurait reconnu pour être de l'admiration. Mais, même si sur ce plan-là elle avait fait quelques progrès, la confiance en soi n'était pas encore l'une de ses caractéristiques.

— Mais vous êtes fou ! lâcha-t-elle dans un souffle, se sentant embarquée dans quelque chose qui la dépassait.

— Pas de mais…, protesta le chirurgien en lui attrapant le poignet et en l'entraînant au pas de course dans les couloirs. Votre réputation vous a précédée ! Et c'est un grand honneur pour moi, et un plaisir ! renchérit-il d'un air charmeur, de vous voir à l'œuvre. Mon frère m'a parlé de votre technique pour accoucher les gamines… Il paraît que vous avez sauvé pas mal de vies grâce à ça, là-bas… Vous allez m'aider à mettre au monde le bébé de Louise ! C'est votre famille qui va être surprise ! Ah ! – Il marqua un temps d'arrêt pour la regarder. – Et je ne suis pas fou.

À l'évocation de Paul Le Crétois, Julie comprit où le chirurgien voulait en venir. Elle allait au pied levé devoir répéter les gestes qu'elle avait instinctivement trouvés en Mauritanie, pour délivrer dans l'urgence des jeunes filles – des gamines, comme avait dit Victor à juste titre – de leur enfant souvent mort-né. Et leur sauver la vie. Parfois. Mais pas toujours. La gorge serrée, elle se rappela la toute petite fille qu'elle avait dû, avant de rentrer, abandonner à bout de forces au bistouri d'une césarienne alors qu'elle avait peu de chance d'y survivre, et que l'anesthésie n'aurait sans doute pas le temps de prendre.

Mettre au monde des bébés au fin fond de l'Afrique était une chose. Appliquer les mêmes méthodes, en France et sur sa propre nièce qui plus est, en était une autre. Ce n'était pas tout à fait comme cela que Julie avait envisagé ses retrouvailles avec sa famille. Elle était terrifiée.

— Vous êtes sûr…, balbutia-t-elle avant d'être littéralement propulsée dans la salle où Louise hurlait, pieds dans les étriers.

En voyant sa nièce, le front écarlate et ruisselant de sueur, les yeux sur le point de sortir des orbites tellement elle poussait, Julie se précipita pour lui saisir la main. D'un regard d'or, Victor lui intima l'ordre de prendre place en face de lui pour faire sortir le bébé.

— On verra plus tard pour les effusions ! Écartez-vous, Mélanie…, dit-il à la sage-femme qui se tenait près de la parturiente en lui répétant inlassablement de souffler… pousser… souffler… pousser… Aujourd'hui, vous allez apprendre des trucs !

Une contraction particulièrement violente, et particulièrement douloureuse à en croire le cri que Louise laissa échapper, eut raison des dernières hésitations de Julie. Propulsée en terrain connu, elle se prépara à enchaîner son protocole, oubliant qui elle était, où elle était, et surtout qui elle accouchait. Elle n'avait plus peur.

De l'autre côté de sa fille, Lorraine venait de reconnaître sa sœur sous le masque chirurgical et la regardait avec stupéfaction. Que faisait-elle ici, dans cette tenue… dans ce rôle… Si elle était contente de la voir, sans trop comprendre comment elle avait fait pour se matérialiser en salle d'accouchement précisément au moment où sa petite-fille – ou son petit-fils – allait naître, elle doutait de ses capacités à mettre au monde le bébé. Elle était pétrifiée.

— Vous êtes sûr…, protesta-t-elle faiblement à l'intention du chirurgien.

Mais devant la manière dont, professionnelle et comme transfigurée, Julie empoigna d'une main la jambe de sa nièce et de l'autre sa nuque, secondée par Victor qui, imitant chacun de ses gestes, procédait de même de l'autre côté – l'éminent professeur calquait ses gestes sur ceux de sa sœur ! – Lorraine ne put que s'incliner.

— À trois…

Julie commença à compter à voix haute, suivie par le chirurgien et par Louise qui ne comprenait pas ce qui était en train de lui arriver.

— Un… deux… trois !

D'un mouvement sûr et parfaitement maîtrisé, ils ramenèrent les jambes de Louise vers son menton, ce qui eut pour effet d'accélérer l'arrivée du bébé.

— À vous l'honneur !

Quelques minutes plus tard, le chirurgien invitait Julie à couper le cordon ombilical. Sidérée par la scène à laquelle elle venait d'assister, jamais elle n'avait vu accoucher de cette manière-là, Mélanie se rassurait en exécutant les gestes familiers. Les mains sur le ventre pour expulser le placenta, la prise en charge du bébé… Sidérée, et un peu vexée.

— On dirait bien que vous avez inventé quelque chose, vous ! apprécia Victor en se lavant les mains. Paul m'en avait parlé, mais je dois dire que je ne m'attendais pas à ça ! Cinq minutes chrono… à ce train-là, on va pouvoir en mettre au monde, des bébés !

Il s'assura que tout était en ordre, et ébouriffa les cheveux de Louise.

— Bravo, ma grande ! Tu nous as fait une magnifique petite fille ! Bon, je vous laisse en famille… Vous passerez me voir dans mon bureau avant de partir, Julie, OK ? J'ai deux mots à vous dire ! lança-t-il en se dirigeant vers la porte.

Julie rougit violemment, se demandant ce qu'elle avait mal fait – un réflexe. Entre rire et larmes, Lorraine se précipita pour la serrer dans ses bras. Son bébé posé sur son ventre, Louise pleurait de joie.

Dans un vagissement qui montrait qu'il ne faudrait pas lui en promettre, la petite Marie venait, quant à elle, de faire son entrée dans la vie.

— Je… je suis vraiment désolée…, commença Julie en entrant dans le bureau de Victor.

Elle avait accompagné Louise dans sa chambre, mis les roses rouges d'Octave dans un vase tandis qu'il couvait sa fille d'un regard émerveillé, osant à peine la toucher de peur de la casser, pris un café avec Lorraine à la cafétéria, montré elle-même à sa nièce comment donner la première tétée… Bref, elle avait tout fait pour retarder sa confrontation avec le chirurgien jusqu'au moment où une infirmière essoufflée était venue la chercher.

— Ah, vous êtes là, vous ! Ça doit faire un quart d'heure que je vous cherche. Le professeur souhaite vous voir !

Le ton ne laissait pas de place à la négociation. Lançant un regard résigné à Lorraine, Julie emboîta le pas de la fille, qu'elle suivit jusqu'au bureau du chirurgien, réplique exacte de celui où, un an plus tôt, elle l'avait consulté. L'odeur du cuir en plus, émanant des nombreux ouvrages de la bibliothèque, qui mit en alerte tous les voyants de son inconscient.

Elle était là maintenant, face à la haute silhouette rassurante qui pour le moment était loin de produire cet effet. Et elle était désolée.

— Comment ça, vous êtes désolée ? rétorqua Victor. Vous voulez rire, ou quoi ? Désolée de quoi ? Vous faites un travail d'enfer, et vous êtes désolée ? Le jour où je comprendrai quelque chose à la psychologie féminine, moi…

Il secoua la tête avec une telle expression de désarroi que c'en était comique, ouvrit un réfrigérateur dissimulé dans les boiseries et en sortit un coca, qu'il versa dans un tumbler en cristal.

— Tenez, prenez ça… Paul m'a dit qu'après un accouchement réussi, vous demandiez toujours un coca-cola glacé.

Julie se détendit et sourit. En Mauritanie, le vrai coca-cola, glacé de surcroît, était la suprême récompense, et ses collègues et elle avaient pris l'habitude de partager quelques canettes lorsqu'ils sauvaient une vie. Réussi, avait-il dit. Victor avait parlé d'un accouchement réussi.

Il prit un verre à son tour, consulta sa montre et se servit un whisky.

— Vous ne m'en voudrez pas, mais à cette heure-ci et avec ce que je viens d'entendre – vous êtes désolée, non mais je rêve ! –, j'ai besoin de quelque chose de plus fort !

Il leva son verre en direction de Julie, avant de poursuivre.

— Bon, soyons sérieux cinq minutes : la raison pour laquelle je vous ai demandé de passer, là, tout de suite…

Il se leva, et se mit à arpenter la pièce, s'arrêtant parfois pour faire tourner l'alcool dans son verre et en observer la robe ambrée.

— C'est très impressionnant, votre technique, vous savez. Pas très catholique, quoique… – Il vida le gobelet d'un trait et le posa sur le bureau. – Franchement, Julie, vous m'avez impressionné.

Il tira un fauteuil près de celui où, interdite, Julie l'écoutait sans vraiment comprendre où il voulait en venir – il n'était tout de même pas en train de la *draguer* ? –, et se pencha vers elle. L'intensité de son regard la surprit.

— Vous avez bien votre diplôme de sage-femme, non ?

Factuel, professionnel. Il n'était pas en train de la draguer.

— Euh… Oui… enfin… mais je n'ai jamais vraiment exercé, répondit faiblement Julie.

Toujours ce besoin de se dénigrer.

— Ah non ? s'emporta Victor, sans la quitter des yeux. Et tout ce boulot que vous avez fait avec mon frère en Afrique, vous appelez ça comment ? Un hobby ?

— Ce n'est pas la même chose…

Pendant tous ces mois où Julie avait accouché des fillettes, dans l'urgence la plupart du temps et dans des conditions que chacun essayait de rendre les moins douloureuses possibles sans toujours y parvenir, elle n'avait jamais eu le sentiment de travailler. Elle sauvait des vies, certes, mais c'était normal : elle ne faisait que mettre ses compétences longtemps endormies au service d'autrui, elle était là pour ça après tout… mais elle n'avait pas l'impression d'exercer un métier à proprement parler.

Et pendant tous ces mois, reconnaissant à son frère de lui avoir envoyé une telle perle, Paul ne manquait pas de lui raconter les exploits de Julie. Ainsi, Victor avait tout suivi de la Mauritanie.

— Ce n'est pas la même chose, allons bon ! s'insurgea Victor en prenant les deux mains de la jeune femme. – Il se pencha vers elle, et la regarda droit dans les yeux. – Julie, c'est une technique formidable que vous avez mise au point, là, vous revenez d'instinct aux fondamentaux et… je voudrais que vous veniez travailler avec moi.

— Pardon ?

Julie sentit le rouge lui monter aux joues, et une immense chaleur la submerger. Un travers qu'elle partageait avec sa sœur, et qu'avec les années ni l'une ni l'autre n'était parvenue à éradiquer.

Victor se leva et alla se rasseoir derrière son bureau. Il sortit quelques feuilles d'une pochette cartonnée.

— Voici un projet de contrat ! En plus de vanter vos qualités, comment dirais-je… techniques, dont vous m'avez fait une démonstration tout à fait convaincante tout à l'heure, mon frère n'a pas tari d'éloges sur votre sens du travail en équipe, votre professionnalisme et… qu'est-ce qu'il a dit déjà ? – Victor se frotta les sourcils, qu'il avait blancs et épais, cherchant les mots exacts de Paul. – Ah, voilà ! Il m'a dit le plus grand bien de, je cite, votre « humanité ». Et croyez-moi, dans sa bouche, c'est un sacré compliment ! Je me demande même si ce n'est pas la première fois que je l'entends louer le caractère humain de quelqu'un. Vu son métier, on pourrait penser qu'il en est entouré, de gens « humains » ! Eh bien, il faut croire que non… Bref… – Il tendit les feuilles à Julie. – Réfléchissez-y. Enfin non, ne réfléchissez pas trop d'ailleurs… dites oui ! insista-t-il en lui adressant son sourire charmeur. Je vous mets en contact avec quelques-unes de mes patientes, et on démarre à partir de là, ça vous va ? Je suis persuadé que nous ferons de grandes choses, tous les deux !

Il remplit leurs deux verres, de whisky cette fois-ci car l'heure avait tourné. Et, avant même que Julie eût donné son accord, totalement sous le choc de ce qui était en train de lui arriver, ils trinquèrent à cette nouvelle collaboration.

*

— Alors ?

Dans la maison qui fleurait bon le pistou, Lorraine, Bastien et un brun aux cheveux flous et à l'accent délicieux que Julie n'avait jamais vu buvaient à la santé du bébé. Par la fenêtre ouverte, l'odeur des roses anciennes venait se mêler aux arômes de la cuisine de Bastien : sa sœur avait replanté son jardin, et son neveu, en première année d'école hôtelière, avait élargi son répertoire et fait de sacrés progrès.

— Je te présente Mario, dit Lorraine avec une nonchalance un peu forcée.

Nonchalance immédiatement démentie par la rougeur qui vint consteller son décolleté.

— *Ciao*, ma chérie ! – Mario prit Julie dans ses bras pour l'embrasser. – Je suis l'amoureux de ta *sorella*. Très content de te rencontrer ! Lorraine m'a tellement parlé de toi que j'ai l'impression de te connaître depuis toujours…

D'emblée, Julie le trouva sympathique. Le visage ouvert, les yeux un peu rapprochés qui semblaient sourire en coin, il n'était pas vraiment beau – il avait des traits trop irréguliers pour cela –, mais franc, droit, rieur. Sa beauté à lui venait de l'intérieur.

Mario entoura les épaules de Lorraine d'un geste protecteur – possessif ? – et l'attira contre lui. Ravie, celle-ci gloussa et enfouit son visage dans son cou.

— Et c'est notre maraîcher perso ! ajouta Lorraine, non sans une certaine fierté. C'est lui qui fait pousser tous ces bons légumes à côté du magasin, je te montrerai.

Voilà pour les légumes du jardin, comprit Julie. En plein Paris, en plus ! Si la minuscule courette qu'entretenait sa sœur avec un amour quasi maternel avait toujours forcé son admiration, y faisant pousser pour son plaisir des variétés que l'on ne trouvait plus nulle part, elle était loin d'imaginer que l'on pût être assez fou pour se lancer, en pleine ville, dans l'exploitation d'un potager. Décidément, ces deux-là s'étaient bien trouvés. Aussi perchés l'un que l'autre, songea-t-elle. Et elle ne croyait pas si bien dire…

— Il les fait pousser sur un toit ! renchérit Lorraine en serrant amoureusement dans les siens les doigts de l'Italien.

Mario lui rendit sa pression, repoussant derrière son oreille une mèche échappée de son chignon.

— Son idée, c'est de réinventer les jardins ouvriers…

— Sur les toits, comme à New York ! Toute cette place perdue pour rien ! fit Mario, adressant un clin d'œil à Lorraine. Ta sœur cultive l'élitisme, en faisant renaître des fleurs oubliées, quand moi je nourris *il popolo* !

— Oui, enfin, n'exagérons rien ! Lorraine lui boxa amoureusement l'avant-bras. Je n'appelle pas exactement *il popolo,* comme tu dis, les restaurants étoilés qui se battent pour avoir la crème de ta production !

— Tu verras, *tesoro*, tu verras…

S'il avait, sur un coup de tête, laissé tomber son poste de professeur d'économie à l'université de Trieste, et avec lui une petite vie – et une femme – bourgeoise qui l'enfermait et lui donnait l'impression de s'encroûter, il était plus que jamais accroché à ses idéaux égalitaires et démocratiques. Et la culture maraîchère, qui avait toujours été son hobby et qu'il exerçait ici à son compte pour gagner sa vie le temps de repasser en France les examens qui lui permettraient d'y enseigner, lui avait donné des idées. Plutôt que de rester dans la théorie de l'enseignement, pourquoi ne pas contribuer à une certaine amélioration de la vie urbaine en créant sur les toits de la capitale des jardins suspendus où les habitants auraient leur lopin de terre à cultiver ? L'idée avait fait son chemin. Il faut dire que la rencontre avec Lorraine et son soutien inconditionnel, tant sur le plan moral que sur le plan financier, y avaient contribué. Et le premier toit, son *pilote*, comme il l'appelait, avait été un succès.

Même si, comme le soulignait Lorraine sur le ton de la plaisanterie mais qui n'en était pas une, il vendait à prix d'or des produits « made in Paname » que les restaurateurs – et les bobos du 18e arrondissement – s'arrachaient. Mais l'économie n'était-elle pas un paradoxe ?

Du coup, il avait laissé tomber les examens et décidé de se consacrer exclusivement au développement de ses jardins, afin de produire plus pour vendre moins cher. Et surtout, d'inciter les Parisiens à faire de même. Mario rêvait de villes dont les toits seraient des cornes d'abondance et où, à moindre coût, chacun mangerait à sa faim.

Au contact de ce doux rêveur qui, néanmoins, avait l'air de savoir ce qu'il faisait, quelque chose chez Lorraine avait changé. Julie l'avait vue essayer d'oublier un mariage raté en courant désespérément après un amour qui ne pouvait pas marcher, et la retrouvait à présent roucoulant comme une tourterelle dans les bras d'un homme non seulement disponible, mais avec lequel elle semblait avoir des projets. Une nouveauté, pour ne pas dire une révolution, elle qui avait toujours fait cavalier seul et pris l'habitude de tout gérer. Lorraine paraissait à présent plus sereine.

Comme rassurée. Ouf, semblait souffler tout son être, soulagé des pages qu'elle avait enfin réussi à tourner.

— Alors ? réitéra Lorraine avec curiosité.

Maintenant que les présentations étaient faites, elle était impatiente de savoir comment sa sœur avait débarqué le jour même de la naissance de Marie, comment s'était fini son voyage en Afrique et surtout ce qui s'était passé dans le bureau du chirurgien.

— Dans quel ordre ? demanda Julie, qui comprenait sa cadette à demi-mot et ne savait pas par quel bout commencer.

Elle prit la coupe que Mario lui tendait, et but une gorgée.

— D'abord le chirurgien ! intervint Bastien en dressant la table. – Cet ado était parfait ! – Nan, parce que moi, pour le reste, j'ai déjà des tuyaux…

Malicieux, il adressa un clin d'œil à sa mère qui haussa les épaules. Julie l'aida à mettre les assiettes, et se mit à raconter.

— Alors. Victor… en gros on a pris un verre et il m'a engagée !

— Quoi, dans son bureau ? s'écria Lorraine. Le verre…

— Bah oui.

Se remémorant la scène, et le regard du chirurgien lorsqu'il lui avait proposé de travailler pour lui, Julie sourit.

— En fait, on a pris un verre pour fêter mon embauche *avant* qu'il m'en ait parlé. Parce qu'il savait que j'allais accepter. Ou alors, si tu préfères, on a pris deux verres. Oui, ça s'est passé comme ça.

Un pour l'accouchement, et un pour l'engagement. Mais le premier c'était du coca ! crut-elle bon de préciser.

Un peu grisée par le whisky et le champagne qu'elle venait d'avaler, Julie avait du mal à mettre de l'ordre dans ses idées. Et son goût pour la précision voulait qu'elle n'omît aucun détail, ce qui dans son état n'était pas chose aisée.

— Enfin bref : j'ai un job et je suis complètement pompette !

Julie se laissa tomber sur une chaise, et finit son champagne d'un trait.

— Mais c'est génial, Juju ! Alors ça veut dire que tu vas rester avec nous et que tu ne nous quitteras plus ?

Lorraine rayonnait. Sa sœur lui avait manqué, et elle n'avait qu'une seule peur : la voir repartir en mission humanitaire à peine arrivée.

— J'ai trop de famille maintenant pour m'occuper de ceux qui n'en ont pas, tu ne crois pas ? sourit Julie.

Et c'était vrai. La Mauritanie avait été une échappatoire, qui était tombée fort à propos, mais elle avait ici une famille qui avait besoin d'elle, surtout avec l'arrivée d'un nouveau bébé. Occupée par son magasin de fleurs, les terrasses qu'elle aménageait et entretenait et ses adolescents, Lorraine était déjà débordée. Comment allait-elle gérer un enfant de plus ? Car il ne fallait pas se leurrer : Louise avait beau être une fille raisonnable, elle avait des études à poursuivre et aurait besoin de sa mère pour s'occuper de Marie.

— C'est ouf ! renchérit Bastien, reprenant son expression favorite, manifestement la plus laudative qu'il connaissait.

Il commença à servir la soupe au pistou, râpant au-dessus des assiettes un gros morceau de parmesan.

— J'ai mis ta valise à côté et je t'ai préparé le futon, au fait. Ah ! Et puis moi aussi j'ai un scoop…

Tout le monde se tourna vers Bastien, se demandant quelle nouvelle surprise cette journée déjà faste pouvait encore leur réserver. Il alla chercher une enveloppe dans l'entrée.

— On a reçu les notes de Louise !

— Donne-moi ça ! fit Lorraine, lui arrachant l'enveloppe des mains. Tu ne l'as pas ouverte, au moins ? – Voyant la mimique de son fils, à peine masquée par l'épaisse mèche qui lui mangeait une partie du visage, elle comprit qu'il n'avait pas résisté. – T'es pénible, Bast ! Tu n'aurais pas pu les lui laisser découvrir…

— Laisse, ma chérie, la calma Mario en lui pressant doucement le poignet. J'aurais fait pareil à sa place…

Fichue solidarité masculine, pesta Lorraine *in petto* : depuis son divorce, elle n'y était plus habituée, mais l'arrivée de Mario dans sa vie et d'Octave dans celle de Louise avait sérieusement fait remonter le taux de testostérone de la maisonnée. Et les garçons se tenaient les coudes… comme un seul homme.

De son côté, Bastien avait toujours dû faire l'homme dans une famille de filles. Son père n'était pas ce qui se faisait de mieux en termes de référent masculin, surtout depuis qu'il affichait ouvertement son homosexualité. Bastien n'était pas mécontent d'avoir désormais la compagnie et le soutien d'un homme, un vrai, viril et un poil macho comme seuls les Italiens savent l'être. Et en Octave, le petit copain de sa sœur et le jeune papa du bébé, un complice avec qui papoter. Entre mecs.

— C'est bien, au moins ? demanda Lorraine d'une voix plus douce. Ses notes…

— Bof…, maugréa Bastien en faisant une grimace. Moyen moyen…

— En même temps, elle était enceinte…, hasarda Julie, déjà très admirative que sa nièce ait passé les épreuves anticipées du bac alors qu'elle était sur le point d'accoucher.

Chacun plongea dans ses pensées. Lorraine se demandait comment Louise allait faire sa terminale avec un bébé, et avoir son bac – encore plus dur avec des points à rattraper. Mario cherchait déjà un moyen de consoler Lorraine, et Julie pensait qu'elle aurait pu y aller doucement avec sa joie insolente et le job qui lui arrivait sur un plateau à peine sortie de l'avion… mais bon, comme elle l'avait fort justement diagnostiqué, elle était complètement pompette.

— Nan, mais je déconne, rhooo ! explosa Bastien avec un grand rire. C'est pas si nul : elle a trente-huit points d'avance !

— Bastien ! s'exclama sa mère.

Elle se leva avec un immense sourire, et pour la peine l'ébouriffa des deux mains.

Le retour de Louise et de son bébé dans la maison de la rue Marcadet se passa sans encombre ; très vite, on trouva un modus vivendi qui semblait convenir à chacun. Même à Bastien qui, regardant au début cette petite chose dont les cris le réveillaient au milieu de la nuit – à vrai dire, elle réveillait tout le monde au point qu'on l'avait baptisée la corneille – d'un air circonspect, fut vite conquis par ses grands yeux marine qui contenaient toute la sagesse du monde. « On dirait Ama », avait-il simplement commenté lorsqu'elle était arrivée. Et c'était vrai : née le même jour que son aïeule, Marie semblait en avoir hérité la mémoire, connaissant déjà de la vie toutes ses vérités, et communiquant de la même manière. Par la seule force de ses yeux, bleus comme ceux de son arrière-grand-mère.

Lorraine s'occupait du bébé le matin avant de partir au magasin. Julie gérait la fin de journée et donnait le bain en rentrant de la maternité, laissant à Louise qui insistait néanmoins pour allaiter des plages pour souffler.

Paniqué par ce bout de chou dont il ne réalisait pas très bien qu'il était le sien, Octave faisait de son mieux pour seconder Loulou. Mais à dix-huit ans, l'instinct paternel n'est pas ce qu'un garçon a de plus développé. Agacée par sa maladresse même si elle était consciente que celle-ci partait d'une bonne intention, Louise l'envoyait bouler la plupart du temps quand elle ne le renvoyait pas tout bonnement chez sa mère. Car Octave ne pouvait se résoudre à accepter complètement l'hospitalité de Lorraine. Elle ne cessait pourtant de la lui offrir, arguant qu'avec le bébé sa présence était plus logique près de Louise qu'auprès de ses frères et sœurs, et que l'avoir sous son toit n'était pas un problème pour elle, au contraire. Et malgré ses réticences et son éducation selon laquelle un homme ne vit pas aux crochets de la famille de sa femme, ou de sa copine, Octave passait de plus en plus de temps rue Marcadet. C'était sa nouvelle famille, celle avec laquelle il réalisait confusément – et non sans une certaine terreur – qu'il était en train de construire ; même si les choses allaient vite et le dépassaient un peu, il y était bien et s'y sentait aimé.

Bastien et Mario s'occupaient quant à eux de la logistique, Bastien à la cuisine et Mario aux approvisionnements.

L'arrivée de Christiane ébranla quelque peu cet équilibre. La mère de Lorraine et de Julie était venue faire la connaissance de son arrière-petite-fille sans Jean, son mari, mais avec assez de conserves maison pour tenir un siège. En bonne mère nourricière, elle ne se déplaçait jamais sans une valise à double fond dans lequel elle glissait foies gras, confits et autres rillettes. D'autant qu'elle avait tendance à prendre les choses en main comme si elle était chez elle, ce qui déconcertait Mario – cette femme était pire que sa propre mamma italienne ! – et agaçait Lorraine. Seul Bastien, dont les talents culinaires suscitaient l'admiration de sa grand-mère, parvenait à la tenir en respect, canalisant le tsunami de mots, d'intrusions et de questions hors les murs de la cuisine. Si, dans la maison familiale de Dordogne, cette pièce était la chasse gardée de Christiane, Bastien régnait en maître sur les fourneaux de la rue Marcadet.

— Puisque personne ne veut venir me voir, il faut bien que je me déplace ! lança-t-elle avec son accent du Sud-Ouest qui à Paris semblait plus prononcé, alors qu'ils étaient tous en train de petit-déjeuner.

Christiane plaisantait à peine : elle avait vraiment caressé l'idée qu'une fois Louise sortie de la maternité, toute la famille viendrait se reposer à Saint-Vincent-de-Cosse, et qu'elle allait pouvoir profiter du bébé. Mais Loulou voulait rester près d'Octave qui avait décidé de travailler tout l'été pour participer aux frais de la maisonnée, ce qui forçait le respect. Lorraine devait apprivoiser son rôle de grand-mère – à quarante-deux ans et quoi qu'on en dise, la chose n'était pas aisée. Et Julie prenait ses nouvelles fonctions. Bref, plus qu'à se reposer, la tendance était à s'organiser.

Lorraine allait répondre, mais Mario l'embrassa avant qu'elle ne dise une phrase qu'elle aurait pu regretter. Décidément la présence de sa mère l'irritait. Elle l'adorait chez elle mais pas dans son propre terrier. Et sa manière de se poser en victime pour les faire culpabiliser l'exaspérait. Comme à chaque fois qu'elle sentait monter en elle un conflit qu'elle préférait éviter, ou qu'elle était énervée, elle sortit se réfugier dans sa courette. Elle se mit, pour se calmer, à couper les fleurs abîmées des Stanwell Perpetual, une rose nacrée au feuillage bleuté qui l'enchantait – glauque, disait-on dans le jargon du métier.

Songeuse, Julie la suivit des yeux. La présence envahissante de Christiane soulignait sa propre redondance dans cette maison surbookée, et l'obligeait à faire face à une évidence : elle n'allait pas pouvoir éternellement camper sur le futon. Prendre les rênes de sa vie commençait par se trouver un endroit où loger, même si l'idée de vivre seule l'affolait. À vrai dire, en quarante-quatre ans cela ne lui était jamais arrivé, elle qui était passée de sa famille au campus de l'école d'infirmières, puis à une succession d'emménagements hasardeux avec des compagnons mal assortis pour ne pas dire dangereux. Pour finir partie prenante d'une mission humanitaire, et retour dans sa famille.

C'était sans doute pour Julie le moment de vivre en tête à tête avec elle-même, et d'apprivoiser la solitude pour l'appeler liberté.

— Mais grand-mère, t'es chelou…, argumenta Louise en recouvrant d'une main son pain grillé d'une épaisse couche de Nutella.

Accro de la pâte à tartiner depuis qu'elle était toute petite, elle avait arrêté lorsqu'elle avait rencontré Octave – se jugeant grande, désormais. Mais elle avait replongé en fin de grossesse, et de nouveau ne pouvait plus s'en passer.

— Tu vois bien que cette année, ce n'est pas possible !

D'une certaine manière, Louise se sentait responsable de la défection familiale, et s'en voulait un peu. Les vacances d'été en Dordogne étaient une tradition, et pas une seule fois depuis qu'elle était née la famille n'y avait dérogé. Lorraine, Bastien et elle – et son père quand il faisait encore partie du clan, et l'amoureux de sa mère lorsque celle-ci s'était mis en tête de l'y faire rentrer – y passaient un mois tous les étés, pratiquement à dates fixes. Pour le plus grand bonheur de Christiane, qui aimait plus que tout réunir sa tribu en de grandes tablées sur lesquelles elle avait autorité, et celui d'Ama qui, même si elle ne disait rien, n'en éprouvait pas moins. Il n'y avait qu'à voir le sourire dans ses yeux lorsqu'elle les posait sur ses filles et ses petits-enfants : un océan de joie, qu'aucun orage ne semblait jamais menacer.

Ne pas aller en Dordogne cette année, la première après la mort de l'aïeule qui avait emporté avec elle l'âme de la maison, laissant un vide que l'absence de la famille ne ferait que souligner, pouvait être mal interprété. Et, bien qu'il s'agît là d'un cas de force majeure, la mauvaise conscience de Louise s'en trouvait décuplée.

— Je sais, ma grande, je sais…, soupira Christiane en caressant la tête du bébé qui s'endormait dans les bras de sa mère après la tétée. Oula ! J'ai failli oublier quelque chose, moi ! – Elle sortit de la pièce comme une fusée, et revint avec un paquet. – C'est pour toi. Et pour la petite…

Doucement, pour ne pas réveiller Marie, Louise tendit le cou vers sa grand-mère pour l'embrasser.

— J'ai les deux mains prises, murmura-t-elle. Tu ne veux pas l'ouvrir pour moi ?

— Moi, je peux ! intervint Bastien en fourrant dans sa bouche ce qui restait de sa tartine ; la curiosité l'emportait sur le petit déjeuner.

— Toi, t'as les mains dégueu…, le rembarra sa sœur avec une mimique dégoûtée qui contrastait avec le sérieux qu'elle mettait à s'occuper de son enfant.

Bastien la regarda d'un air dubitatif : sa petite sœur était mère, mais c'était toujours un bébé. Pris d'une immense bouffée de tendresse, il se leva pour l'embrasser.

Christiane déballa le paquet, et sortit ce dont Louise se doutait : le tableau d'Ama, celui qu'elle avait toujours vu sur le manteau de sa cheminée, et qu'elle avait près d'elle lorsque son âme s'était envolée. Un nu de femme qui ressemblait trait pour trait à son aïeule, avec une cage à la place du ventre dans laquelle était posé un oiseau.

— C'est le tableau de ton arrière-grand-mère, dit doucement Christiane. Je sais qu'elle aurait voulu que tu l'aies… Et puis ta fille après toi…

— Vous avez remarqué qu'elle est née le même jour qu'Ama, Marie…, frima Bastien en faisant un clin d'œil à Julie. C'est comme ça que Julie a su quand elle devait rentrer…

Tous les regards convergèrent sur Julie, qui sourit en avalant une gorgée de thé. Depuis l'épisode de la chaussure, elle ne touchait plus au café.

— C'est pour ça quoi ? demanda Lorraine en faisant irruption dans la cuisine.

En apercevant le tableau, elle s'arrêta net. Une larme se mit à couler le long de sa joue. Ama était partie depuis plus d'un an. Mais ce matin, Ama était là.

— Mais tu l'as rencontré comment ? demanda Julie à Lorraine qui slalomait entre les voitures afin de la déposer dans les plus brefs délais à la maternité.

Il était tôt, beaucoup trop tôt pour ouvrir la boutique qui n'accueillait ses premiers clients qu'à 10 heures, mais Julie avait reçu un coup de fil furieux de Victor qui l'attendait pour un accouchement prématuré.

— Comment ça, vous n'étiez pas au courant ? avait tonné le chirurgien sur un ton auquel Julie n'était pas habituée. Mélanie vous a appelée pour vous prévenir hier soir. J'étais là ! Alors grouillez-vous, on ne va pas y passer la matinée !

Julie n'avait aucun souvenir de ce coup de fil, ni aucun message dans sa boîte vocale, mais bon, puisqu'il le disait… Elle était sur le point de fondre en larmes quand, devinant au visage cramoisi de sa sœur que quelque chose ne tournait pas rond, Lorraine avait attrapé les clefs de la camionnette et proposé de l'accompagner.

— Tu pleureras plus tard, avait dit Lorraine en entraînant Julie vers le pick-up heureusement stationné juste devant, sur l'aire de livraison. Et tu te poseras plus tard la question de savoir pourquoi tu n'as pas été prévenue…

— Mais…

— Attends, Juju… Si on t'avait prévenue, tu le saurais !

Une main posée sur le volant, Lorraine se retourna dangereusement vers Julie, se faisant rappeler à l'ordre par le coup de klaxon furieux d'une voiture à laquelle elle venait de brûler la priorité.

Lorraine avait probablement raison, se dit Julie, notant mentalement d'élucider la question une fois l'urgence passée. Encore que… distraite comme elle l'était, elle pouvait très bien avoir raté l'appel et effacé ses messages sans même s'en apercevoir. Du temps de Patrice, ce genre d'incident lui arrivait souvent. Du moins, c'était ce qu'il prétendait. Elle ne savait jamais s'il l'avait réellement appelée, ou si c'était encore l'un de ses stratagèmes pour la prendre à contrepied et la faire culpabiliser.

Mais Patrice n'était plus là heureusement, et pour l'heure, l'essentiel était d'arriver le plus vite possible à la clinique Sainte-Marguerite, l'esprit serein et apte à se concentrer.

— Alors, tu l'as rencontré comment ? demanda-t-elle pour se débarrasser du souvenir de son ex, que cette histoire avait fait ressurgir de la manière la plus inappropriée.

— Qui ça ?

Lorraine fit une embardée sur le trottoir afin de doubler par la droite le camion de poubelles qui commençait sérieusement à l'énerver. Pourquoi se retrouvait-on toujours derrière les poubelles lorsque l'on était pressé ?

— Mario…

— Ah ! C'est mon nénuphar, Mario, tu sais…

À l'évocation de son amoureux, qu'elle avait, à contre-cœur, laissé endormi dans le grand lit qu'ils partageaient, le visage de Lorraine s'éclaira. Songeuse, elle faillit rater l'entrée de la maternité, et négocia in extremis un virage serré, ignorant les protestations rageuses d'un ambulancier toutes sirènes dehors à qui elle venait de couper la route.

— Je l'ai rencontré l'année dernière en allant lâcher les nénuphars dans l'étang du château de Montilly. C'est lui qui avait redessiné tout le parc, une mission que lui avait confiée Fabio Montalcini, le nouveau propriétaire, pour lui mettre le pied à l'étrier. C'est un de ses très bons amis, d'après ce que j'ai compris, et quand Mario a tout plaqué pour commencer une nouvelle vie en France, Fabio a été le premier à l'aider.

— Il a tout plaqué… euh… pour toi ?

Julie trouvait éminemment romantique que l'on pût changer de vie et de pays pour l'amour de quelqu'un, et elle aimait l'idée que cela arrivât à sa sœur. Lorraine le méritait.

— Oh, non ! la détrompa Lorraine en rougissant. Il n'est pas venu *pour,* mais plutôt *contre.* Il a surtout voulu tirer un trait sur son ancienne vie et son ancienne femme, l'université là-bas, le train-train d'une petite ville de province qui l'étiolait, et tout reprendre à zéro. Moi je ne l'ai rencontré qu'après... et je ne l'avais même pas calculé, tu penses bien !

Et pour cause, se rappela Julie : à l'époque, Lorraine était toujours entichée de Cyrille, un ami d'enfance retrouvé au hasard d'un enterrement, qui avait été son premier béguin à quoi... dix ans ? Lorraine avait alors décidé qu'il était l'homme de sa vie, et que cette rencontre trente ans plus tard était un signe. À un détail près, qui s'appelait Bénédicte.

Car Cyrille était marié, et ne savait pas, de Lorraine, de Bénédicte, ou de son job, ce qu'il préférait. Au bout de moult tergiversations, mensonges et autres déchirements, il avait fini par choisir le job et l'épouse, intimement liés puisqu'elle était son P-DG.

Mais l'histoire ne s'arrêtait pas là, donnant raison à Lorraine dans le sens où la rencontre n'avait effectivement pas été fortuite, loin de là. Simplement, les choses ne s'étaient pas passées comme elle se l'était imaginé.

Dans leur brève tentative de construire une famille recomposée – Lorraine y avait cru, Cyrille, pas tout à fait –, leurs enfants s'étaient rencontrés, et Octave, l'aîné de Cyrille, était tombé amoureux de Louise, la cadette de Lorraine. Un seul regard sur Louise avait suffi pour le persuader, malgré son jeune âge ou à cause de celui-ci – il n'avait pas encore peur d'être romantique –, qu'elle était son âme sœur. Et c'est ainsi que Lorraine et Cyrille, s'ils n'avaient pas réussi leur histoire d'amour, s'étaient retrouvés liés d'une manière peut-être encore plus irrévocable, en devenant grands-parents de la petite Marie.

— Allez ouste ! fit Lorraine, se penchant sur Julie pour ouvrir la portière. Tu ne m'as pas fait faire tout ce gymkhana pour rester là à bayer aux corneilles ! On discutera plus tard ! Là tout de suite, il y a un bébé qui attend tes mains expertes pour pousser son premier vagissement, alors magne !

Julie eut à peine le temps de sortir que la voiture redémarrait. Sans doute Lorraine fuyait-elle des pensées qui, bien qu'elle fût passée à autre chose comme on dit, continuaient, sinon de la hanter, du moins de l'encombrer.

*

Après avoir franchi au pas de course les différents sas menant au bloc, et enfilé à la va-vite la tenue verte réglementaire, pestant contre sa lourde chevelure qui refusait ce matin-là de rentrer sous le bonnet, Julie fit irruption dans la salle d'op, rouge et essoufflée. Elle tomba sur une Mélanie radieuse, qui donnait déjà les premiers soins au nouveau-né.

— No souçaille, l'accueillit la sage-femme.

No souçaille : l'expression exaspérait Julie, et elle se demanda si, s'en étant aperçue, Mélanie ne faisait pas exprès de l'employer.

— Victor et moi, on s'est débrouillés tout seuls comme des chefs ! renchérit-elle, une pointe de triomphalisme dans la voix. Regarde un peu cette petite merveille ! Fais gaffe, t'as une mèche qui dépasse, ajouta la jeune femme en faisant mine de replacer un cheveu imaginaire.

D'un geste preste, Julie remit de l'ordre dans sa coiffure, avant de reporter son attention – arrivée trop tard, inutile, il fallait bien qu'elle se donne une contenance – sur le bébé. Petite merveille n'était sans doute pas le terme approprié : l'enfant était plutôt un gros nourrisson rose et lisse, que le fait de naître sept semaines avant le terme ne semblait pas avoir beaucoup perturbé.

— Ah vous voilà, vous ! grogna Victor sans adresser un regard à Julie. Il va falloir arrêter les grasses matinées, sinon on ne va plus s'entendre, tous les deux !

Le chirurgien jeta ses gants dans une corbeille, et vint pincer la joue rose de bonheur de Mélanie.

— Heureusement que notre petite Mélanie était là ! Toujours fidèle au poste, hein, notre petite Mélanie !

La « petite Mélanie », qui allait quand-même sur ses cinquante ans et en comptait au moins vingt-cinq d'ancienneté, buvait du petit-lait.

— 10 h 30, Mme Sauvaige, lâcha l'obstétricien avant de quitter la pièce. Tâchez d'être à l'heure, cette fois !

Luttant contre les larmes, Julie balbutia un « vous pouvez compter sur moi » à peine audible, que d'ailleurs le chirurgien n'entendit pas.

— T'inquiète ! la consola Mélanie quand les portes du bloc se furent refermées. Depuis le temps que je le connais, je peux te dire qu'il est comme ça, Vic.

Il s'emballe, il balance ce qu'il a sur le cœur, et puis après il n'y pense plus. L'essentiel, c'est que tout se soit bien passé ! Au fond, c'est ce qui compte, non ?

— Oui…, acquiesça Julie, sans grande conviction.

Ce qu'elle voyait surtout, c'était qu'on ne l'avait pas attendue, qu'elle s'était discréditée aux yeux de Victor qui lui avait donné la chance de sa vie en lui mettant le pied à l'étrier – c'était le cas de le dire. Et que Mélanie avait marqué des points dont, Julie le pressentait, elle n'allait pas manquer de tirer profit. Reprenant ses droits « d'ancienne », quand la nouvelle avait – déjà – cessé de plaire. Il ne lui avait pas fallu longtemps pour tout rater.

— Allez, t'en fais pas. Demain, il aura oublié.

Mélanie vint tapoter l'épaule de Julie avec une compassion – une supériorité ? – toute maternelle, que celle-ci détesta. Puis les deux femmes déposèrent le bébé dans la pouponnière, et partirent vaquer à leurs occupations, chacune de son côté.

En passant devant le bureau des infirmières, tiraillée entre le fait d'aller s'excuser platement auprès de Victor et l'envie de lui dire qu'à sa connaissance on ne l'avait pas prévenue – mais alors, c'était mettre sa parole en doute, puisque lui-même soutenait avoir vu de ses yeux Mélanie l'appeler –, Julie ne vit même pas le bouquet qui lui était adressé.

Le lendemain, un autre bouquet arriva à la clinique à l'intention de Julie : deux douzaines de roses Sweet Avalanche. Lorraine aurait mieux su les nommer, mais Julie, dont les connaissances en botanique n'égalaient pas celles de sa sœur, était presque certaine qu'il s'agissait bien de cette variété. Avec leurs grosses corolles nacrées, qui allaient s'ouvrir comme des choux, elles n'étaient pas difficiles à reconnaître, même pour la béotienne qu'elle était.

Puis un autre le jour suivant, et encore un quelques jours après.

Comme pour les précédents bouquets, qu'elle avait laissés aux infirmières dont le bureau – si l'on pouvait qualifier comme tel la petite pièce coquille d'œuf où elles se reposaient – avait besoin d'être égayé, aucun mot ne l'accompagnait. Au point que ses collègues, Mélanie la première, commençaient à se demander qui était ce mystérieux admirateur qui couvrait la nouvelle de fleurs, sans prendre la peine de dévoiler son identité.

— Trop facile ! lança Louise alors que sa tante remplissait un vase d'eau fraîche pour y déposer les fleurs coupées. Réfléchis, Juju : il n'y a qu'une seule personne au monde pour t'envoyer des roses à l'hôpital sans prendre la peine de signer !

D'un geste sûr, elle donna le sein à Marie, dont c'était l'heure de la tétée. Julie regarda sa nièce avec des yeux ronds, qui grimaça de douleur sous la succion vigoureuse et bruyante du bébé.

— Mais aïe… eu ! Louise laissa échapper un juron. C'est qu'elle me mord, avec ses petites mâchoires de… Merd… eu !

— Tu devrais peut-être commencer à lui donner le biberon, suggéra Julie qui ne comprenait pas comment une femme pouvait supporter de se faire dévorer la poitrine sept fois par jour – quand ce n'était pas huit – par un ogre de quelques semaines.

— Ben non, protesta Louise sans grande conviction. Paraît que c'est mieux d'allaiter… pour le bébé.

Quelque chose dans le ton de sa nièce alerta Julie. Abandonnant les fleurs sur le bord de l'évier, elle approcha une chaise près de Louise et s'assit.

— Ça ne va pas, ma puce ?

Louise ne répondit pas. Mais son menton se mit à trembler, et elle tendit Marie à Julie avant d'éclater en sanglots.

— J'en peux plus, Juju ! – Elle montra ses seins gonflés et irrités. – J'ai mal, je dors plus, je ressemble à une grosse vache qui suinte… j'aurais jamais dû faire la connerie de la garder !

— Chut… Elle t'entend ! Tu ne peux pas dire une chose pareille…

Par réflexe, Julie écarta le bébé de sa mère, avant d'entourer celle-ci de son bras. Puis, en se levant, elle adressa à la jeune fille un roulement d'yeux qui démentait son propos ; je te comprends, disaient ses yeux. Mais les mois passés en Afrique avaient rendu Julie superstitieuse, elle savait que les bébés entendaient déjà in utero et encore plus après, et que des phrases lancées en l'air pouvaient avoir des conséquences désastreuses. Au mieux, elles se réglaient plus tard par une psychothérapie musclée, et au pire laissaient à vie leur empreinte et son lot d'incertitudes. Mieux valait donc les éviter.

Rassasiée, à moins que ce ne fût déjà de sa part une preuve de délicatesse, la petite avait piqué du nez, et Julie en profita pour aller la recoucher. Puis elle revint dans la cuisine, attrapant au passage un pot de Nutella largement entamé.

— Tiens... ça va te remonter le moral.

— Ben nan... ça aussi, faut que j'arrête. – Louise repoussa à contrecœur la cuiller que lui tendait sa tante. – J'ai encore dix kilos à perdre, tu te rends compte ? Dix kilos, putain !

Les larmes redoublèrent. Julie contempla sa nièce avec inquiétude : elle était clairement en proie à un baby blues carabiné.

— Écoute, Loulou..., commença Julie d'une voix étranglée – ah non, songea-t-elle, tu ne vas pas te mettre à pleurer, c'est toi l'adulte, là... Écoute, reprit-elle plus fermement, en approchant son siège de celui de Louise et en lui prenant les deux mains. Regarde-moi, ma puce...

Lentement, Louise releva la tête en soupirant, s'essuyant le nez avec le dos de la main. Le désarroi que Julie lut dans ses yeux embrumés provoqua en elle une vraie douleur. Comme elle la comprenait, comme elle la trouvait fragile et vulnérable et surtout, comme elle n'aurait pour rien au monde voulu être à sa place ! Mais elle se ressaisit : pour rassurer sa nièce, elle devait être forte. Ou du moins en donner l'impression.

— Voilà ce que tu vas faire : dès ce soir, biberon. On soigne ces jolis petits seins, et on met la demoiselle au lait maternisé. Je m'en occupe, je te montre comment on fait. On organise des roulements, et tout le monde s'y colle. Même les garçons !

Ça, Julie n'y croyait pas trop. Même si c'était la tendance, que les mâles se mettent à pouponner au nom du partage de toutes les tâches ménagères et autre souci de parité, elle était bien placée pour voir qu'ils étaient en réalité très peu à le faire. Alors que les mères avaient d'emblée les gestes justes pour prendre soin de leur bébé, le tenir, le nourrir, le cajoler, les pères trouvaient toujours des excuses pour se défiler. Complètement décontenancés par ces petits êtres fragiles, goulus et braillards qui n'en faisaient qu'à leur tête et hurlaient de plus belle alors même qu'ils faisaient tout pour les consoler. L'instinct maternel n'était pas paternel.

Néanmoins, l'idée que Bastien allait lui aussi devoir s'y mettre arracha un sourire à Louise, ce qui fit plaisir à sa tante. Et puis Octave allait vraiment pouvoir se rendre utile…

— Ça va pas, non ? les interrompit Bastien, qui avait toujours le chic pour débarquer lorsqu'on parlait de lui.

Les bras chargés des légumes qu'il venait de cueillir sur le toit de Mario, il avait manifestement tout entendu.

— Pas question que je nourrisse le nain. Je vais l'étouffer… et puis le casser. Je sais pas comment on fait avec les bébés, moi ! Je suis un mec !

Il se mit à éplucher des carottes au-dessus de l'évier, sans même les regarder.

— Ben justement, tu apprendras ! renvoya Louise, que la perspective de se frotter à son frère revigorait. Finalement ça pourrait te servir plus tard, on sait jamais… Avec le mariage pour tous…

— Oh, ça va, hein…

Depuis que Bastien s'était découvert un goût, et un réel talent, pour la cuisine, dont il avait décidé de faire son métier, sa sœur ne manquait pas une occasion de le traiter de pédé. Même s'il avait déjà ramené une petite copine, avec laquelle il était le seul à savoir qu'en dehors de quelques baisers maladroits – baveux, avait-il un jour confié à Octave – il ne s'était rien passé. Et le virement de bord de leur père, qui, après un tardif coming out et une première aventure malheureuse – un coup d'essai, grinçait Lorraine qui, même si elle se prétendait ouverte d'esprit et faisait bonne figure n'avait pas digéré que le père de ses enfants la quittât pour un homme –, filait désormais le parfait amour avec un galeriste très looké de vingt ans son cadet, n'était pas pour le rassurer. Comme sa mère, mais pour des raisons différentes, Bastien avait mal vécu la séparation de ses parents.

Même si son entourage n'avait pas arrêté de lui seriner le contraire, Lorraine ne pouvait s'empêcher de penser qu'elle avait rendu le père de ses enfants homo. Ou en tout cas qu'elle y avait contribué. En se faisant détester de lui au point qu'il en détestât toutes les femmes, préférant se réfugier auprès des hommes pour ne plus avoir à se confronter à l'altérité. Ce qui était faux, bien sûr, ou en tout cas pas complètement vrai. Mais qui, aujourd'hui encore, lui laissait une douleur sourde et un arrière-goût de culpabilité. Arrière-goût qui la mettait en rage – elle n'allait pas en plus se mettre dans tous ses états pour ce type ! –, mais dont elle n'était jamais parvenue à se débarrasser tout à fait.

Bastien, quant à lui, ne se sentait pas très à l'aise avec les filles. Leur différence lui faisait peur. Et sans le savoir, il était la parfaite illustration de l'analyse de sa mère. Il ne comprenait pas leur manière de penser, de toujours vouloir tout savoir au nom d'une sacro-sainte vérité qui la plupart du temps gâchait tout, et de leur manie presque maladive de tout, mais alors vraiment *tout*, se raconter. Son embryon d'histoire avec Fleur avait avorté parce qu'elle l'avait accusé de ne pas assez l'aimer puisqu'elle ne le faisait pas bander. Oui, parce qu'en plus de tout se dire, les filles entre elles ne mâchaient pas leurs mots. Elle l'avait accusé d'en aimer une autre, fiction dont elle n'avait pas tardé à s'épancher auprès de ses copines qui avaient abondé dans son sens. Alors que ce n'était même pas vrai.

Toujours est-il que Bastien, après cet épisode dont il ne s'était pas vanté, entendait sur son passage des gloussements et autres commentaires pas franchement agréables sur son anatomie – qui tardait à pointer le bout de son nez.

À vrai dire, sans vouloir se l'avouer et encore moins en parler, Bastien se posait des questions sur sa sexualité, et inconsciemment tenait son père pour responsable. L'exemple, le fait qu'il ne soit pas là pour en discuter, peut-être une certaine forme d'hérédité… tout se bousculait dans la tête de Bastien, qui ne savait pas trop où il en était. Et les piques de sa sœur le blessaient. Alors pouponner… on avait beau dire, être moderne et tout, ce n'était pas ça qui allait le conforter dans sa masculinité.

— Peut-être pas Bast, fit remarquer Julie, sentant que la discussion risquait de dévier. C'est vrai qu'il est maladroit. Et puis il bosse toute la journée et s'occupe des repas…

De sous la mèche qui lui mangeait les yeux, le garçon coula à sa tante un regard reconnaissant. Elle, au moins, le comprenait.

— Alors, à ton avis, Loulou, poursuivit Julie en déballant de quoi assurer les premières tétées. C'est qui, les fleurs ?

La phrase de Louise, « il n'y a qu'une seule personne au monde pour t'envoyer des roses à l'hôpital sans prendre la peine de signer ! », lui trottait dans la tête. Ravivant insidieusement des craintes qu'elle eût préféré enterrées.

— Ouh ouh, c'est nous !

Penchée sur les Constance Sprye, dont elle coupait consciencieusement les têtes abîmées et les gourmands après les avoir arrosées, Lorraine se redressa comme un serpent. Elle venait de reconnaître la voix de son ex-mari. Depuis le divorce, elle ne l'avait pas croisé ailleurs que dans un tribunal, et elle ne lui parlait plus que par l'intermédiaire de son avocat : alors que venait-il faire ici, chez elle ? Et de quel droit ?

— Qu'est-ce que tu fiches ici ? lâcha-t-elle, glaciale.

Si, avec les années, la rancœur avait fait place chez Lorraine à une froide indifférence, l'intrusion du père de ses enfants dans sa maison, sur son territoire qu'elle avait eu suffisamment de mal à construire puis à s'approprier, l'agressait. Sans parler de la tenue de lin froissé lavande, qui n'était franchement plus de son âge et accentuait ce côté vieux beau dont elle ne s'était pas assez méfiée.

— Tu n'as rien à faire ici, c'est chez moi !

— Circonstances atténuantes, répliqua une voix mélodieuse et inconnue.

Un beau brun moulé dans un pantalon de cuir fauve qui lui allait comme une deuxième peau s'avança en lui tendant la main.

— On vient voir la petite. Allez, on fait la paix.

Prise de court, Lorraine serra cette main qui s'offrait et qu'elle trouva douce. Du gâchis, songea-t-elle en pensant que c'en était encore une qui ne caresserait jamais un corps de femme. Et se laissa déposer dans les bras tout un tas de sacs rose dragée.

— C'est pour la petite, répéta le garçon.

— Euh… Je te présente Elliott, balbutia Arnaud. Elliott, Lorraine…

Lorraine lui envoya un regard noir.

— Attendez, il n'est pas question…

Le rouge lui montait aux joues, et elle sentit ses yeux lui piquer. Petite ou pas petite, il n'était pas question que son ex, flanqué de son bellâtre – là, Lorraine était de mauvaise foi : Elliott était carrément *magnifique* –, mette les pieds chez elle. Pas après tout ce qu'il avait – ou plutôt n'avait pas – fait. À commencer par une pension alimentaire fantôme qu'il n'avait jamais pris la peine de payer.

— Tu ne t'es jamais occupé de tes enfants, ce n'est pas maintenant que tu vas te manifester !

— Papaaaaa !

Surgissant dans la cour, Marie plaquée contre elle comme une grenouille, Louise se précipita vers son père pour l'embrasser.

— Mon petit papounet…

Écœurée, mais totalement désarmée devant l'élan de sa fille, Lorraine battit en retraite dans la maison. Elle s'était juré de ne jamais dénigrer l'image du père devant ses enfants – et Dieu sait si, souvent, elle avait dû prendre sur elle !

— Oh ! Ce qu'elle est mignonne ! s'exclama Elliott, sans pouvoir quitter des yeux le bébé. T'as vu, Arn, elle est toute petite… Je peux la porter ? demanda-t-il, les mains tendues vers Louise.

D'un geste sûr, il prit délicatement Marie, maintenant sa tête avec précaution, comme s'il avait fait ça toute sa vie.

— Sept frères et sœurs, minimisa-t-il devant le regard admiratif de Louise qui n'imaginait pas qu'un homme pût faire preuve d'autant de dextérité avec un nouveau-né. Et j'étais l'aîné ! T'as vu, Arn… elle fait des bulles ! T'as vu ?

Arnaud, qui ne s'était pas beaucoup occupé de Louise et Bastien, ni à leur naissance ni après – Lorraine n'avait pas tort –, tendit son doigt vers les petites mains ; c'était le mieux qu'il pouvait faire pour avoir l'air de s'intéresser.

— T'as vu, Arn… elle te serre le doigt ! On dirait qu'elle te reconnaît ! Dis – Elliott prit son air ravageur qui ne présageait rien de bon –, … tu ne veux pas qu'on fasse un bébé ?

Avait-il bien entendu ? Arnaud sursauta. Mais au ton de son compagnon, qu'il connaissait par cœur, et à son large sourire, toutes dents dehors, il se douta que son ouïe ne l'avait pas trompé.

Il fut sauvé par Julie et Mario. Ils venaient de voir, à deux pas de là, le studio sur le toit de Mario où, contre la promesse de superviser l'arrosage, Julie allait s'installer. La question du logement de Julie était réglée. Et Mario, libéré des deux allers-retours quotidiens juste pour vérifier le niveau d'eau, allait pouvoir se consacrer aux négociations avec le syndic d'un immeuble voisin, dont il briguait l'immense toit plat pour installer un verger.

En découvrant, sous l'œil de louve de Louise, bienveillante mais non moins attentive lorsqu'un étranger s'approchait de son petit, les deux hommes en train de bêtifier – parmi lesquels Julie reconnut une version plus casual et pour ainsi dire délavée de son ex-beau-frère –, ils se figèrent. Se demandant ce qu'ils fichaient là.

Mario se raidit, dans un accès de jalousie. Même s'il était conscient qu'il y avait prescription, et qu'Arnaud n'était pas un rival, pour tout un tas de raisons dont Elliott était la plus évidente, il n'aimait pas que le passé de Lorraine fît irruption sur leur territoire. Julie le sentit. Il émanait de l'Italien comme une aura d'énergie négative. Elle s'empressa de faire diversion.

— Qu'est-ce que vous faites là ? s'enquit-elle, étonnée que Lorraine, dont elle connaissait les griefs, les inimitiés et le sale caractère les ait laissés entrer.

En plus de son incongruité, la présence des deux garçons mettait Julie mal à l'aise. Il lui fallut quelques secondes pour réaliser que c'était l'odeur de cuir du pantalon d'Elliott. L'espace d'un instant, elle revit la chaussure de son ancien compagnon sur le point de lui écraser le visage : si, avec le temps, la scène, qui avait eu lieu plus d'une année auparavant, avait tendance à s'estomper, elle ressurgissait encore dans son esprit, aussi terrifiante et précise que si elle avait eu lieu la veille. Une odeur de cuir, un cordonnier, une bibliothèque, un sellier… et les détails affluaient.

— Ta sœur nous l'a déjà demandé, répondit Arnaud sur la défensive, avec une pointe d'agressivité.

Sa place n'était pas exactement dans le patio de Lorraine, et il le savait. Et encore moins avec sa nouvelle conquête, dont la manière de couver des yeux le bébé l'exaspérait. Arnaud n'avait jamais eu l'instinct paternel, et ne faisait pas partie de ces gens chez qui la seule vue d'un nouveau-né l'éveillait.

Mais depuis que, surprenant une conversation téléphonique entre Louise et son père, Elliott avait appris la naissance de Marie, il n'avait eu de cesse que d'aller voir le bébé. Tannant Arnaud jour après jour comme il savait si bien le faire, alternant câlineries et bouderies qui, à chaque fois, venaient à bout de sa volonté. Sans compter la frénésie de shopping qui s'était emparée d'Elliott – grenouillères, peluches, petite couverture en baby cachemire qui avait coûté une fortune –, et menaçait sérieusement l'équilibre financier du couple. « Pire qu'une gonzesse », avait lancé Arnaud pour garder un semblant de face avant de capituler. Ce qu'Elliott avait pris pour un compliment, et qui l'avait fait glousser.

— Bast ! Tu viens dire bonjour à papa ? appela Louise en direction de la fenêtre de son frère, d'où sortait à pleins décibels le dernier tube de Metallica. Ouh, ouh ! Bast !

Louise eut beau crier, Bastien ne répondit pas, ni ne se montra. Mais « Nothing else matters » reprit en boucle, jusqu'à ce qu'il n'y eût plus de bruits de voix dans la cour.

Lorsqu'il fut certain que son père était parti, Bastien alla dans la cuisine reprendre, comme si de rien n'était, la préparation du dîner.

— Alors, Arn… Tu ne m'as pas dit ce que tu pensais de ma proposition…

Elliott tendit à Arnaud une de ses caïpirinhas parfaitement dosées et frappées, dont il avait le secret. Desserrant le premier bouton de son pantalon de lin en se disant qu'il allait vraiment falloir qu'il se prenne en main et commence un régime, Arnaud trempa ses lèvres dans le cocktail et se laissa tomber sur le canapé. Il fit voler ses fausses Todd's, qu'il portait pieds nus et qu'Elliott et lui avaient achetées dans tous les coloris – une affaire, à ce prix-là ! –, prit une profonde inspiration et ferma les yeux : voilà que ce foutu sujet revenait sur le tapis, qui semblait être devenu une obsession depuis qu'Elliott avait pris Marie dans ses bras. Il savait bien qu'ils n'auraient jamais dû y aller.

— Quelle proposition, mon bichon ? rima Arnaud, plus pour gagner du temps que pour savoir de quoi il s'agissait ; il le savait déjà.

Elliott passa derrière lui, et lui effleura les cheveux avant de se lover à son tour dans les coussins.

Ses mocassins rejoignirent ceux de son compagnon dans un geste identique, décrochement du talon et petite poussée, et ses pieds nus vinrent encercler les mollets d'Arnaud. Une caresse à laquelle il ne pouvait résister.

— Pour le bébé…

Si le galeriste était prêt à tout pour convaincre son partenaire, il n'avait pas envie de jouer. En temps normal, il n'aurait pas hésité à faire durer le suspense – qui, d'ailleurs, n'en était pas un tant il savait pertinemment qu'Arnaud le menait en bateau –, mais choisit cette fois-ci d'aller droit au but : l'enjeu était important, et il n'y avait pas lieu de s'en amuser.

Aîné d'une grande fratrie, comme il l'avait dit à Louise et qui avait semblé la rassurer, Elliott avait toujours adoré les enfants et ressenti le besoin de leur présence autour de lui. Au point qu'il avait longuement hésité entre une sexualité hétéro qui ne lui convenait pas, mais lui aurait permis de fonder une famille, et sa vraie personnalité. Lorsqu'il avait admis qu'il aimait les garçons – et qu'il n'aimait qu'eux –, Elliott avait ressenti une vraie douleur. Incompatible avec le fait de procréer, sa nature l'empêcherait toujours d'avoir des bébés.

Et puis, il y avait eu autour de lui quelques couples gays qui s'étaient mis à pouponner. Tout semblait donc possible, il suffisait de faire preuve d'un peu de créativité. C'était le moment ou jamais : avec l'arrivée d'Arnaud dans sa vie, Elliott s'était dit que le rêve était peut-être en train de devenir réalité. Il voyait en cet homme plus mûr et expérimenté le compagnon idéal avec lequel avoir des enfants et les élever.

De son côté, Arnaud faisait preuve de mauvaise volonté. Il avait déjà Louise et Bastien, envers lesquels, bien qu'il se complût dans un déni qui l'arrangeait, il ressentait de la culpabilité. Il était conscient de ne pas s'en être occupé comme il l'aurait fallu, de n'avoir été présent ni physiquement, ni financièrement. Trop habité par l'envie et la difficulté d'assumer et de vivre pleinement sa nouvelle sexualité. Et ce n'était pas maintenant – il commençait juste à retrouver un semblant d'équilibre –, qu'il allait remettre ça avec un bébé. Et qui s'en occuperait, d'ailleurs ? Il fallait une mère pour prendre soin d'un bébé.

— Quoi, le bébé ?

Il avait jusqu'à présent réussi tant bien que mal à éluder le sujet, mais il sentait Elliott de plus en plus déterminé. Qu'il le veuille ou non, il allait devoir affronter la question.

— Écoute, Arn… – Elliott se leva pour refaire une tournée de caïpirinhas. – Ça va faire un an qu'on est ensemble : tu ne crois pas que c'est le moment de penser à se marier et à avoir des enfants ?

Même s'il s'attendait à une offensive dans ce genre, Arnaud tomba des nues. Lui qui avait tellement lutté – contre le regard des autres et contre lui-même – pour accepter et faire accepter sa nature par son entourage, ne parvenait pas à comprendre comment Elliott pouvait, avec une telle détermination et une telle désinvolture, vouloir reproduire le schéma hétéro. Comment pouvait-on à la fois revendiquer sa différence et n'avoir de cesse que de se fondre dans le moule, après avoir clamé haut et fort qu'on n'en faisait pas partie ? Le paradoxe lui échappait.

— Pourquoi, on n'est pas bien tous les deux ? hasarda Arnaud piètrement. Tu veux vraiment qu'on se colle un petit être braillard qui nous empêchera de dormir, de sortir, de voyager ? Et qui nous coûtera un bras, en plus ! Je sais de quoi je parle, crois-moi !

À vrai dire, ce que coûtait un enfant, il n'en avait qu'une vague idée : il avait très vite arrêté de verser à Lorraine la pension qu'il lui devait, et n'en avait entendu parler qu'à travers les budgets que lui présentait son avocat, qu'il parcourait d'un œil distrait. Mais une chose était certaine : ce n'était pas avec ses épisodiques missions d'interprète et les bénéfices aléatoires de la galerie d'Elliott qu'ils allaient nourrir une famille. Même si Elliott avait du flair et le chic pour repérer les artistes de demain, c'étaient les artistes de *demain,* et il était souvent obligé d'investir plus que ses poulains ne lui rapportaient. Pas plus que l'art, l'agrégation ne payait.

— T'inquiète, pour le bras… j'en fais mon affaire ! Et c'est justement parce qu'on est tellement bien tous les deux que je me disais que… – Elliott joua avec une boucle de ses cheveux bruns, ce qui rendait Arnaud fou et il le savait. – On pourrait construire… quelque chose de plus, tu vois ? On pourrait être une famille…

— Mais non, El, enfin, qu'est-ce que tu racontes ? On peut être un couple, mais on ne sera jamais une famille ! On a choisi ! Et puis je ne vais pas replonger dans un ersatz de modèle hétéro après en avoir tellement chié pour en sortir !

C'était dit. Au point de blesser. De risquer un conflit, ce que pourtant il détestait. Arnaud connaissait l'amour de son compagnon pour les enfants, et le déchirement que cela avait été, pour ne pas se trahir lui-même, de devoir y renoncer. Les mots étaient venus tout seuls, pour dire abruptement, maladroitement, ce qu'Arnaud ressentait profondément.

Il n'avait pas fait tout ce chemin pour se remettre sur le dos une charge de père.

— C'est facile pour toi de dire ça, tu as déjà des enfants ! Et même des *petits*-enfants ! lança le galeriste insidieusement. – Sous entendu : tu es vieux, même si tu t'évertues à rester jeune ; et tu as de la chance de m'avoir. – Ce serait vraiment très égoïste de ta part de me refuser un bébé ! Ou alors c'est que tu ne m'aimes pas et que tu te dis…

— Mais si, Elliott, je t'aime ! Bien sûr que je t'aime, ça n'a rien à voir !

Arnaud prit la main de son compagnon, qui la retira.

— Non, bouda Elliott, tu ne m'aimes pas ! Tu ne me refuserais pas un bébé si tu m'aimais ! À quoi ça sert de rester avec quelqu'un qui ne vous aime pas ? lâcha-t-il un ton plus bas.

Mais suffisamment fort pour qu'Arnaud entende le message.

— Bonjour, madame ! dit Octave en entrant dans la cuisine où Lorraine donnait le biberon à Marie.

Il avait passé la nuit avec Louise et leur fille, comme il essayait de le faire le plus souvent depuis que ses journées s'articulaient entre sa formation de marketing en alternance et le stage que sa mère lui avait offert dans la société de cosmétologie familiale. Offert étant un bien grand mot : soucieuse de le voir continuer ses études, tout en participant financièrement à l'éducation de sa fille, Bénédicte avait inscrit Octave d'office dans cette école qu'elle connaissait et appréciait pour le sérieux des élèves qu'elle y avait déjà recrutés. Et avait fait son affaire du stage obligatoire et rémunéré. Une manière de permettre au jeune homme de garder la face, tout en conservant un œil sur lui. Bénédicte aimait tout contrôler, surtout ce qui lui échappait.

Et, ces derniers temps, pas mal de choses lui avaient échappé. Elle les avait reprises en main à force de philosophie et de volonté. Les frasques de son mari, pour commencer, au moment où ils étaient en plein dans l'élaboration du Cyrinol, un produit révolutionnaire qui allait non seulement contrer les effets du temps mais les inverser. Leur mariage battait de l'aile, Cyrille vivait mal le fait qu'après la mort de son père elle fût devenue son boss ; il avait hésité, était parti, puis revenu. Et elle l'avait repris, dans l'intérêt de la société plus que dans celui de son couple, auquel elle ne croyait plus. Cyrille était un excellent chercheur – un chercheur qui trouvait ! Et si les sentiments qu'ils avaient jadis éprouvés l'un pour l'autre les avaient désertés, ils formaient désormais un binôme professionnel innovant et performant. Que demander de plus, après toutes ces années ?

Bien sûr, le fait d'être grand-mère alors même qu'elle paraissait dix ans de moins grâce au Cyrinol ne l'avait pas particulièrement enthousiasmée. Elle se trouvait ainsi liée par capillarité avec Lorraine, qu'elle détestait, bien qu'elle ne l'eût rencontrée qu'une seule fois. Mais elle avait compris que, comme pour beaucoup de choses dans la vie, elle n'y pouvait rien. Dès lors, mieux valait avancer de manière constructive plutôt que de se morfondre.

Ainsi, elle avait fait ce qui était en son pouvoir pour aider son fils, mettant un mouchoir sur le fait qu'il passait le plus clair de son temps libre – et ses nuits – chez celle qu'elle ne pouvait s'empêcher, aujourd'hui encore, de considérer comme sa rivale. Elle accaparait son aîné après lui avoir piqué son mari. Octave avait beau lui répéter que Lorraine filait le parfait amour avec un Italien formidable, que c'était une fille super que Bénédicte pourrait même apprécier si elle faisait preuve d'un peu de bonne volonté, elle ne voulait rien entendre. Elle se sentait diminuée.

Oui, c'était ça. Lorraine avait surmonté son chagrin d'amour, accueilli Octave comme son propre fils et refait sa vie. Que cette fille qui en avait vu d'autres fût aujourd'hui *heureuse* projetait Bénédicte devant la vacuité de sa propre vie affective. Le problème était là, en vérité.

— Quand est-ce que tu vas arrêter de m'appeler madame ? J'ai l'impression d'avoir dix ans de plus, là !

Lorraine sourit à Octave, qui se dandinait d'un pied sur l'autre, ne sachant quelle posture adopter. Octave se détendit. Il aimait bien la mère de Louise. Elle avait pris la situation à bras-le-corps lorsqu'ils avaient décidé de garder le bébé ; peu de parents l'auraient fait. Et il aimait sa rousseur, sa désinvolture, son optimisme qu'il retrouvait chez Loulou et qui l'avaient séduit. Mais il ressentait toujours une certaine gêne en sa présence, comme l'ado qu'il était encore à moitié face à une femme dans la splendeur de sa maturité.

— Bonjour euh… Lorraine, se força-t-il à dire avant de demander pour se donner une contenance : vous voulez que je finisse de lui donner son biberon ?

Lorraine secoua la tête, faisant dégringoler ses boucles rousses en cascade du chignon qu'elle s'était noué à la va-vite.

— Non, toi tu avales quelque chose en vitesse et tu files ! Pas question d'être en retard au bureau, je ne veux pas avoir de problème avec ta mère !

Dit comme une boutade, mais qui n'en était pas une.

Lorraine se souvenait encore de sa rencontre avec Bénédicte. C'était lorsque celle-ci avait appris que Louise et Octave allaient avoir un bébé, respectivement à seize et dix-sept ans. Folle de rage, elle était venue trouver Lorraine au magasin pour lui dire sa façon de penser. Non seulement elle avait essayé de lui voler son mari – c'était vrai, mais bon, Lorraine l'aimait, son mari –, mais elle était complètement inconsciente de ne pas obliger sa fille mineure à avorter. Ce n'était pas faux non plus, du point de vue du bon sens, mais d'un point de vue humain c'était un peu expéditif. Or Lorraine avait toujours privilégié l'humain.

Lorraine se rappelait les cris de Bénédicte, son désarroi derrière une force apparente. Elle avait eu la finesse de ne pas en rajouter et de laisser Bénédicte se calmer. Et arriver seule à la conclusion qu'il ne servait à rien de prendre la vie à rebrousse-poil : mieux valait lâcher prise et s'organiser. C'était devenu sa philosophie, depuis.

Octave posa un baiser rapide sur le crâne de sa fille, qui glissait doucement dans une torpeur rassasiée, et s'enfuit.

— À ce soir, les filles ! lança-t-il joyeusement.

Dans des moments comme celui-ci, où il partait pour le bureau en costume – lin noir ou anthracite, chemise blanche – laissant les filles à la maison, il se sentait vraiment homme. Et, fort de ses nouvelles responsabilités, qu'il endossait comme peu de mâles, même adultes, il était vrai qu'il grandissait.

Lorraine le suivit des yeux, avec un brin de nostalgie : avec ses cheveux blonds épais et ses yeux bleus, le garçon rassemblait comme deux gouttes d'eau à son père. D'un geste de la main, elle chassa ses pensées et se leva pour aller coucher le bébé.

Elle avait Mario maintenant. La vie était ailleurs, et elle était ensoleillée.

*

— Qu'est-ce que tu en penses, toi ? demanda Julie aux grands yeux de Marie, qui, sanglée dans son transat, essayait désespérément d'attraper son pied.

En reconnaissant la voix de sa tante, l'enfant suspendit son geste et la contempla gravement en faisant des bulles. Julie s'accroupit près d'elle, et caressa délicatement sur sa tête le duvet presque blanc qui commençait à pousser.

— À ton avis… qui me fait livrer toutes ces fleurs ?

Avec une régularité de métronome, les bouquets continuaient d'arriver et d'envahir, après le bureau des infirmières, la cafétéria et exceptionnellement la chambre d'une patiente. Des roses, mais aussi des lys qui, pour le coup, ne franchissaient pas le bureau d'accueil, leur odeur étant si entêtante qu'on avait fini par les interdire dans les étages, des pivoines dont ce n'était pourtant plus la saison et des dahlias qui, eux, démarraient. Et toujours pas de carte, ni mot, ni le moindre signe permettant de mettre un nom sur le mystérieux admirateur. Car il s'agissait d'un admirateur particulièrement tenace et enfiévré.

À la maternité, les langues allaient bon train. Reléguant dans un coin de son cerveau la crainte qui s'était emparée d'elle et ne faisait que croître, Julie s'était mise à fantasmer.

Tout en mettant dans un vase le dernier arrivage – une brassée de roses d'Équateur particulièrement odoriférantes, qu'elle savait être les préférées de Lorraine –, elle jeta un coup d'œil à sa nièce qui continuait de l'observer.

— Quoi ? Ne me dis pas que c'est Victor, quand même ? Il me les aurait apportées lui-même, ou alors il aurait joint un petit mot pour les accompagner. Non ?

Impassible, Marie la fixait maintenant avec des yeux qui s'élargissaient. Comme si, par la seule force de son regard, elle essayait de lui donner la réponse, elle qui n'avait pas encore de mots pour la formuler. Toute la sagesse du monde habitait ce regard-là, qui rappelait tellement Ama et sa façon de communiquer.

— Hum… tu sais des choses que tu ne me dis pas toi… Tu crois qu'il est timide ?

Julie sourit à la petite fille, et la détacha délicatement. C'était l'heure du bain, et son tour de le lui donner.

— Évidemment, c'est toi qui as raison ma minette…, conclut Julie en vérifiant la température de l'eau. Ça ne peut être que Victor. Qui d'autre, sinon ?

L'image de Patrice surgit dans son esprit, qu'elle chassa d'un clignement des paupières, jusqu'à ne voir que les traits de Victor. Car s'il y avait une personne dont elle se sentait capable d'accepter les fleurs et les avances, elle qui, après sa mésaventure avec Patrice, s'était juré de se protéger et de ne jamais retomber sous la coupe d'un homme, c'était Victor. Même si c'était son boss, même si…

Victor, hum… pourquoi pas ? En plus, il était bel homme, avec sa carrure athlétique. Le bruit courait à la clinique qu'il avait été champion de natation junior, avant de représenter son université. Ses yeux comme des horizons et son nez légèrement busqué lui donnaient un profil d'empereur romain. Dont il avait l'autorité. Et puis, avec lui, elle se sentait en confiance. Et sa timidité, que sa nièce avait soulignée d'un battement de cils, la faisait encore plus craquer.

Marie se tortilla, cligna des paupières en faisant de drôles de ronds avec sa bouche, tirant sa tante de sa rêverie. Puis, au contact de l'eau du bain, qu'elle détestait, elle se mit à hurler.

À quelques encablures de là, dans un bar du quartier des Abbesses où les touristes profitaient jusque tard dans la nuit des dernières soirées d'été, Sophie préparait sa rentrée. Elle avait laissé à Bordeaux sa mère, Jeanne, et Ronan et Téo, ses deux petits frères, pour venir à Paris faire l'école de cuisine dont elle avait toujours rêvé.

En attendant le début des cours, elle suivait un cursus accéléré de musculation : le métier était physique, et elle n'avait pas l'intention de se laisser prendre des places par les garçons simplement parce qu'elle n'avait pas les bras et les épaules suffisamment forts pour manier poêles et autres marmites. Plantée, comme on disait dans son Sud-Ouest natal, avec son mètre soixante-dix-huit et ses formes généreuses, Sophie était une fille solide et déterminée. Lorsqu'elle faisait quelque chose, elle allait jusqu'au bout, et se donnait tous les moyens pour y arriver. D'où la fonte, la course à pied et le cardio, qu'elle détestait.

C'est là, suante et rougissante sur les machines de la salle de sport, qu'elle avait rencontré ses nouvelles amies. Sara, une liane à la peau ambrée, indolente et flemmarde, mais armée d'un humour à toute épreuve, entrait en fac de psycho, et Hélène, une blonde rose et hyper carrossée, beaucoup moins évaporée qu'il n'y paraissait. Se méfier des Barbies, s'était dit Sophie quand elle l'avait vue débouler dans son mini short fuchsia, assorti à la brassière qui dévoilait un ventre à la peau onctueuse et aux abdominaux parfaits. Et l'instinct de Sophie ne l'avait pas trompée : en plus d'avoir un corps à rendre hétéro le gay le plus convaincu – après tout, le retournement pouvait se passer dans les deux sens, non ? –, Hélène était une tronche. Elle venait d'intégrer Polytechnique.

— Vous qui êtes du coin, les filles, vous ne connaissez pas des plans pour arrondir mes fins de mois ? demanda Sophie en remplissant pour la troisième fois leurs verres de rosé.

Elle tenait à rembourser à sa mère les frais de son école et de son loyer. Même si elle ne le lui en avait jamais parlé, Sophie savait qu'elle avait dû emprunter pour l'aider à faire les études qu'elle convoitait. Et elle ne voulait surtout pas être une charge, estimant qu'avec ses petits frères et le restaurant familial sa mère en avait suffisamment sur les bras comme ça. Et puis Sophie aimait sortir, le bon vin, s'amuser, et n'avait pas l'intention de se priver. En travaillant dur après les cours, elle pourrait à la fois soulager sa famille et profiter de la capitale sans culpabiliser.

— Je te vois bien donner des cours de cuisine, suggéra Hélène. Ou mieux, tiens… aller faire la cuisine chez les gens !

Habituée aux compositions macrobiotiques de sa mère, Hélène avait depuis longtemps renoncé à identifier ce que contenait son assiette, mais ne rêvait que d'une chose : un bon steak au poivre avec des frites croustillantes. Alors, si quelqu'un pouvait venir de temps en temps lui en faire un à la maison… Rien que l'idée la faisait saliver.

— Pas sûre d'avoir envie de me remettre aux fourneaux après y avoir passé la journée…, réfléchissait Sophie, tout haut.

— En même temps, tu as un vrai savoir-faire, et tu ne vas pas cesser de progresser. Considère ça comme un entraînement. Rémunéré, en plus ! C'est plus sympa que de donner des cours de maths à des ados pétardisés !

— Qui finiront de toute manière dans une école de cuisine, crut bon de plaisanter Sara, avant de se rendre compte qu'elle venait de gaffer. Non, mais je déconne…

Sophie avait un peu de mal à s'habituer à la causticité de Sara, et à son humour parfois un peu particulier. Mais le sourire désarmant qu'elle affichait à chaque fois qu'elle lançait un bon mot faisait tout passer. Du coup, elle avait pris l'habitude de dire ce qui lui trottait dans la tête, et ce pratiquement depuis le jour où elle avait commencé à parler.

— En même temps, la bouffe, il n'y a que ça de vrai ! renchérit Hélène, qui venait de recevoir un texto de sa mère lui demandant de ne pas oublier de lui rapporter du lait de soja. Mais elle m'emmerde avec son lait de soja ! Il est onze heures du soir, et elle n'a rien de mieux à faire que de me demander de lui rapporter du lait de soja ! – Elle coupa son portable, et le jeta dans son sac. – Elle ira se le chercher elle-même ! On reprend une bouteille, les filles ?

Les filles n'avaient pas eu le temps de répondre qu'Hélène commandait déjà au serveur une deuxième bouteille de minuty.

— Sinon, je peux te pistonner auprès de mon agence d'hôtesses…, proposa Sara, soucieuse de se faire pardonner. Ça les changera des habituelles potiches…

Sophie était un peu ronde, certes, mais elle était grande et dégageait une telle féminité que Sara était persuadée qu'elle avait toutes ses chances. Et son regard de miel, qu'elle plantait sans vergogne dans les yeux de ses interlocuteurs, lui donnait une personnalité qui manquait à la plupart des filles avec lesquelles elle était amenée à travailler.

Et puis ce n'est pas là que je risque de rencontrer le prince charmant, songea-t-elle. Car tel était aussi son agenda secret : trouver l'âme sœur, le grand amour, qui la ferait vibrer comme dans les romans à l'eau de rose qu'elle dévorait.

— Ben, je sais pas moi… des babysittings ? Ou mieux, tiens : mère porteuse ! Au lieu d'avoir les gniards qui braillent dans le salon, tu les as dans ton ventre, tu les entends pas. Et puis c'est un CDD qui dure toute l'année ! Et en plus, c'est vachement porteur, comme marché, conclut-elle, franchement hilare.

— Non mais tu déconnes, là ? cingla Hélène, qui en entendant son amie avait failli s'étouffer.

La plaisanterie n'avait pas du tout l'air de l'amuser.

— Euh..., bégaya Sara, décontenancée. Évidemment, oui, je déconne !

Elle ne s'attendait pas de la part de son amie à une réaction d'une telle violence. Disproportionnée.

— Oui ben on déconne pas avec ce genre de sujet !

— Ah, Julie ! Vous tombez bien ! On va avoir besoin de vous en salle 4 !

Sur son planning, Julie n'avait rien de prévu avant la fin de la matinée. Elle était tranquillement en train de se préparer une tasse de thé. L'arrivée de Victor, en tenue verte et manifestement excédé, provoqua chez elle une montée d'adrénaline qui la prit par surprise. Décidément, son boss ne la laissait pas indifférente.

— Mais…, bégaya-t-elle. Je croyais que Mélanie…

Elle se sentit rougir et s'en voulut, et plaqua par réflexe, en un geste dérisoire, ses deux paumes sur son visage pour cacher les manifestations de son corps qu'elle ne maîtrisait pas.

— Elle ne va pas y arriver ! coupa le chirurgien d'un ton qui n'invitait pas à la discussion. Allez, enfilez votre bazar et rejoignez-moi là-bas. Il faut que j'y retourne !

Galvanisée par la pointe de mépris qu'elle avait cru déceler dans la voix de Victor à l'encontre de Mélanie, Julie laissa sans regrets son mug de Earl Grey

– à vrai dire, plus que le goût, qu'elle trouvait amer, c'était l'odeur qu'elle préférait dans le thé. Elle s'engouffra dans les vestiaires, passa la tenue ad hoc et fonça vers le bloc. Évitant de peu de percuter une Mélanie fulminante de rage qui faisait le chemin en sens inverse.

— Je te souhaite bien du plaisir, ma vieille ! lança-t-elle de sa voix éraillée. Tout le monde est d'une humeur de chien ce matin, à commencer par ce cher Victor. Je viens de me faire dégager comme une vieille chaussette et…

Julie n'entendit pas la fin. Poussant la porte de la salle 4, elle tomba sur un spectacle qu'hélas, elle connaissait bien : une parturiente qui n'arrivait pas à expulser son bébé, et que l'absence d'anesthésie faisait hurler. À ses côtés, un grand brun lui tenait la main et lui essuyait le front avec une gaze. Inutile et imperturbable.

— Mais pourquoi on n'a pas fait de péridurale ? s'emporta Julie, qui ne comprenait pas que de nos jours et lorsque l'on avait le choix, on pût encore enfanter dans la douleur.

— Notre religion nous l'interdit, rétorqua l'homme, catégorique.

Mal à l'aise, sans savoir exactement pourquoi, Julie détourna le regard et se concentra. Se vider la tête, ne pas juger, ne penser à rien. Seuls comptent les gestes… faire son boulot, seuls comptent les gestes, elle était là pour ça.

— Putain de secte, oui ! grommela Victor, incapable de se contenir.

Il avait beau en voir de temps en temps, des originaux qui refusaient ce que la technologie avait à offrir pour atténuer la douleur – souvent, la décision venait des hommes, et ce n'était pas eux qui étaient sur la table en train de se faire déchirer –, il n'arrivait pas à s'y faire.

— Bon, on y va…

Confrontée à l'urgence, dans l'exercice de son métier, Julie était une autre personne, aussi sûre d'elle et déterminée que dans la vie elle était incertaine, hésitante et encline à se dénigrer.

D'une main, elle prit la nuque de la femme, de l'autre, sa jambe, Victor répétant le même protocole de son côté, et se mit à compter.

— Un, deux…

— Je vous préviens, ça marche du premier coup sinon c'est la césarienne ! gronda le chirurgien à l'intention du père.

— Trois !

D'un mouvement parfaitement orchestré, ils induisirent une poussée qui fit sortir le bébé. La mère se relâcha d'un coup et éclata en sanglots, tandis que son mari lui répétait d'un air triomphant que tout s'était bien passé, qu'il le lui avait bien dit, qu'*ils* avaient mis au monde un beau bébé… une fille, dommage, *elle* ferait mieux la prochaine fois.

— Bon, je sors de là sinon je ne réponds plus de rien, déclara Victor, qui avait du mal à contenir sa colère. – Ce genre de types, c'était plus fort que lui, il ne les supportait pas. – Félicitations, madame ! lança-t-il, ignorant délibérément le père. Et bravo, Julie !

Sans vous, je ne sais pas comment les choses auraient tourné. Ah ! Tant que j'y pense… il faudrait songer à faire quelque chose pour tous ces bouquets !

Sans prêter attention à la dernière phrase du chirurgien – sans véritablement l'entendre, ce n'est que plus tard qu'elle en comprendrait la portée –, Julie mit le bébé sur le ventre de sa mère. Elle n'en voulait déjà pas. Une fille. Julie l'emporta afin de lui prodiguer les premiers soins. À la vue de ce petit être innocent et fripé qui avait eu le mauvais goût de se tromper de sexe, son cœur se serra. À quoi bon mettre des enfants au monde si c'était pour ne pas les aimer ?

*

Ce soir-là, Julie battait une omelette, accompagnée d'une salade de cœurs-de-bœuf du jardin – qui s'étendait, foisonnant et généreux, sous ses yeux – et de quelques tranches de pain grillé, en passant en revue les événements de la journée. La déconfiture de Mélanie – bien fait, depuis le début elle ne la sentait pas, cette fille ; la douleur de cette femme, physique mais aussi morale ; cette petite fille qui s'était trompée de famille, et grandirait, mal aimée, dans un non-dit lourd de reproche ; ce père, macho, inconscient, insensible, sûr de son bon droit et de ses convictions tant que cela ne le concernait pas directement – ce n'était pas lui, en train de crier, écartelé entre les étriers ! Cet homme lui inspirait du dégoût, et de la peur aussi. Oui, c'était bien de la peur qu'elle avait éprouvée, de manière inconsciente et subliminale, en voyant à l'œuvre cet homme dont le comportement lui rappelait Patrice.

Et la dernière phrase de Victor. Il lui avait fait confiance, l'avait félicitée… mais ce n'était pas lui qui envoyait les bouquets.

Déçue, pour ne pas dire effondrée, Julie s'installa sur le toit, et se versa un verre de chasse-spleen – atavisme familial, qu'elle partageait avec Lorraine. Sans s'être jamais consultées les deux sœurs chassaient le spleen… au chasse-spleen !

Elle sirota le moulis d'un air grave, contemplant d'un œil distrait les plantations de Mario qu'elle couvait comme une louve depuis qu'elle avait fait son nid dans la grande cabane de jardinier. Mais le vin avait ce soir un goût âpre : celui de l'amour perdu avant d'avoir été vécu. Et de la peur, aussi…

Arriva un autre bouquet, qui celui-ci – enfin ! – était accompagné.

Lorsque Julie reconnut la silhouette qui, de dos, faisait les cent pas devant le bureau des infirmières, elle crut défaillir. Non, ce n'était pas possible, cela ne pouvait être lui ! Et pourtant si, elle le pressentait. Bien qu'elle eût tout fait pour le refouler, allant jusqu'à se convaincre que les fleurs pouvaient venir de Victor, au fond d'elle-même elle le savait. Elle l'avait deviné depuis le début. Il n'y avait qu'un homme sur terre assez pervers, arrogant et sûr de lui pour envoyer des cadeaux anonymes. Parce qu'il savait qu'elle saurait. Parce qu'elle lui appartenait.

Elle était sur le point de détaler à toutes jambes, lorsque l'homme se retourna : c'était lui, mais ce n'était pas lui.

Patrice décocha à Julie un sourire lumineux, bienveillant, et se précipita pour la prendre dans ses bras.

— Ma chérie ! s'exclama-t-il en la dévorant des yeux. Si tu savais comme tu m'as manqué !

Comme si de rien n'était.

Comme s'il ne s'était rien passé, qu'une année ne s'était pas écoulée, que Julie n'avait pas repris sa vie en main… sans lui. Comme si la séparation n'avait jamais été consommée. Ce qui était le cas, d'une certaine manière : Julie avait fui au fin fond de l'Afrique, sans dire à Patrice qu'elle le quittait – trop peur. Et celui-ci l'avait attendue, et s'était débrouillé pour la retrouver.

Comme s'il n'avait pas failli la tuer.

— Bon, j'imagine que tu as mille choses à me raconter ! Et si je t'emmenais déjeuner ?

Pas une allusion à leur séparation, pas un reproche, rien. Patrice – ce Patrice-là – était gai, enjoué, pétillant… rien à voir avec le compagnon possessif, pervers et tyrannique dont elle avait voulu se libérer.

Prise de court, face à cet homme qu'elle avait adoré et haï, Julie ne comprenait pas ce qui lui arrivait. Non, pas vraiment haï d'ailleurs, elle n'en avait jamais été capable. Elle avait simplement trouvé la force de s'éloigner, de le quitter sans avoir le courage de le lui dire, mais de mettre des kilomètres et des mois entre eux, ça oui. Une sorte d'instinct de survie. Mais l'était-ce vraiment, ou s'était-elle laissé convaincre par son entourage, et par le sentiment d'insécurité grandissant qui l'étouffait ? Julie ne savait plus. En voyant Patrice ce matin-là, grande bouille carrée avec une fossette et des yeux mouillés d'émotion, elle trouva sa fuite bien dérisoire. Et si, pendant tous ces mois, elle l'avait diabolisé sans raison, en se racontant des histoires ?

Pourtant, la scène de la chaussure lui revint en filigrane, chassée par le souvenir de tous les bons moments qu'ils avaient passés ensemble. Assaillie de sentiments violents et contradictoires, Julie en venait même à se demander si cette histoire de chaussure, elle ne se l'était pas surjouée, comme un tour de son esprit pour la convaincre de partir. Pour l'obliger à quitter l'homme qu'elle aimait. Qui lui faisait du mal, peut-être, certainement, même. Mais qu'elle aimait. Une manipulation de son inconscient pour la forcer à fuir, à se détacher. Un instinct de survie, vraiment ?

Et toutes ces fleurs : Julie se rappela à quel point Patrice était généreux, à quel point il la gâtait. Se retrouver nez à nez avec lui, elle devait bien l'admettre, la bouleversait.

— Eh bien… cela ne te fait pas plaisir de me voir ? Après tout ce temps ?

Le ton était doux, joyeux. L'autre Patrice aurait aboyé « cache ta joie », ou « si ça te fait autant plaisir de me voir je me tire et ce n'est plus jamais la peine de me rappeler ! ». Mais non. Rien de tout cela, et pas une question.

— Heu…, Julie se sentit rougir. Si… Mais après tout ce temps… Je suis surprise, c'est tout…

Elle se rendit compte qu'elle tremblait.

— C'est l'émotion, ma puce, constata Patrice, à qui rien n'échappait. – Il l'entoura de son bras, et la serra contre lui. – Allez viens, j'ai réservé à côté. Et après tu pourras retourner travailler… On m'a dit que tu faisais des merveilles, d'ailleurs ! ajouta-t-il en lui décochant un clin d'œil. Finalement, ça valait le coup, cette période de formation !

Cette manière de tout minimiser…, la mit en garde une petite voix, que Julie n'entendit pas.

Elle se laissa entraîner vers la sortie, sous l'œil inquisiteur et gourmand de Mélanie, ce dont elle éprouva une certaine fierté. Patrice était bel homme, charismatique, charmeur et charmant. S'afficher avec lui devant cette vieille fille ne lui déplaisait pas. Du coup, elle saisit le bras de son ex et se rapprocha insensiblement, jetant au passage un coup d'œil furtif par-dessus son épaule, pour voir si l'autre était toujours en train de regarder.

Mais Mélanie avait disparu : sans doute déjà dans le bureau de ses collègues, à déblatérer.

*

Victor Le Crétois était en proie à des sentiments mitigés : l'exaltation, la confusion, et le désarroi.

L'exaltation car ce qu'il ressentait à l'égard de Julie ressemblait fort à de l'amour. Ou en tout cas à l'idée qu'il s'en faisait, puisque de sa vie il ne l'avait jamais éprouvé. Il se l'était toujours interdit ; trop compliqué, pensait-il, persuadé qu'il pouvait tout maîtriser.

Pourtant, lorsque, un peu plus d'un an auparavant, Julie avait débarqué dans son bureau, en lui demandant de l'aider à avoir un enfant quand tout son être implorait le contraire, il avait ressenti un élan pour cette belle brune fragilisée. Elle ne savait plus où elle en était – ni *qui* elle était. Cet élan s'était mué en manque quand, comprenant la situation, il l'avait confiée à son frère, et l'avait éloignée. Et tomber nez à nez avec elle, à son retour, l'avait bouleversé.

Il avait été imprudent de lui demander de travailler pour lui, il le savait. Côtoyer la tentation, pour un homme, aussi résolu fût-il, n'était pas la meilleure manière d'y résister. Mais les nouveaux talents développés par Julie en Afrique, et colportés par son frère bien avant leurs retrouvailles, fournissaient une occasion trop belle pour passer à côté.

La confusion parce qu'avoir Julie près de lui, plutôt que de l'apaiser, le mettait continuellement sur des charbons ardents. Physiquement, sentimentalement, mais aussi intellectuellement. D'autant que la maîtrise professionnelle de la jeune femme, si contradictoire avec son comportement dès qu'elle sortait du bloc et l'image désastreuse qu'elle avait d'elle-même, forçait son admiration.

Il admirait Julie, qui ne s'admirait pas.

Et cette admiration nourrissait et amplifiait son amour. D'où la question corollaire : quels étaient les sentiments de Julie à son égard, elle qui ne montrait jamais rien ? Un respect mutuel, oui, ça il l'avait identifié, de même qu'une forme de reconnaissance dont il ne voulait pas.

C'était là qu'intervenait le désarroi : peu importe ce qu'il ressentait pour Julie, et ce qu'elle pouvait ressentir pour lui, il n'était pas un homme pour elle, lui qui, dans sa vie sentimentale, n'avait jamais su – ou voulu – s'engager. Des femmes, il en avait connu, bien sûr, et plus que de raison, mais il n'en avait épousé aucune. Il avait préféré les quitter, ou se faire quitter.

Et puis il y avait ce type qui l'infestait de bouquets.

Dans la pénombre de son bureau dont il avait poussé la climatisation à fond, adossé à son fauteuil et sirotant – en pensant à elle, parce que c'était sa boisson fétiche – un *vrai* coca-cola glacé, Victor Le Crétois, le grand Victor Le Crétois se sentait un vieux con. Il avait offert l'avenir et les joies de la maternité à tant de femmes éplorées, et réalisait brutalement qu'en ce qui le concernait, l'avenir était plutôt derrière lui. Sauf si…

Sauf s'il avait le courage de saisir la main que la vie lui tendait.

— Ah non ! s'exclamèrent d'une seule voix Louise et Lorraine quand, après avoir longuement hésité, Julie s'était résolue à leur raconter son déjeuner.

Même les yeux de Marie, deux mois et demi et déjà la sagesse de toute une vie, semblaient exprimer la réprobation. Et le gâchis.

— Tu ne vas pas te remettre avec ce salaud ! Après tout le mal qu'il t'a fait…

Toute la famille partageait un cassoulet dans la cuisine de la rue Marcadet, où Julie dînait presque tous les soirs quand elle n'était pas à la clinique – au prétexte de prendre son tour auprès de Marie. Mais en vérité, si Julie adorait son perchoir sur les toits, elle s'y sentait souvent un peu seule. Elle avait besoin d'être entourée.

— Un cassoulet en plein été, avait râlé Louise, qui tentait tant bien que mal de venir à bout des derniers kilos de la maternité. J'aime pas !

— Tu parles ! fit Bastien, lorgnant l'assiette de sa sœur, qu'elle avait déjà terminée. On est en septembre, c'est un mois en r… Mois en r, bouffe d'hiver !

Il resservit Octave qui, lui, ne rechignait pas devant un bon petit plat.

Si son père était fin gastronome, à Paris la mère d'Octave carburait toujours au jambon coquillettes ou au steak haché, qu'elle mettait un point d'honneur à préparer elle-même pour les enfants. Comme lorsqu'ils étaient petits, alors qu'ils étaient devenus grands. Mais voir ses enfants grandir, c'était reconnaître que l'on prenait de l'âge, et le métier de Bénédicte consistait justement à lutter contre les années. Les nier pour mieux les éradiquer.

— Bon, sérieux, Juju… – Lorraine trempa ses lèvres dans son verre de vin du Piémont, le préféré de Mario, dont il ramenait des caisses à chaque fois qu'il rendait visite à ses parents. – Tu ne peux pas…

— Non, mais attendez… je n'ai pas dit que j'allais me remettre avec lui. J'ai juste dit que nous avions déjeuné et que… c'était beaucoup mieux que ce que j'aurais imaginé. Il a changé, vous savez…

Lorraine, qui avait vu Patrice à l'œuvre dans son travail de sape systématique, de dénigrement et d'isolement de sa sœur, était certaine que c'était une entreprise de manipulation pour la récupérer. À l'instar du chat qui n'abandonne jamais sa souris avant que celle-ci ne soit morte, le pervers narcissique revenait constamment sur sa proie. Il n'en avait fini que lorsqu'elle était finie…

Et dans le genre, Patrice était très fort. Il savait se montrer charmant, et manifestement, se donnait les moyens.

Quant à Louise, elle partait du principe que les gens ne changeaient pas… pas plus qu'on ne les changeait.

— Trop pas, Juju ! intervint-elle en plongeant sa cuiller dans le plat. Il n'a *pas* changé ! Le fait même qu'il soit encore là à te courir après montre qu'il n'a pas changé. Il veut récupérer son jouet, c'est tout… Et après, tout recommencera comme avant… ou pire !

La voix de Louise s'étrangla, provoquant chez Marie un battement de cils d'assentiment. Mère et fille partageaient la même clairvoyance.

— Si je peux te donner mon avis de mec, Julie… – Mario remplit les verres, avant de continuer. – Je crois que les filles ont raison. Un homme qui revient un an après s'être fait plaquer, comme si de rien n'était et sans faire la moindre allusion à ce qui s'est passé, ce n'est pas de l'amour. Un homme amoureux aurait été pressant, il aurait voulu savoir, comprendre… Non, s'il la joue comme tu le racontes, froidement, calmement, c'est que c'est calculé… c'est pour mieux te le faire payer après. Crois-en la parole du macho italien !

— Mais…

Malgré elle, et sans vraiment savoir pourquoi, Julie éprouvait le besoin de défendre Patrice.

La preuve que ça recommence comme avant, disaient les yeux de Marie posés sur elle. Ne replonge pas…

— *Ma*, d'après toi, insista Mario en écartant les mains.

Lorraine adorait le voir se lancer dans ces discussions enflammées, avec force gestes et dérision. Elle lui glissa un regard de feu en lui effleurant le cou.

— Julie, réfléchis : il fonctionne comment, le macho, à ton avis ? N'écoute pas, ma chérie, gloussa-t-il à l'intention de Lorraine. Je ne vais pas te donner mon mode d'emploi. Je parle à ta sœur, là.

Hilare, Lorraine l'embrassa avant de faire mine de débarrasser. L'oreille aux aguets : la démonstration l'amusait.

— Le macho… – Mario bomba le torse et se passa les deux mains dans les cheveux. – Le macho n'aime pas être quitté. C'est lui qui quitte. Alors, quand ce n'est pas lui qui a choisi de partir, quand il se fait lourder, il fait tout pour récupérer la fille… pour la laisser tomber tout de suite après, quand *il* l'aura décidé. C'est juste histoire d'avoir le dernier mot, tu comprends ?

— À la limite, si c'était pour mieux la plaquer…, commenta Lorraine. Mais tu ne connais pas Patrice, c'est un vampire, une saloperie de pervers…

Des images de sa sœur lorsqu'elle était encore sous la coupe de son compagnon lui revenaient. Julie prenant sa défense, Julie terrifiée, n'osant rien dire, n'osant pas manger. Julie tremblante lorsqu'il appelait, en larmes lorsqu'il n'appelait pas. Julie perdue, démolie, annihilée. Annulée. Julie sans Julie. Plus de Julie.

— Il va te reprendre pour mieux te détruire, ma Juju. – Lorraine serra dans les siennes les deux mains de sa sœur. Fort. – Il va… il va te tuer !

— Mais non, enfin ! Puisque je vous dis que ce n'est plus le même homme ! Et puis qu'est-ce que vous en savez, d'abord ! Vous ne l'avez même pas vu ! Merde !

Se levant brusquement, Julie prit son sac et se dirigea vers la porte.

— Je crois qu'il vaut mieux que j'y aille. Puisqu'on ne peut même pas discuter…

— Julie, ne fais pas ça !

Louise la rejoignit et lui prit le poignet, mais Julie se dégagea.

— Salut !

Elle claqua la porte, et Marie se mit à pleurer.

*

Dans la rue, Julie hésitait entre retourner à la clinique, ou rentrer directement chez elle se coucher. Sans vraiment savoir pourquoi, elle composa le numéro de Victor. Elle avait besoin de paroles sages, et d'être réconfortée.

Et cette fichue voix qui susurrait… Il suffit que tu revoies ce Patrice pour de nouveau ne plus savoir où tu en es. Et cela n'a duré que le temps d'un déjeuner. Tu imagines…

— Victor, je…

— Ah ! Julie ! s'exclama Victor en reconnaissant le numéro – la voix ? – de la jeune femme. Qu'est-ce qui vous amène à cette heure ?

— Il est tard, je sais, je suis désolée de vous déranger…

Se sentant bégayer, Julie fut tentée de s'excuser et de raccrocher.

— Vous ne me dérangez absolument pas ! À vrai dire, Julie, vous ne me dérangez jamais ! J'allais sortir dîner, vous venez ?

— C'est que…

Julie se scanna intérieurement. Elle était venue directement de la clinique à la rue Marcadet, et n'était ni douchée, ni changée, le cheveu en berne, aplati et peut-être même graissé – quelle horreur – par une journée de travail. Sans parler de son humeur maussade et de sa contrariété.

— Rien du tout, Julie ! Vous n'avez pas besoin de vous mettre sur votre trente et un pour dîner avec moi, n'oubliez pas que je vous connais en masque, charlotte et blouse verte, alors franchement…

Réalisant soudain à quoi elle devait ressembler comme ça, Julie éclata de rire. Même un peu défraîchie, son allure de ce soir ne pouvait être plus moche que le spectacle qu'elle offrait quotidiennement au bloc. Verdâtre, transpirante, le visage ridé par la concentration… Victor avait vu pire, en effet !

— Bon. Si vous voulez…

— Si *VOUS* voulez ! Dites-moi où vous êtes, et je passe vous chercher.

— Je sors de chez ma sœur, je… je remontais vers la clinique.

— Ah, parfait ! Commandez-vous un coup à boire au Café de la poste, alors… j'arrive !

Cinq minutes plus tard, à croire que, sûr de lui, il était déjà en chemin tandis qu'ils palabraient – et qu'il avait deviné où elle était –, Victor garait devant la terrasse du restaurant sa Smart décapotée.

— Rien de mieux dans Paris ! sourit-il en s'extirpant avec aisance, malgré sa taille, de l'élégant habitacle en loupe d'orme et cuir crème. Vous avez de la chance d'avoir trouvé une table !

Il fit signe au serveur, qui se précipita pour venir le saluer. L'endroit avait l'air d'être son QG.

— Antoine, mon petit ! Apporte-nous donc une bouteille de votre très bon rosé, la Bégude, là, tu sais ? Ça vous va si on dîne ici ? s'enquit-il en s'installant à côté de Julie.

— Bien sûr !

Julie était décontenancée. Sous le charme, mais décontenancée. La présence de cet homme, avec qui elle avait pourtant l'habitude de travailler, sa manière d'investir l'espace et de dégager une sorte de sympathie et d'entrain contagieux la subjuguaient. Alors qu'elle pensait commencer à bien connaître Victor, elle réalisa qu'il en avait encore beaucoup sous le pied.

— Antoine est mon filleul, expliqua le chirurgien quand le garçon leur fit goûter le rosé. C'est le fils de mon meilleur copain, que nous aurons peut-être le plaisir de voir ce soir. Il est dans les parages, ton père ? demanda-t-il à Antoine, avant que celui-ci ne reparte en hochant la tête – ce qui pouvait tout aussi bien vouloir dire oui, ou non – sans avoir pris leur commande. Ah, oui, parce qu'il faut que je vous dise, Julie : ici, tout est délicieux, le seul truc c'est qu'on ne choisit pas ce qu'on mange !

Pour seule réponse, Julie sourit. Qu'y avait-il à répondre, de toute façon ?

Victor étendit ses jambes en face de lui, et fit quelques rotations des chevilles en piochant dans les acras brûlants et épicés que l'on venait de leur apporter.

— Ah ! Rien de tel pour se détendre… – Il soupira d'aise, fermant les yeux un instant, fort, avant de les poser sur Julie. – Bon ! Goûtez-moi ça.

Il trempa un beignet dans la mayonnaise au piment, et le lui tendit.

— Qu'est-ce qui me vaut ce soir le plaisir de votre compagnie ?

— Je… j'avoue que je suis un peu perdue, là…

Tout d'abord hésitante, Julie commença à lui raconter sa vie. Partant de loin, comme si elle venait de trouver une oreille qui pouvait tout entendre. Et à qui, sans qu'elle pût expliquer pour quelle raison, sans même être sûre qu'il y en avait une, elle pouvait tout dire. Elle parla de son père, enfin de celui qui l'avait élevée mais auprès duquel elle s'était toujours sentie, comment dire, « à part ».

— J'ai toujours eu l'impression qu'il préférait ma sœur, Lorraine… Et j'ai compris pourquoi, enfin je crois…

Elle lui parla du choc qu'elle avait éprouvé quand Patrice lui avait dit que son père n'était pas son père. Ce qui avait fini, après des péripéties que pour le coup elle passa sous silence tant il était douloureux pour elle de se le remémorer, par être confirmé par l'intéressé.

— Il avait des problèmes de fertilité, alors du coup il a fait appel à un donneur. Je suis l'un des premiers bébés éprouvette, sourit-elle.

Mais son sourire était empli de nostalgie, et de tristesse.

— Pas mal pour un premier essai ! blagua Victor en lui prenant la main.

Elle retira sa main, par réflexe plus que par goût. Elle la lui aurait volontiers laissée, cette main, elle en avait la douceur et la pression gravées dans la paume, qui l'avaient fait vibrer. Mais elle n'avait pas osé.

Enfin, elle lui parla de Patrice, et une ombre passa sur le visage de Victor, qu'il ne put réprimer.

— Je… Voilà. Je ne sais pas quoi faire. Je me demande si je ne l'ai pas diabolisé, si je ne l'ai pas quitté sur un coup de tête, si je ne me suis pas raconté des histoires. Et puis je m'aperçois que ça me pèse, d'être seule. Au fond, je n'étais pas si mal avec lui… Vous… – Elle planta ses yeux dans ceux de Victor. – Vous pensez que je peux lui donner une deuxième chance ?

— Tout dépend si dans votre cheminement personnel vous avez encore besoin de vous faire du mal ou pas.

C'était sorti comme ça, tout seul. Normalement, Victor aurait fait preuve de plus de tact : il aurait pris des pincettes, choisi des mots plus nuancés. Mais là, cela avait été plus fort que lui, il avait eu besoin de démolir l'autre, de casser. C'était son instinct de mâle – dominant ? protecteur ? – qui avait parlé.

Les tables autour d'eux s'étaient vidées. Antoine passait un torchon sur le bar, et commençait à empiler les chaises.

Victor regarda sa montre.

— Oula… vous avez vu l'heure ? Je n'ai pas vu le temps passer. On y va ? dit-il en se levant.

Il sourit à Julie, et elle saisit dans son sourire quelque chose qui était plus que de l'amitié. Il lui prit le poignet, et cette fois-ci, elle le lui abandonna.

— Je vous raccompagne ! On a une grosse journée devant nous, demain !

Julie se laissa guider jusqu'à la voiture, où elle se glissa. Victor referma la portière, et vint s'installer à ses côtés. Alors qu'il se penchait vers elle pour l'embrasser, il la sentit se raidir. Il n'insista pas, et l'observa, longuement.

— Qu'y a-t-il, Julie… je ne vais pas vous manger, vous savez. Vous croquer, je ne dis pas…

Il lui sourit, et elle trouva son sourire désarmant. Mais ses mains continuaient de trembler.

— Le cuir, parvint-elle à articuler, d'un filet de voix.

Le cuir. Victor mit le contact. Quelque chose lui échappait.

En raccompagnant Julie devant sa porte, il emprisonna doucement ses mains entre les siennes.

— Allez, Julie. Faites ce que vous avez à faire, c'est vous qui savez. Mais pour l'amour du ciel, ne vous mettez pas en danger ! – Il regagna la voiture. – Je tiens à vous ! À demain !

La petite Smart démarra en trombe, et Julie la regarda se fondre dans la nuit. Puis elle remonta sur son toit, désorientée et apaisée.

Quant à Victor, il sourit de sa propre inconsistance : en fait de danger, c'était lui qui s'y mettait.

Julie se réveilla tôt, le lendemain matin – à vrai dire, l'esprit plein de la soirée qu'elle venait de passer, qui la laissait sur sa faim tout en nourrissant ses espoirs, elle n'avait pas beaucoup dormi. Elle sortit avec sa tasse d'Earl Grey fumant, trouva Mario sur le toit en train de ramasser les haricots verts. Un peu honteuse de son éclat de la veille, elle hésita entre rester à l'intérieur du studio en attendant son départ, mais compte tenu de l'explosion botanique de cette fin de saison, cela pouvait prendre un certain temps, ou aller s'excuser en lui offrant un thé.

Rassérénée par sa discussion avec Victor, qui, sans lui dicter la marche à suivre, lui suggérait une ligne de conduite – dont Patrice ne faisait pas partie –, elle opta pour la deuxième solution. Se rabibocher avec Mario, c'était se rabibocher avec sa sœur, dont Julie, pour l'avoir testé l'année précédente quand Patrice avait presque réussi à la couper de sa famille, savait qu'elle ne pouvait pas se passer. Ne pas la voir tous les jours était une chose, et encore ; mais être à deux pas l'une de l'autre et s'éviter, c'était vraiment trop bête.

Et puis Lorraine n'avait pas tort, dans le fond : il suffisait que Patrice réapparaisse pour semer la zizanie.

Elle enfila à la va-vite un short en jean vraiment petit et une chemise d'homme vraiment grande. Elle ne savait pas comment elle avait atterri dans ses affaires, mais toujours est-il qu'elle y était. Pieds nus et lunettes de soleil over size sur le nez – le soleil éclatant du matin lui avait toujours piqué les yeux –, Julie s'approcha de Mario, un mug de thé à la main.

— Ouh, c'est toi, Julie ! Tu m'as fait peur ! sursauta Mario en se redressant brusquement au-dessus des plants. J'ai vu une grande ombre arriver…

— Tiens, offrit Julie en lui tendant la tasse, je t'ai apporté un thé. C'est tout ce que je peux faire, tu sais le café et moi ça fait deux… mais j'ai du lait et du sucre si tu veux…

Mario posa son sécateur, et l'observa, les yeux plissés dans la lumière.

— Non, non, merci, *bella* ! Quand c'est Sophia Loren en personne qui vous apporte votre petit déjeuner, thé ou café, tu sais…

Il fit un geste de la main qui aurait pu faire douter de sa virilité si elle n'était pas aussi flagrante.

Julie lui sourit, elle aimait vraiment bien le nouveau compagnon de sa sœur. Toujours un compliment, un mot affectueux. Mario était un homme qui rendait la vie douce et facile. Simplement parce qu'il la prenait comme elle venait.

— Et puis…, Julie se mordit la lèvre, avant de continuer. Je voulais m'excuser pour hier soir, je suis désolée. C'était ridicule de m'énerver comme ça…

— Ne t'inquiète pas. Ta sœur m'a tout raconté, et je te comprends… il y a des gens, il suffit qu'on les mette sur le tapis pour que tout le monde s'engueule !

Mario avait raison : Patrice avait toujours provoqué une réaction épidermique chez les membres de sa famille. Et, d'une certaine manière, chez elle aussi, d'autant plus violente que tous se liguaient contre lui, et qu'elle prenait le contrepied. La réaction de Lorraine, Louise et Bastien, et même celle de Marie, était clanique et uniquement destinée à la protéger. De son ex. D'elle-même.

Mais Julie n'avait pas envie d'être protégée. Pas par son clan.

Par quelqu'un d'autre, peut-être…

Au souvenir de sa conversation avec Victor, ou plutôt de son monologue, un sourire illumina le visage de Julie. Il n'avait fait qu'écouter – il avait *su* écouter – jusqu'au moment où il n'avait pu s'empêcher de porter l'estocade finale.

— Bon, enfin apparemment tu n'as pas passé une si mauvaise soirée…

Mario cligna de l'œil, perspicace. La chemise le mettait-elle sur une fausse piste, ou l'air radieux de Julie sur la vraie ?

Julie se sentit rougir, et regarda sa montre.

— Oh zut, il faut que je file ! Tu diras à Lorraine, promis ? Pour hier, que je suis désolée… Et à Loulou et à Bast et… Promis ?

Elle se baissa pour ramasser une fleur de courgette desséchée.

— Tu le leur diras toi-même ! Ta sœur m'a dit que si je te voyais, il fallait que je te convainque de venir dîner ! Ce soir. Elle ne doit pas être très fâchée, tu vois !

Heureuse, libérée du poids qui lui enserrait la poitrine, Julie embrassa Mario sur la joue et promit de les rejoindre dès qu'elle sortirait de la maternité.

— Il est possible que ce soit tard, on a une sacrée journée ! Ce n'est pas grave ?

— Au contraire ! Ton neveu nous prépare un agneau confit ! Plus c'est cuit, plus c'est bon !

Il lui refit le même signe de la main – une sorte de figure de flamenco en accéléré –, et replongea dans ses plantations. Julie se faufila dans la maison, et en ressortit quelques minutes plus tard, fraîche et douchée, dans une robe d'été orange qui soulignait sa taille fine et mettait en valeur ses hanches appétissantes. La couleur rehaussait son bronzage caramel, et le brun de ses cheveux qui tombaient en une lourde torsade dans le creux de son dos.

Sans se mettre sur son trente et un, comme avait dit Victor, Julie avait choisi, spontanément et sans vraiment y prendre garde, une tenue sexy pour aller travailler.

*

En apercevant Julie qui entrait en courant dans le vestiaire, les yeux de Victor prirent la forme des lignes indéterminées de Bernar Venet : deux spirales folles et indécises, tellement subjuguées par leur point de mire qu'elles n'arrivaient pas à focaliser. Et son esprit commença à s'emballer. Elle n'avait pas voulu l'embrasser hier, soit. Mais aujourd'hui elle mettait pour lui une robe à allumer le feu, signe qu'elle n'avait pas été insensible aux braises qui couvaient.

C'est dans cet état d'esprit, la robe orange et le serpent de cheveux noirs imprimés sur la rétine, qu'il aborda la matinée, n'aspirant qu'à une chose : que la journée fût terminée. Victor développait à présent une idée fixe : embrasser Julie avant la fin de la soirée. C'est maintenant ou jamais ! décida-t-il dans un de ces challenges qu'il se fixait, adolescent. Et si elle me repousse, je laisse tomber.

À l'heure du déjeuner, le chirurgien s'apprêtait à avancer ses pions lorsqu'il aperçut le type aux bouquets qui faisait les cent pas dans le hall. Pris d'un accès de rage, il fut tenté d'aller le saluer hypocritement, pour être là quand Julie le rejoindrait. Il était évident qu'il venait pour elle. Non seulement Julie ne tenait pas compte de ses mises en garde mais c'était pour ce salaud qu'elle s'était habillée. Il fit mine de vérifier les admissions, dont le bureau s'ouvrait opportunément un peu en retrait, et attendit.

Au bout de quelques minutes, Julie sortit de l'ascenseur, et rejoignit Patrice. Il lui prit le coude d'un air possessif, et elle se laissa entraîner.

Fulminant et dévasté, constatant à quel point il s'était raconté des histoires et voyant ses rêves d'amour s'envoler, Victor partit s'enfermer dans son bureau.

— Vous m'annulez le planning de Julie pour l'après-midi ! aboya-t-il à sa secrétaire dans l'interphone. Et vous m'appelez Mélanie. Ah ! Et commandez-moi un plateau de sushis. Sans thon !

Puisque la petite allumeuse voulait la jouer comme ça, elle allait vite apprendre à qui elle se frottait.

— C'est fait !

Tandis qu'alertée par la secrétaire, Mélanie était encore chez elle en train de se maquiller à toute vitesse et de choisir quelle jupe assez courte et quel top assez échancré elle allait mettre pour son entrevue au pied levé avec Victor – allait-il la virer, la promouvoir au contraire, lui avouer sa flamme, l'inviter à dîner ? –, Julie entra en trombe et sans frapper dans le bureau du chirurgien. Ignorant les protestations de son assistante, qui essayait de la retenir et parlait d'un planning annulé ou quelque chose du genre, auquel elle ne comprit rien et ne prêta aucune attention.

— C'est fait ! répéta-t-elle, d'un air soulagé.

S'attendant à ce qu'il l'encourage à continuer, Julie posa les yeux sur Victor. Il jouait avec un stylo sans la regarder.

— Je suis occupé ! aboya-t-il quand le silence devint trop pesant, et qu'il était évident que l'un d'eux devait le meubler. Vous ne voyez pas que vous me dérangez ?

Julie fronça les sourcils. Que se passait-il ? Pourquoi cette hostilité à son égard, alors qu'elle venait lui apporter une bonne nouvelle qu'il ne semblait pas pressé d'écouter.

— Pourtant, je pensais que ça vous ferait plaisir…

— Quoi ? aboya Victor.

Il se leva pour signifier à Julie que l'entretien était terminé, quand la secrétaire entra avec un plateau.

— Vos sushis… et j'ai prévenu Mélanie…

— Posez-les là !

D'un geste de la main, il désigna la table basse, où l'assistante laissa les sushis, avant de se retirer.

La porte se referma dans un bruit lugubre. Julie sentit que si elle voulait parler, c'était le moment ou jamais. D'autant que les larmes lui montaient aux yeux : encore une seconde et ce serait foutu.

— Je voulais juste vous informer…

Elle se détesta pour son ton protocolaire. Et le mot choisi, nul : vous *informer*. Elle s'exprimait comme une circulaire des impôts.

— Ça y est, je l'ai quitté.

D'un coup, la rage de Victor reflua, cédant à une émotion aussi violente qu'inattendue, un sentiment physique qu'il n'avait sans doute jamais éprouvé.

— Vous… quoi ?

Pantelant, les bras le long du corps qui se mettait à trembler, même les mots l'abandonnaient. Le rouge aux joues, Julie s'approcha et lui saisit délicatement le poignet. Comme il l'avait fait la veille, quand il lui avait offert de la raccompagner.

— Je lui ai dit que je ne l'aimais pas et que je ne voulais plus jamais entendre parler de lui, poursuivit Julie doucement. Je lui ai dit que j'avais quelqu'un d'autre…

Comme au ralenti, Julie revoyait le visage de Patrice se décomposer. Il était passé du triomphalisme – en commandant pour elle au restaurant, sans la consulter, il était persuadé qu'il l'avait récupérée – au scepticisme – qu'était-elle en train de lui raconter ? Elle ne voulait pas de lui ? –, puis au mépris – c'était quoi, cette blague ? Il ne la croyait pas. Enfin l'estocade : j'ai rencontré quelqu'un. À ce moment-là seulement il avait compris qu'il l'avait perdue. Ce n'est que lorsqu'il y a quelqu'un d'autre dans la place qu'un homme commence à s'avouer vaincu. Abandonnant toute contenance, et le rôle qu'il avait joué pour tenter de la récupérer, redevenant l'homme qu'elle avait fui, il avait quitté la table avec un « pauvre conne » lâché dans un rictus tordu qu'elle ne connaissait que trop, et qu'il ne faisait plus aucun effort pour masquer. Julie s'était sentie libérée.

Victor n'y comprenait rien et allait protester – elle vient m'annoncer qu'elle a quelqu'un d'autre ? Mais il saisit dans les yeux de Julie un sourire amusé… et autre chose aussi.

— Vous…

— Chut…, murmura-t-elle en posant délicatement les doigts sur les lèvres du chirurgien.

Au contact de la peau de Julie, un éclair vrilla la tête de Victor. Il prit la main de la jeune femme et l'entraîna vers le canapé.

— Alors vous vous êtes débarrassée de lui ? La robe… – Victor n'y croyait pas encore… – la robe, ce n'était pas pour lui ?

Il parlait à voix basse, pour ne pas rompre le charme qui planait autour d'eux. Obligeant Julie à se rapprocher pour entendre ce qu'il disait.

— Si ! – Julie éclata de rire, mutine. – Pour qu'il comprenne en me voyant tout ce qu'il perdait ! – Puis, reprenant son sérieux : – Victor, croyez-vous vraiment que j'aurais envie de m'habiller pour un homme que je vais quitter ? Alors qu'il y en a un qui me couve d'un regard de feu et…

Elle ne put finir sa phrase. Victor était en train de l'embrasser, et elle lui rendait son baiser.

— Voilà ce qu'on va faire, dit-il en reprenant son souffle. On a Mme Guérin dans vingt minutes. Alors on ne va pas gâcher ce que promet ce baiser : on va partager des sushis, terminer notre journée, et ce soir je vous emmène dîner et on reprend calmement le fil de notre conversation. Qu'est-ce que vous en pensez ?

Si le ventre de Julie était en feu, et qu'elle se serait volontiers fait culbuter sur le canapé – l'expression la fit sourire tant elle était imagée –, elle ne put qu'être sensible à la sagesse et à la sensualité du chirurgien. Elle avait appris avec l'âge que les premiers moments pouvaient être sublimes, et qu'il eût été dommage de les gâcher par trop de précipitation. L'amour est comme un bon repas, il se savoure. Et pour cela, il faut du temps.

Sans attendre sa réponse, Victor avait déjà repris les choses en main et appuyé sur le bouton de l'interphone.

— Adèle ! lança-t-il à l'intention de sa secrétaire, le ton soudain jovial. Vous me faites venir un deuxième plateau de sushis, mon petit ! Et vous prévenez Mélanie, on n'aura pas besoin d'elle ! Et dites-leur qu'ils se grouillent, pour les sushis : on n'a que vingt minutes !

Puis il vint s'asseoir à côté de Julie sur le canapé, s'empara des baguettes et lui donna la becquée.

*

— Très bien, ma vieille ! Si tu n'es pas venue dîner hier soir, et si tu n'es pas fâchée, alors il doit y avoir une très bonne raison !

Au bout du fil, Lorraine fulminait. Elle n'avait pas apprécié que sa sœur décommande au dernier moment la veille, surtout après la note désagréable sur laquelle elles étaient restées. Elle avait même été angoissée, s'inventant tout un tas d'histoires où elle n'avait pas le beau rôle. Lorraine, comme Julie d'ailleurs, n'aimait pas qu'il y ait entre elles le moindre nuage.

De son côté, Julie ne savait pas comment interpréter le ton de Lorraine. Vindicatif, certes, mais où elle percevait une pointe de curiosité. Du coup, elle hésitait entre éclater de rire et faire marcher Lorraine, ou se justifier. Mais Julie n'avait jamais été très douée pour la justification : c'était pour elle un exercice périlleux, dans lequel elle s'empêtrait. Au lieu d'arranger les choses, la plupart du temps elles se dégradaient.

— Tu veux vraiment savoir ? demanda-t-elle un sourire dans la voix, estimant que, comme souvent chez sa sœur, la curiosité l'emporterait.

— Et comment ! Tu me dois au moins ça : la vérité, et toute la vérité !

Lorraine surjouait, et Julie comprit que la partie était gagnée. L'horizon était de nouveau au beau fixe.

Elle n'avait pas eu le temps la veille de donner beaucoup d'explications. Rassurée, elle se lança dans une diatribe incompréhensible qui essayait, ne serait-ce que pour elle-même, de mettre de l'ordre dans les événements. Sans grand succès.

Le baiser, pour commencer, un long frisson, fort et doux, auquel elle n'avait pas été longue à s'abandonner. Des heures, elle aurait pu rester les lèvres contre celles de Victor, qui s'écrasaient, s'effleuraient puis se séparaient pour mieux se retrouver, par petites touches tendres et joueuses. Et ces yeux, rieurs, plongés dans les siens, grands ouverts, puis fermés collés serrés, le sourcil frémissant et la paupière rêveuse. Elle avait pourtant eu tout le loisir de les observer, ces yeux, seul vecteur de communication du chirurgien en salle d'op, où ils se côtoyaient plusieurs fois par jour.

Le bloc, justement. Tout l'après-midi, Victor et Julie avaient fait comme si de rien n'était, comme si rien n'était en suspens ; comme s'ils n'avaient pas rendez-vous le soir. Mais, même si leurs visages demeuraient impassibles, un peu trop parfois, leurs regards s'évitant, cantonnés à une interaction purement professionnelle, leurs corps ne pouvaient faire autrement que de se frôler. Plus encore, le vide entre eux était déjà la matière d'une caresse. La physique quantique s'appliquait aussi au désir.

Et puis il y avait eu le dîner… et la nuit. Le Café de la poste comme décor, où ils s'étaient rendus à pied, aucun cuir ne venant gâcher la soirée. Comment avait-il deviné ? s'était demandé Julie. C'était probablement l'effet du hasard : il faisait encore bon, même si les jours commençaient à raccourcir, et Victor avait simplement eu envie de marcher.

Après des croquettes de pommes de terre, croustillantes et moelleuses à souhait, accompagnées d'une mayonnaise au piment d'Espelette, des copeaux d'un jambon serrano affiné dix-huit mois, qui fondait dans la bouche, des pimientos marinés et autres tapas plus gourmandes les unes que les autres, arrosées d'un Gran Feudo frappé et framboisé. Après les confidences, les rires et une larme lorsque Julie avait évoqué, une fois encore parce qu'elle y pensait de plus en plus, un père biologique qu'elle ne connaîtrait jamais, après avoir vu les lumières s'éteindre autour d'eux et les chaises s'empiler, Victor et Julie avaient quitté le restaurant bras dessus, bras dessous pour atterrir le plus naturellement du monde sur le toit de Julie.

Où, d'un accord tacite, ils avaient brûlé l'étape du dernier verre, hypocrisie inutile au point où ils en étaient, pour semer leurs vêtements comme des petits poucets affamés jusqu'à la chambre, et l'explosion sensuelle du lit.

Victor l'avait caressée longuement. Quand, par réflexe, elle était sur le point de simuler un orgasme qui de toute façon ne venait jamais – mais que, pour mettre fin aux coups de boutoir de Patrice, elle avait appris à imiter à la perfection avec force cris et démonstrations pour flatter l'ego d'un mâle qui, faute de quoi, ne la lâcherait pas –, elle s'était sentie transportée de la tête aux pieds. À bout de souffle, les jambes flageolantes, elle avait éclaté en sanglots, de bonheur mais aussi de surprise. Pour la première fois, au lieu d'un bâton qui la transperçait et souvent lui faisait mal, elle avait senti en elle quelque chose de vivant, palpitant et curieux, bienveillant surtout qui l'explorait en prenant son temps. La rencontre de deux douceurs, la sienne, qu'elle ignorait, réveillée par celle de l'autre, qu'elle découvrait.

Elle s'était endormie dans les bras de Victor, béate de tout le bien qu'elle avait ressenti et confiante. Le lendemain, elle se réveillerait avec le même homme, qui n'aurait pas soudain décidé qu'il n'aimait plus le café au petit déjeuner ni la robe orange qu'il l'avait pourtant forcée à acheter.

— Ouaouh ! s'était exclamée Julie en se réveillant au milieu de la nuit.

Pour la première fois, un homme venait de lui faire l'amour, quand tous les autres, Patrice en tête, l'avaient baisée.

— Bref, conclut Julie à l'intention de sa sœur. J'ai rencontré quelqu'un. Ou plutôt non, je le connais depuis longtemps, mais il ne s'était rien passé.

— Mais c'est qui ? Ne me dis pas…

Au fur et à mesure que Julie s'épanchait, Lorraine avait senti l'inquiétude monter. Elle n'avait pas saisi grand-chose à la diatribe de sa sœur, qui pas une seule fois n'avait donné un nom ou la moindre indication de qui pouvait être l'impétrant. Elle n'avait qu'une seule peur : qu'elle se fût remise avec Patrice, et essayait de le lui expliquer.

— Mais non, tu ne comprends rien ! s'emporta Julie. J'ai rencontré quelqu'un, un nouveau ! Enfin presque. Mais pas lui… Pas Patrice, je veux dire, lui, c'est fini et je le lui ai dit et c'est ce qui a déclenché les choses avec euh… l'autre. Tu vois ?

Lorraine ne voyait pas très bien, si ce n'était son propre soulagement.

— Pas vraiment, on ne peut pas dire que tu sois hyper claire, là, depuis quelques minutes. Il s'appelle comment, je le connais ?

— Évidemment, tu le connais ! C'est Victor ! Le gynéco de Loulou !

— Mais il pourrait être ton père !

Au moment où elle le disait, Lorraine se fustigea intérieurement, mais trop tard : les mots étaient lancés, et un mot lancé ne revient jamais.

— En tout cas, je suis contente pour toi ! ajouta-t-elle, anxieuse de corriger le tir. Très, très contente, ma chérie !

Et soulagée, mais Lorraine s'abstint de le mentionner. Car le plus important pour elle était que sa sœur fût définitivement débarrassée de Patrice, ce qui semblait bel et bien être le cas. Un clou chasse l'autre, avait l'habitude de dire Ama du temps où elle parlait. Cela lui avait toujours paru excessif. On n'efface jamais complètement ce que l'on a vécu, et Lorraine était persuadée que c'était ce qui permettait de grandir. Et pourtant, Julie était l'illustration même du propos d'Ama, enthousiaste et joyeuse comme sa sœur ne l'avait jamais vue. Un clou et quel clou – le clou du clou ! – venait de chasser l'autre, en effet.

— Il pourrait être mon père, mais ce n'est PAS mon père ! Ça change tout !

Julie balaya le commentaire de sa sœur de manière catégorique.

— Et rayon cul ? Lorraine voulait tout savoir.

— Le rêve ! T'imagines même pas, ma vieille ! Oula, il faut que je file… je te rappelle demain, bisou !

Julie raccrocha. Aux anges à la perspective de retrouver Victor dans leur désormais bistrot attitré – comme lui, elle était une personne de rites. Et pas mécontente de laisser sa sœur sur sa faim.

Euphorique, bien qu'un peu déstabilisée, Julie avait la conscience, à la fois très nette et fugace, que la vie s'ouvrait à elle. Restait à l'apprivoiser. Pour cela, elle faisait confiance à Victor. Elle n'était plus seule.

À sa grande surprise, dans l'école de cuisine hyper prisée où elle avait été admise, Sophie se retrouvait la seule fille dans une classe de quatorze. La preuve que, malgré les efforts de parité, la gastronomie restait un métier très masculin ; et – ou parce que – physique. Mais, grâce à sa grande taille, qui contrastait avec une douceur quasi maternelle tant dans les gestes que dans la voix, et un humour ravageur, elle s'était vite fait accepter et même plus : adopter. En un mois à peine, Sophie était devenue la grande sœur, la confidente, la complice des garçons. Et, bien que le passage se fît sur concours, une place gagnée pour l'un était perdue pour l'autre, ils se disputaient tous pour l'aider.

Elle qui n'avait jamais été populaire dans son lycée bordelais, parce que trop bonne en cours, trop grande, trop vive, trop gauche, trop tout et pas assez bien gaulée selon les normes en vigueur qui imposaient aux filles une silhouette proche de l'anorexie, l'était devenue du jour au lendemain dans un établissement parisien presque exclusivement fréquenté par la gent masculine. De grand cheval, elle était devenue leur pouliche préférée. Qui retournait les petits services qu'on lui rendait – tout ce qui demandait de la force, comme soulever un poêlon en fonte ou un wok pour vingt personnes – en dispatchant conseils et idées sur l'art d'utiliser les épices, qu'elle tenait de sa grand-mère, et les fleurs. Sa touche personnelle.

Grande sœur, confidente, complice… mais pas amoureuse. Si les treize garçons voyaient en elle une bonne copine, presque un « pote », aucun ne semblait vouloir jeter son dévolu sur elle, pas plus qu'elle sur l'un d'eux. L'âme sœur ne se trouvait pas au fond des marmites.

— Tu mets trop de citron kaffir, Bastien ! suggéra-t-elle en voyant ce grand échalas qu'elle aimait bien émietter dans un wok la moitié du pot de feuilles séchées. C'est vachement fort, fais gaffe !

Le TP du jour consistait à réaliser un curry, et Bastien, comme elle, avait choisi une recette thaïe à base de citronnelle, de gingembre frais et de lait de coco. Les autres avaient opté pour la traditionnelle recette de Madras.

Relevant d'un hochement de tête la mèche qui, malgré la toque ridicule qu'on leur imposait, lui barrait les yeux – le prof l'avait prise en grippe, arguant qu'en cuisine, un cheveu qui dépassait était un cheveu sur la soupe –, Bastien esquissa un sourire et alla pêcher dans le plat l'excédent de feuilles.

— Tu les veux ? offrit-il à Sophie, qui, préparant ses ingrédients, n'avait pas encore commencé à les mélanger.

— Allez…

Elle versa le citron dans l'huile d'olive chaude, avec le gingembre, la citronnelle et l'ail émincés. Quand le mélange se mit à blondir, elle ajouta le poulet qu'elle avait préalablement fait mariner, et le curry. Lait de coco et coriandre fraîche viendraient compléter la recette en fin de cuisson. Elle se pencha sur son plat, le huma, ajouta un peu de sel et de piment puis, satisfaite, baissa le feu et laissa mijoter.

— Tu fais ça comme si tu étais tombée dedans quand tu étais petite, admira Bastien, épaté par la vitesse et la décontraction avec laquelle sa nouvelle amie réalisait ses mélanges, lui qui avait toujours le nez collé au livre de cuisine.

— Ah mais c'est parce que je suis tombée dedans quand j'étais petite ! Ma grand-mère avait un restaurant, que ma mère a repris, même si Mamie continue de mettre la main à la pâte et… – Elle planta ses yeux miel dans ceux de Bastien, qui se dit qu'il n'en avait jamais vu de pareils. – Pourquoi tu crois que je suis là ? Maman n'a qu'une hâte, c'est de pouvoir me passer le relais pour avoir enfin un peu de temps pour elle… c'est un esclavage, ce métier, mais nous les filles de la famille on adore ça ! Pas pour rien que le restau s'appelle « De mère en fille » !

Tandis qu'elle remuait le poulet et s'apprêtait à verser dessus le lait de coco et une botte entière de coriandre finement ciselée – sa grand-mère lui avait appris à ne jamais lésiner sur les herbes fraîches, qu'elle cultivait elle-même et dont elle s'était fait une spécialité –, Sophie pensa avec un brin de nostalgie au joli rez-de jardin de l'hôtel particulier de la place de la

Bourse, qui s'ouvrait d'un côté sur un patio arboré et de l'autre sur les quais. Une adresse exigeante et soignée que l'on se transmettait de génération en génération, à laquelle sa grand-mère puis sa mère avaient su donner ce charme légèrement suranné que la clientèle locale affectionnait. Vieilles familles du vin, négociants et artistes s'y côtoyaient, dans une ambiance féminine et décontractée qui manquait à tant d'établissements de cette qualité.

Bientôt, songea-t-elle, la maison serait à elle, avec l'objectif secret de décrocher l'étoile que sa mère avait toujours convoitée. Le plus beau cadeau qu'elle pût lui faire, pour la remercier de tout l'amour dont elle l'avait entourée.

À l'évocation de sa famille, Sophie sentit sa gorge se serrer. Elle était heureuse d'être à Paris, certes, et d'avoir intégré cette école, mais jamais elle n'aurait imaginé que la douceur et les réprimandes de sa mère, les cris de ses petits frères et les longues conversations avec sa grand-mère allaient tant lui manquer. De même que le coup de feu des samedis soir, où elle se démenait en salle pour satisfaire les clients et accélérer le service – deux ou trois dans la soirée –, auquel elle s'était habituée et qu'elle n'avait plus, laissait un grand vide dans ses week-ends. C'est en s'éloignant de ses repères que Sophie avait réalisé à quel point elle y tenait.

— So ! Hé, Sophie…

Bastien tira légèrement sur sa manche, pour la sortir de ses pensées.

Autour d'eux, les élèves dressaient la table : c'était l'heure de la dégustation, où chacun devait goûter et commenter la recette de son voisin.

Sophie rectifia l'assaisonnement de son curry, le disposa dans un plat de service en prenant soin de nettoyer les bords comme on le lui avait appris. Puis elle prit place à côté de Bastien pour entreprendre, crayon dans une main et fourchette dans l'autre, une route des épices aussi colorée que parfumée.

— Hmm… délicieux ! s'exclama-t-elle avant de se rendre compte qu'elle n'avait pas encore goûté.

Mais Bastien était son ami, et elle aimait sa cuisine d'emblée.

*

— Tu ne sais pas ! – Lorraine déboula sans frapper dans le studio de Julie, et tomba sur Victor en peignoir en train de prendre son petit déjeuner. – Oh, pardon ! Je…

Peu habituée à voir sa sœur maquée – Lorraine sourit en réalisant qu'à force de vivre entourée de tous ces adolescents, elle avait adopté leur langage, même en pensée, ce que Louise n'aurait pas manqué de lui faire remarquer en ajoutant que ce n'était pas de son âge –, Lorraine continuait d'entrer chez Julie comme dans un moulin. Moulin où Mario et elle avaient quelques souvenirs qui pour une fois ne la faisaient pas rougir. Elle imaginait bien que sa sœur et Victor devaient avoir les mêmes. Avec sa vue sur Paris, son toit jardin à l'abri des regards et le feu de cheminée, la cabane était propice aux galipettes. Il faudrait que je prenne l'habitude de sonner, songea Lorraine tout en sachant qu'elle n'en ferait rien et aurait oublié ses bonnes résolutions avant d'avoir eu le temps de les appliquer.

— Prenez plutôt une tasse ! l'invita Victor en se levant pour aller en chercher une dans le buffet. Julie ne devrait pas tarder… Hein, ma chérie ? cria-t-il en direction de la chambre, dont la porte s'ouvrit sur une Julie radieuse et fatiguée.

Avec le plus grand naturel, Julie alla s'installer sur les genoux de son amant, avant de sentir une autre présence et de découvrir sa sœur qui souriait en sirotant un café. Elle se leva prestement, et s'empara de la première chaise qui traînait : en l'occurrence, un tabouret.

— Ah, c'est toi ma Lolo ? Qu'est-ce que tu fais là ?

À la grande surprise de sa sœur, Julie se servit un bol de café, dans lequel elle ajouta du sucre et du lait.

— Tu t'es remise au café, maintenant ?

Lorraine jeta un coup d'œil à la tasse de Victor. Elle était remplie du même breuvage fumant ; ceci expliquait probablement cela.

— Avec du lait et du sucre… ça n'a rien à voir.

Julie grimaça en trempant ses lèvres dans son bol. Même très dilué et adouci par le lait, le café continuait de lui rappeler les scènes de Patrice, qui un jour le prenait serré, le lendemain allongé, et la fustigeait de ne pas anticiper ses désirs. Jusqu'au jour où il l'avait frappée, pour une question de café, justement. Prétextes pour donner libre cours à sa violence ; elle avait mis du temps mais avait fini par le comprendre.

Mais elle était avec Victor à présent, qui lui donnait la force et la volonté de combattre ses anciennes peurs. Renouer avec le café, qu'il prenait au petit déjeuner et qu'elle avait envie de partager avec lui, était un pas, symbolique, certes, mais qui n'avait rien d'anodin, vers sa reconstruction.

— Mario est sur le toit ?

Julie jeta un œil par la fenêtre, s'attendant à voir l'Italien penché sur ses plantations ou en train de remplir des cageots. Lorraine venait très rarement là-haut, et Julie imaginait qu'elle avait dû accompagner son homme avant d'aller au magasin.

— Non, non…, il est parti livrer les restaurants.

Depuis quelque temps, la réputation des légumes de Mario, 100 % bios et cultivés en liberté sur les toits de Paris, avait séduit les plus grands. Et les plus pointus aussi, qui voyaient dans l'excellence du produit l'avenir de la gastronomie. Du coup, certains chefs lui avaient demandé de réfléchir à la possibilité de produire aussi des fruits. Ce qu'il essayait de mettre au point avec son projet de verger. Qui ne semblait pas beaucoup avancer…

— Il est venu beaucoup plus tôt, poursuivit Lorraine. Apparemment vous n'avez rien entendu…

Elle enveloppa sa sœur et son amant d'un regard égrillard, qui en disait long sur son analyse de la situation. Regard qui s'assombrit d'un coup, quand elle revint à ses moutons.

— Non mais vous ne savez pas la meilleure ? Arnaud et Elliott ont décidé de se marier !

Julie et Victor échangèrent un regard. Avec tout ce qui se passait dans la société actuelle, la nouvelle ne les surprenait pas outre mesure. Ni ne les choquait. Si ça leur faisait plaisir de convoler, pourquoi pas ? Ils ne voyaient simplement pas ce que cela allait changer.

— Ils disent que ce sera mieux pour les enfants ! rugit Lorraine, que l'absence de réaction de sa sœur énervait.

— Pardon ?

Julie et Victor s'étranglèrent d'une seule voix.

— Vous avez bien entendu ! Ils considèrent que, pour les enfants, c'est mieux qu'ils soient mariés ! Ils ont même choisi la date…

— Mais qu'est-ce qu'ils en ont à faire, les enfants ? Bastien n'adresse plus la parole à son père, et Loulou s'en fout !

Julie ne comprenait pas pourquoi sa sœur se mettait dans un tel état. Après tout, Arnaud et elle étaient divorcés, libre à lui de se remarier. Cela arrivait tous les jours.

— Non, mais je ne te parle pas de *mes* enfants ! Je ne te parle pas de Louise et de Bast, qui effectivement ont chacun à leur manière digéré la situation… Je te parle des enfants qu'ils ont l'intention de faire… enfin *d'avoir*… ensemble !

— Non ?

Julie scruta le visage de sa sœur, incrédule.

— Comme je te dis ! Putain, mais c'est quoi ce monde dans lequel on vit ?

Lorraine porta la tasse à ses lèvres, qui se mirent à trembler. Le rouge lui monta aux joues, et elle éclata en sanglots.

Plus que le remariage de son ex, qui vraiment ne lui faisait ni chaud ni froid, ce projet d'enfant la blessait profondément. À l'heure où elle-même avait fait une croix sur la maternité – même si techniquement la chose était encore possible, c'était risqué et elle ne se voyait pas avoir un bébé qui aurait été plus jeune que sa petite-fille –, renonçant ainsi à une part de sa vie de femme, l'idée qu'Arnaud fasse, à son âge, un bébé, la vieillissait. Elle sentait confusément qu'en devenant père, il la reléguait, elle, à son statut et à son âge de grand-mère.

Voilà la véritable injustice entre les femmes et les hommes. Les premières régies par une horloge biologique impitoyable, les seconds par leur seul désir, leur portefeuille… et leur inconscience.

Julie se leva, et alla prendre sa petite sœur dans ses bras.

— Écoutez, intervint Victor de la voix qu'il prenait pour s'adresser à ses patientes. Ce n'est pas encore fait. Le temps qu'ils choisissent les mères et qu'ils aillent faire leur bazar à l'étranger… croyez-moi, ce n'est pas gagné !

Julie jeta au chirurgien un regard reconnaissant. Elle savait qu'il faisait de son mieux pour rassurer Lorraine, et devinait qu'il ne croyait pas un mot de ce qu'il disait. Même s'il avait déclaré haut et fort qu'il « ne voulait pas de ça dans son établissement », Victor était bien placé pour savoir que lorsque deux hommes décidaient de fabriquer des enfants, ils se débrouillaient toujours pour y arriver.

À la clinique, le regard de Julie sur Victor avait changé. Elle ne pouvait s'empêcher de le dévorer des yeux, son attention attirée par chaque détail de son anatomie. On ne voyait que ça au-dessus du masque en salle d'op. Et le regard des autres sur Julie s'était aussi transformé, par capillarité.

S'ils étaient convenus d'être discrets, l'admiration qui se lisait dans le regard de Julie, et la gourmandise dans celui du chirurgien ne trompaient personne. D'autant qu'ils ne manquaient pas une occasion de s'effleurer et de s'isoler.

Dès qu'ils avaient le dos tourné, les langues allaient bon train avec pour chef de file une Mélanie au mieux de sa forme et plus aigrie que jamais. Teigne parderrière et sirop par-devant, comme elle le faisait si bien.

— Ah ! Je vois que c'est ton tour, maintenant ! entama la sage-femme sur un petit ton dont Julie se demanda si c'était du lard ou du cochon.

Peu encline à se livrer à une collègue dont elle n'était pas sûre que les intentions fussent totalement bienveillantes – à vrai dire, elle était plutôt encline à croire le contraire, son instinct lui soufflant, depuis son arrivée dans le service, de s'en méfier –, Julie ignora la pique de Mélanie, pourtant explicite. Mais celle-ci n'avait pas l'intention de lâcher l'affaire, à l'affût de détails croustillants dont elle espérait abreuver les internes – auprès desquels elle voulait se faire mousser – et les infirmières – pour établir sa supériorité. Blouse tendue sur son opulente poitrine, un sourire faux, toutes oreilles dehors et pour ainsi dire la bave aux lèvres, Mélanie partait à la chasse au scoop avec les seules armes qu'elle connaissait : une agressivité mâtinée de sous-entendus.

— Non, parce que je t'aime bien, ma petite Juju… Alors il vaut mieux que je te prévienne…

Julie se raidit, et eut un mouvement de recul. Ce genre de discours, je t'aime bien c'est pour cela que je vais te dire des horreurs, ou, pire encore, c'est *parce que* je t'aime que je me dois de te dire ces horreurs, elle ne le connaissait que trop. C'était la méthode favorite de Patrice, pour renforcer son emprise tout en l'atteignant là où il savait la blesser.

Une scène lui revint à l'esprit, qui avait précédé de peu l'épisode de la chaussure et lui avait peut-être, Julie s'en rendait compte maintenant, entrouvert les yeux sur la nature perverse et éminemment toxique de son compagnon. Même si ce moment avait été pour elle extrêmement douloureux, peut-être l'avait-il poussée insensiblement du côté de celles qui s'en sortent, celles qui ont le courage de partir suffisamment tôt. C'est-à-dire avant qu'il ne soit trop tard et qu'elles se trouvent tellement affaiblies par leur bourreau qu'elles n'ont même plus la force de lui échapper. Car il faut du courage, lorsque l'on est isolée, meurtrie, culpabilisée et que l'on ne sait plus qui l'on est, pour faire ce grand pas dans le vide et se détacher de la seule personne qu'il vous reste. Et qui est précisément celle qui vous tue.

C'était l'été d'avant, il y avait un peu plus d'un an. Toute la famille était réunie en Dordogne, et à la fin d'un dîner où Patrice l'avait particulièrement mal traitée, Jean et lui avaient eu une discussion en privé. Les femmes avaient entendu des éclats de voix, et, Julie s'en souvenait encore, Patrice était sorti du bureau en claquant la porte, mais affichant un air satisfait. Le lendemain matin, sans qu'il lui donnât aucune explication, ils étaient partis aux aurores. Et c'est dans la voiture, soi-disant *parce qu'il l'aimait,* qu'il lui avait révélé un secret dont il n'avait même pas la certitude à l'époque mais qu'il avait deviné. Julie n'était pas la fille de son père, et c'était pour cela qu'il lui préférait Lorraine, sa cadette. Qui était vraiment sa fille, elle.

À l'époque, le résultat de cette intox avait eu pour double effet de l'éloigner de sa famille – Jean qui n'était pas son père, Lorraine qui raflait la part d'amour qui aurait dû lui revenir, et sa mère qui ne lui avait rien dit –, et de la laisser, plus fragile et seule que jamais, à la merci de son compagnon.

Alors ce genre de petite phrase perfide, « il faut que je te dise parce que je t'aime bien », « c'est parce que je tiens à toi que je te dis la vérité, sinon, tu penses bien, je m'en moquerais... », ce genre d'allusions

Julie les reconnaissait entre mille et les fuyait comme la peste. De même que ceux qui s'en faisaient les messagers.

— Il faut que j'y aille, Mélanie ! Je n'ai pas le temps de discuter.

Julie enfila un manteau et se dirigea vers la sortie.

— Forcément, tu cours le rejoindre ! Elles l'ont toutes fait, tu sais. Moi la première...

Même la voix... Jusqu'à présent, Julie s'était contentée de la trouver désagréable, cette voix qui oscillait entre une certaine masculinité et des intonations vulgaires. Elle comprenait soudain pourquoi : la voix aussi lui rappelait Patrice, et l'entendre, dans la bouche d'une collègue, tenir le même discours que l'homme qu'elle avait fui dans un instinct de survie, la désarçonnait. Mélanie le perçut, et en profita pour s'engouffrer dans la brèche. Pour ce qui était d'ajouter du sel sur les blessures qu'elle avait elle-même créées, la peste s'y entendait.

— Méfie-toi, c'est tout ce que je peux te dire. Sans vouloir cracher sur ce cher Victor, c'est un sacré coureur, et je n'ai pas envie de me retrouver à sécher tes larmes juste avant une intervention parce qu'il viendra de te planter pour une autre ! Ça tourne vite avec lui, tu sais... Je ne peux que trop te conseiller de te protéger !

— Je ne vois pas de quoi tu parles ! laissa tomber Julie aussi sèchement qu'elle le put, avant de s'éclipser.

Mais le ver était dans le fruit, et Mélanie le savait.

— Fais attention à toi, ma chérie ! lança-t-elle, sirupeuse et triomphante, à la poursuite de sa collègue, qui se dirigeait déjà vers la sortie où le chirurgien l'attendait.

Quelques pas, quelques étages, quelques minutes seulement pour que Julie remette de l'ordre dans son esprit et décide de l'attitude à adopter.

Elle savait que les propos de Mélanie avaient de fortes chances d'être le fruit à la fois de son imagination et de sa jalousie. La fille était franchement laide, avec sa silhouette informe, son casque de cheveux noirs mal taillé et ses traits grossiers. Et qui plus est, elle n'avait pas apprécié que, grâce à ce que Julie avait appris en Afrique, et peut-être un certain talent que son amour-propre trop émoussé n'était pas près d'admettre, la petite nouvelle prenne la place qu'elle estimait devoir lui revenir en salle d'op. Et maintenant, dans le cœur de Victor.

Mais il n'y avait pas de fumée sans feu, et même si la part de médisance l'emportait, Julie, dans un reflexe d'autoflagellation qui lui était coutumier – et que Mélanie avait parfaitement détecté –, ne pouvait s'empêcher de penser qu'il y avait sans doute un fond de vérité. Victor était un obstétricien renommé, bel homme, bourré de charme… ce n'était pas les femmes qui avaient dû manquer.

— Méfie-toi de cette fille…, dit une voix derrière elle, la plongeant dans un long frisson qui chassa le noir de ses pensées.

Victor s'avança, l'embrassa brièvement sur les lèvres et la prit galamment par le bras.

— C'est une méchante ! poursuivit-il une fois qu'ils furent installés dans la Smart. Qu'est-ce qu'elle t'a raconté comme conneries, dis-moi… – Il se pencha pour l'embrasser. – Je ne veux pas qu'elle te fasse du mal… tu en as assez bavé comme ça. Et puis elle ressemble à un travelo ! ajouta-t-il, pour faire rire Julie.

Julie lui rendit son baiser, et un quart de sourire. Mais, était-ce l'odeur du cuir ? Les insinuations de la sage-femme ? Elle n'arrivait pas à s'abandonner complètement. Julie restait sur la retenue, et se demanda si Victor le sentait.

— Longtemps que nous ne nous sommes pas vus, Arnaud. Qu'est-ce qui vous amène ? Vous étiez plutôt droit dans vos baskets la dernière fois que vous avez quitté ce cabinet…

Si le Dr Delage était aussi prolixe – trois phrases d'affilée, pour un psy, ce n'est pas monnaie courante –, c'était parce qu'Arnaud avait voulu le voir en urgence. Autant l'aider à entrer directement dans le vif du sujet.

— Écoutez…, commença Arnaud, dont les mains tire-bouchonnaient les pans de sa chemise, le signe chez lui d'une grande nervosité. Vous me connaissez, vous m'avez aidé à démêler les penchants de ma sexualité et, comment dire… à me découvrir et à m'assumer pleinement… tel que je suis…

— Hum…

Delage avait ressorti le dossier d'Arnaud, et commença à prendre quelques notes en marge. Père de famille, coming out tardif, intello. Phobie de l'âge.

Arnaud l'observa un moment en silence, avant de continuer.

— Vous connaissez Elliott, enfin… je vous en ai parlé.

Le psy ne broncha pas.

— Peut-être que je ne vous en ai pas parlé après tout… il n'était pas encore dans ma vie quand nous avons terminé, ou alors il venait juste d'y entrer ? Je ne sais plus…

Arnaud s'interrompit encore, interrogeant le médecin du regard. Mais il ne lut sur son visage aucun signe, ni d'acquiescement, ni d'encouragement. Un masque. Un mur sur lequel faire rebondir ses propres questions.

— Bon… – Arnaud déglutit avec difficulté. – Je suis venu vous parler des enfants…

Aucune réaction de l'autre côté du divan, qui d'ailleurs n'en était pas un ; plutôt une méridienne tapissée de kilim, dont l'aspect ethnique répondait aux statues africaines qui envahissaient la salle d'attente, comme autant de fantômes et de personnalités cachées.

Arnaud continuait de triturer le tissu, ne sachant pas par quel bout aborder la question qui le taraudait. Ce fut Delage qui le tira d'affaire pour cette fois, de la manière abrupte dont il était coutumier.

— Les enfants. Restons-en là pour aujourd'hui, vous voulez bien ?

Et c'était reparti pour un tour de psy.

*

Si sa relation, aussi exquise qu'inattendue, avec Julie le transportait dans un autre monde et transgressait d'un coup toutes les règles qu'il s'était imposées – jamais à la clinique, jamais plus de deux mois, jamais une seule femme et jamais amoureux –, Victor ne pouvait s'empêcher de se poser des questions.

À l'écoute des autres par obligation professionnelle autant que par nature, il avait ressenti chez Julie, sans que la chose eût été exprimée ni même mentionnée, une infime distance ou plutôt non : une certaine réticence à s'abandonner. Pas de manière permanente, mais par à-coups. Tout allait bien entre eux, ils étaient en train de rire, de cuisiner, de se promener main dans la main ou de faire l'amour, de danser aussi sur du jazz ou de la musique latine que tous les deux adoraient, quand soudain Julie s'évaporait. Le laissant d'un coup submergé par trop d'émotion, trop de vie pour un seul homme, un trop-plein d'amour dont elle s'éclipsait.

Ses caresses devenaient alors mécaniques – toujours le même rythme, toujours le même chemin –, son regard ne le voyait plus, ne le cherchait plus, et s'ils étaient en train de parler elle plaçait ses « hum » et ses « ah oui » aux mauvais endroits, qui montraient clairement qu'elle ne l'écoutait pas.

Et puis, au bout de quelques secondes, une à deux minutes parfois, jamais plus, les choses reprenaient leur cours et Julie revenait à elle. Et à lui. Beaucoup d'amoureux ne s'en rendraient même pas compte, se disait Victor. Mais il n'en demeurait pas moins perturbé.

— Où es-tu, mon amour ? souffla-t-il dans la chevelure de Julie, alors qu'ils s'embrassaient en regardant la nuit fondre sur les toits de Paris.

Il était six heures du soir, on avait changé d'heure et les jours s'en trouvaient d'autant plus écourtés.

— Mais... je suis là, avec toi !

Surprise et espiègle, Julie ébouriffa la tignasse blanche du chirurgien, dans un sourire qui, en effet, la ramena à lui.

Victor resserra son étreinte.

— Non mais... à l'instant. Il y a une minute, je t'ai sentie partir, tu n'étais plus là, tu étais ailleurs...

— Tu te fais des idées...

Julie s'échappa pour aller chercher une bouteille de rully frais. À cette heure de la fin du jour et du début de la nuit, ils adoraient partager un même verre de vin blanc, en refaisant le monde ou en commentant la journée.

— Tiens, *à toi...*, l'invita-t-elle en lui tendant le vin, dont elle avait bu une gorgée. Tu vas savoir tout ce que je pense..., plaisanta-t-elle, comme à chaque fois – c'est-à-dire souvent – qu'ils buvaient dans le même verre.

C'était précisément ce que Victor aurait voulu, savoir ce qu'elle pensait. Mais dans ces brefs instants où elle lui échappait, il la perdait complètement, et aurait été bien incapable de dire ce qui se passait dans sa jolie tête. Et cela l'affolait.

Il prit le verre par le pied, et admira la robe du chardonnay avant de le humer. Il dégusta une longue gorgée, explosion de fraîcheur, de miel, d'acacia et de minéralité qui avaient habituellement la vertu de le réconcilier avec le monde, peu importait les exactions de la journée. Mais pas ce soir.

— C'est la différence d'âge qui t'ennuie ? demanda-t-il d'une voix douce, mal assurée, ce qui ne lui ressemblait pas.

Totalement prisonnier de ses sentiments pour Julie, qu'il n'avait pas vus venir et qui l'avaient emporté, Victor n'avait qu'une peur : que son âge fût un obstacle entre eux. Lui qui n'y avait jamais accordé la moindre importance – il est vrai que le nombre des années l'avait à peine effleuré –, se sentait vulnérable devant la jeunesse de Julie. Et devant le monde qui, autour d'elle, ne cessait de tourner.

— Mais qu'est-ce que tu racontes ?

Doucement, délicatement, avec une attention de mère et une fragilité d'enfant, elle lui retira le verre des mains et l'embrassa pour le faire taire. S'il y avait bien une chose dont elle était loin de se soucier, c'était des années. Pour la bonne raison qu'au lieu de les séparer, comme Victor avait l'air de le redouter ce soir, elles les rapprochaient. Julie avait besoin de la sagesse de Victor, et Victor du papillon que, chez elle, il devinait. Ils étaient deux êtres dans la vie, qui s'étaient trouvés. Et qui s'aimaient.

— Il n'y a pas d'âge pour qui s'est trouvé ! s'exclama Julie en reprenant son souffle.

Consciente que les mots ne contenaient pas tout ce qu'elle voulait dire, l'évidence, la fulgurance, le sentiment d'appartenir à l'autre sans pour autant se sentir emprisonné, de s'appartenir depuis toujours et de s'être retrouvés. Et aussi la sérénité.

— Tu es sûre ?

Victor prêchait le faux pour savoir le vrai, mais un grand poids venait de s'envoler. Il croyait Julie, il savait qu'elle était persuadée de ce qu'elle disait. Il le sentait.

— Mais oui, je suis sûre…

Elle lui lança un de ses sourires auxquels il ne pouvait résister. Bien sûr qu'elle l'aimait : cela aussi, il le sentait.

Rassuré, bien qu'il n'eût pas la réponse à sa question – qu'est-ce qui pouvait bien trotter dans la tête de Julie, alors ? –, Victor la prit par la main, et l'entraîna vers la chambre. Le dîner attendrait.

Le protocole était à la fois terriblement simple et affreusement compliqué.

Elliott et Arnaud allaient se faire prélever du sperme en Angleterre, où les attendraient les ovocytes prêts à être fécondés de la donneuse. Anonyme et qui le resterait, répondant au pseudonyme de « Little Miss Sunshine ». Anglaise, car tel était le désir d'Elliott. Il était né et avait grandi dans les environs de Londres, et souhaitait que leur enfant fût rattaché à ses racines.

Ensuite, ce serait que le meilleur gagne : les ovocytes au max de leur forme seraient fécondés in vitro par les spermatozoïdes les plus prometteurs. Vu son âge, il y avait de fortes chances pour que soient sélectionnés ceux d'Elliott. Un ou deux jours plus tard, le ou les embryons ainsi formés – là encore, on choisirait les plus à même d'aboutir – seraient injectés par un fin cathéter dans l'utérus de la mère porteuse.

Anonyme elle aussi, et qui le resterait, répondant au pseudo de « Mademoiselle Julie ». Française, pour respecter le désir d'Arnaud, qui souhaitait que son enfant entendît parler sa langue maternelle dès ses premiers moments in utero. Pour être solidement ancré dans ses racines.

Au final, l'enfant aurait une mère biologique, une mère porteuse, toutes les deux anonymes. Dissolution d'une maternité que, du coup, aucune des deux demi-mères ne pourrait revendiquer, ce qui arrangeait le couple, et surtout Elliott. Il ne souhaitait pas qu'une bonne femme, comme il disait avec son accent délicieusement anglais, ait le moindre droit sur leur petit.

L'enfant aurait également une paire de pères, dont l'un d'eux serait à l'origine du sperme gagnant. Mais Arnaud et Elliott mettant un point d'honneur à ne jamais tenter de le découvrir, on ne saurait pas lequel.

Et voilà.

*

La sélection des mères – donneuse et porteuse – n'avait pas été une mince affaire.

Elliott était aussi brun qu'Arnaud – ou ce qui restait du balayage naturel d'Arnaud, produit conjugué des années et d'une formule peroxydée – avait été blond. L'un était grand, sportif et élancé, le muscle développé juste ce qu'il fallait et là où il le fallait, quand l'autre, allergique à toute forme d'exercice même si, pour faire plaisir à son compagnon, il s'imposait une séance hebdomadaire avec un coach, avait une tendance naturelle à l'embonpoint.

Les yeux d'Elliott étaient verts et en amande – comme n'avait pas manqué de le remarquer Lorraine, et ce qui l'avait passablement énervée, ce mec était une tuerie ! –, ceux d'Arnaud petits et ronds, d'où émanaient à la fois une forme de vivacité et comme une mollesse. Un mélange qui avait son charme, pour qui aimait ne jamais savoir sur quel pied danser. Et bizarrement, un atout dans son métier, lorsqu'il servait d'interprète dans des entrevues *one to one*, ou pour des interviews télévisées : ces yeux, à la fois présents et absents, faisaient comme un pont entre les deux langues, les deux cultures, et illustraient cette nanoseconde de retard entre la phrase dans le texte et sa traduction. C'était bien ça : Arnaud donnait l'impression d'être toujours un soupçon en retard sur lui-même.

Ces yeux, couleur de la Manche lorsqu'elle était déchaînée, avaient parlé à Elliott ; et fini par ne plus rien dire à Lorraine, qui pourtant s'en était accommodée de longues années.

Le plus compliqué dans l'affaire était que les deux hommes avaient des points de vue diamétralement opposés. Dans leur désir ou leur fantasme d'enfant, et face à l'infinité de possibilités qui s'offraient à eux. Techniquement, ils pouvaient le choisir noir, blanc ou jaune, grand ou petit, rond ou élancé, et même fille ou garçon. L'un optait pour la ressemblance – Arnaud –, quand l'autre, esthète, ne jurait que par la beauté.

— Tiens, Arn… – Elliott tendit à son compagnon une brochure à la couverture pelliculée. – Qu'est-ce que tu penses de celle-là : blonde, 1,73 m, 65 kilos, 91/62/92… ça pourrait presque être un Renoir ! Vingt-trois ans, anglaise pure souche… Études de coiffure, bon…

— J'aime pas, le coupa Arnaud, reprenant sans s'en apercevoir l'une des expressions favorites de sa fille.

Comme si, dans le processus qui consistait à fabriquer un bébé, ses enfants naturels se rappelaient à lui.

— Quoi, t'aimes pas ? Elle est blonde, comme ça le bébé te ressemblera, et elle est saine, elle est rose et laiteuse, elle paraît en bonne santé…

— Elle est vulgaire. Elle a de gros traits. – Arnaud se leva et entraîna son ami devant le miroir. – Tiens, regarde-nous : on ne peut pas avoir un enfant qui a de gros traits.

Ce qui n'était pas faux. Même si le visage d'Arnaud commençait un peu à s'affaisser, ses traits étaient fins et délicats, répondant en cela au visage sculpté de l'Anglais.

— Bon, si tu veux…, concéda Elliott en recommençant à tourner les pages. Elles sont pas terribles, dis donc ! Pas étonnant qu'il y ait de plus en plus de pédés !

Arnaud lui lança un regard noir : il avait horreur que le galeriste parle en ces termes de leur sexualité.

— T'es pas drôle, El…

Elliott alla chercher un deuxième catalogue, qu'il feuilleta en grimaçant.

— Putain, mais elles sont vraiment hideuses ! – Il brandit la brochure ouverte sous le nez d'Arnaud. – Tu ne veux quand-même pas que notre enfant ressemble à ça ? On est vraiment obligés de passer par la case gonzesse pour avoir un enfant, je veux dire… on ne peut pas zapper et faire ça entre nous ?

— En même temps, t'aimes pas les femmes, alors je ne vois pas comment il pourrait y en avoir une qui trouverait grâce à tes yeux… je ne parle même pas de lui trouver des qualités esthétiques…

— Je m'y connais suffisamment en art pour pouvoir apprécier ce qui est beau et ce qui ne l'est pas ! riposta Elliott, d'un petit air pincé. Tu ne veux pas qu'on prenne la première ? C'est encore la moins moche…

— Non, j'aime pas ! trancha Arnaud en feuilletant le catalogue d'un œil distrait. Et celle-là, tiens…

La fille qui leur souriait d'un air boudeur avait quelque chose d'Arnaud, et les yeux verts d'Elliott. D'une certaine manière, elle leur ressemblait, à tous les deux qui plus est. Comme un trait d'union qui les aurait reliés.

— Tu me montres le pedigree ?

Tout excité, Elliott se pencha pour lire par-dessus l'épaule de son compagnon.

— Surrey, diplômée en histoire de l'art… Ah ! Ça, ça me va…

Il se laissa tomber dans le canapé à côté d'Arnaud, et planta ses yeux verts dans les siens. Irrésistible, il le savait.

— Ah, quand même ! s'exclama-t-il en voyant, en bas à droite de la fiche, le prix de la transaction. Elle n'est pas donnée, dis donc ! Enfin, si elle te plaît… – Il caressa la cuisse d'Arnaud. – On prend celle-là, alors ?

Avec la conscience de faire une connerie, mais sans trouver la force de s'y opposer, Arnaud soupira. Ce qu'Elliott prit pour un oui.

— Merci, Arn ! Merci ! Tu fais de moi le plus heureux des hommes ! Maintenant qu'on va avoir un enfant, jamais je ne te quitterai !

Il se leva d'un bond, et entama une danse de joie. Puis il se précipita vers la cuisine, et revint avec la bouteille de champagne que, pour l'occasion, il avait mise au frais. Sûr de son fait.

— Bon, il nous reste encore du pain sur la planche : trouver une bonne mère porteuse, s'occuper de toute la paperasse… mais au moins c'est lancé ! Je t'aime, mon Arn !

Et c'est ainsi que « Little Miss Sunshine » avait été choisie. Un rayon de soleil dans la vie d'Elliott, et dans le cœur d'Arnaud, un pavé.

— Mate un peu !

Bastien sursauta. Le coup de coude pointu de son binôme en pâtisserie le prit par surprise. Ce grand gaillard un peu lourd, tirant sur le roux, n'avait pas son pareil pour confectionner paris-brest, chouquettes et autres religieuses – la pâte à choux était sa spécialité, qu'il faisait particulièrement légère et moelleuse. Suivant le regard de son camarade, il comprit la raison de son enthousiasme : deux filles sublimes, une liane très brune et une poupée blonde, attendaient devant la sortie en fumant des cigarettes, moulées dans des jeans troués qui ne faisaient aucun mystère de leur anatomie. Canon.

Les yeux de la blonde croisèrent ceux de Bastien, qui piqua un fard avant de se détourner. Elle se pencha vers sa copine, lui glissa à l'oreille des mots qu'il n'entendit pas, certain cependant qu'elles parlaient de lui – et qu'elles se moquaient. Bastien n'avait jamais été très à l'aise avec les filles, et plus elles étaient féminines, plus elles le terrorisaient.

— Ah ! Je vois que nous avons deux petits veinards qui sont attendus ! ironisa le chargé de TP en sortant derrière ses élèves.

À peine la trentaine, figure montante de la pâtisserie auprès d'un chef réputé, le prof avait la réputation de ne faire qu'une bouchée de tout ce qui bougeait.

— Si c'est moi que vous êtes venues chercher, mesdemoiselles, je suis votre homme !

La brune alluma une autre cigarette, avant de rétorquer :

— Désolée, nous on préfère les filles !

Avec un grand sourire. Son grand sourire, enjôleur même lorsqu'elle ne voulait surtout pas enjôler, qui lui permettait de dire tout ce qu'elle pensait.

— Les filles ! lança au même moment Sophie, en se précipitant vers ses amies.

Elles s'embrassèrent avec effusion, formant instantanément un petit cercle à trois dont le reste du monde était exclu.

Dans un concert de sifflements admiratifs, les garçons se dispersèrent, déplorant que des nanas aussi « bonnes » soient perdues à leur cause. Le trait d'humour de Sara avait été pris au premier degré.

Après quelques minutes de papotage effréné, Sophie se détacha du cercle et courut derrière Bastien, qui prenait sans se presser le chemin de la rue Marcadet.

— Hé, Bast ! cria-t-elle, t'en va pas ! Y a mes copines qui aimeraient faire ta connaissance !

Le réflexe de Bastien fut d'accélérer le pas. Mais quel con ! se fustigea-t-il intérieurement sans pour autant se retourner : deux bombes s'intéressent à moi et je prends mes jambes à mon cou ! Mais il n'y avait rien à faire : Bastien avait aussi peur des filles qu'elles l'intriguaient.

C'était compter sans les grandes foulées de Sophie, qui le rattrapa et l'entraîna vers ses amies.

— Voilà ! Je vous présente Bast ! dit Sophie en ébouriffant la mèche du garçon, exactement comme le faisaient sa mère et sa tante – qu'est-ce qu'elles avaient toutes ?

— Ben naaan…, commença Bastien, avant de se reprendre.

Ce qui était un running gag en famille pouvait faire de lui la risée de ces deux poupées trop belles pour lui.

— Mon brushiiiiing…, embrayèrent d'une même voix les trois filles, avant d'éclater de rire devant la mine déconfite du garçon.

— Comment vous savez ?

Bastien n'en revenait pas. Ces sirènes étaient des sorcières. En plus.

Hélène, Sara et Sophie gloussèrent de plus belle.

— On a des frères, tu sais…

— Avec les mêmes obsessions capillaires…

— Les frères…

Voilà qu'elles se mettaient à chanter. Et à onduler. Bastien sentit son rythme cardiaque s'accélérer.

— Hélène te trouve mignon, expliqua Sophie. Elle propose qu'on t'emmène à notre cours de zumba.

La blonde adressa à Bastien un petit sourire.

— Mais…

Rien qu'à l'idée de danser, Bastien était tétanisé. Alors danser avec trois filles qu'il connaissait à peine, dans une ambiance où il y en aurait plein d'autres… Il sentit la sueur perler sur son front, et ses dessous de bras se liquéfier.

— T'inquiète ! Il suffit de se laisser porter par la musique. – Pour illustrer son propos, la blonde entama quelques pas. – Tu vois, c'est vraiment pas compliqué !

Sans tenir compte des faibles protestations du garçon, Sophie et Sara le prirent chacune par une main, et la petite troupe s'engouffra en courant dans la station de métro qui les emmènerait dans le Marais.

*

— Qu'est-ce qui t'arrive, ma Loulou ?

En arrivant chez elle, les bras chargés de plants qu'elle venait de recevoir du Canada et dont elle avait l'intention de faire la surprise à Mario, Lorraine trouva Louise dans la cuisine, accablée. La demande pour ces fleurs comestibles semblait exploser, autant parmi les clients de la boutique de Lorraine que chez les restaurateurs. Elle posa les pensées dans l'évier, qui semblaient l'interroger de leurs délicates corolles nimbées d'un violet presque noir et, sans prendre le temps de retirer son manteau, entoura sa fille de ses bras.

— Qu'est-ce qui t'arrive, ma Loulou ? répéta Lorraine d'une voix où perçait l'inquiétude.

Elle n'avait pas l'habitude de voir Louise dans cet état, elle si sérieuse et combattante. Si forte, pour une gamine de même pas dix-sept ans, qui avait décidé de brûler les étapes et de sauter à pieds joints dans la maternité.

Pour toute réponse, Louise éclata en sanglots, et se serra plus fort contre le sein de sa mère.

— J'en peux plus, maman ! J'en peux plus, j'en peux plus, j'en peux plus !

Les larmes redoublèrent.

Octave arriva dans la cuisine, le bébé dans les bras. Il venait de lui donner le bain, ce dont il s'acquittait de mieux en mieux – Marie ne pleurait même plus au contact de l'eau quand c'était son père qui la lavait, elle riait aux éclats en l'éclaboussant de ses jambes et de ses bras –, et s'apprêtait à le rendre à sa mère afin qu'elle le fasse dîner. Des veloutés maison, que Bastien, qui s'en donnait à cœur joie depuis que l'on avait introduit fruits et légumes dans l'alimentation de sa nièce, confectionnait le dimanche avec ce que Mario produisait de plus tendre. Et des compotes de pommes et de poires mélangées, additionnées de sucre vanillé et d'un trait de cannelle ou de badiane pour que la petite se fasse le goût.

En voyant Louise serrée contre Lorraine, Octave interrogea celle-ci du regard. Avant de réchauffer une purée au micro-ondes en se faisant le plus petit possible – pas facile, quand on mesure un mètre quatre-vingt-cinq et qu'on a les cheveux comme un puits de lumière – et de l'emporter dans la chambre. Toujours hilare, Marie essayait de glisser comme une truite pour échapper à son étreinte. Le grand jeu du moment apparemment.

— C'est Marie ? questionna Lorraine doucement, quand le père et l'enfant furent sortis de la pièce, les laissant entre filles.

Octave avait cette finesse : comprendre quand Louise, trop jeune encore pour abandonner complètement les prérogatives de l'enfance, avait besoin de se retrouver en tête à tête avec sa mère. Pour un câlin, une épaule où s'épancher ou, comme ce soir, le contact maternel pour se consoler. Il avait beau adorer Louise, il savait que seule Lorraine pouvait lui apporter ce style de réconfort, charnel, animal, viscéral. Originel.

Louise ne répondit pas. Ses sanglots s'apaisaient néanmoins, laissant la place à de gros soupirs. Puis elle se leva, et alla s'emparer du pot de Nutella.

Lorraine patienta.

— C'est cette connasse de prof de philo !

D'un geste rageur, Louise planta sa cuiller dans le pot. Lorraine se demanda si elle n'allait pas de nouveau fondre en larmes. Mais non, sa Loulou reprenait du poil de la bête, et l'accablement cédait peu à peu le pas à une saine colère. C'était mieux.

— Elle m'a foutu 1 à mon bac blanc, merde ! Tu te rends compte, Maman ! 1 sur 20, coeff sept ! J'aime pas ! J'aime pas, j'aime pas, j'aime pas !

— Et c'était quoi, le sujet ? interrogea Lorraine, juste pour dire quelque chose. La philosophie n'avait jamais été sa tasse de thé.

— « Peut-on parler de droit à l'enfant ? » Tu parles d'un sujet à la con !

Louise sortit une énorme cuiller de pâte à tartiner, qu'elle regarda avec un mélange d'envie et de nostalgie avant de la remettre soigneusement dans le pot. Et de le refermer.

— Et tu as dit quoi ?

— J'ai parlé de René Girard et de la mimésis acquisitive..., murmura Louise d'un air boudeur. Genre, comme il y a plein de gens qui en ont, des enfants, ben tout le monde en veut...

Lorraine hésita entre compatir et éclater de rire. Sa fille avait parfois de ces idées... D'un autre côté, le sujet était évidemment polémique et provocateur, et à vrai dire plus à sa place dans un cours de sociologie que dans un cours de philo. Mais s'appuyer sur un philosophe lui-même tellement controversé qu'il avait dû faire carrière aux États-Unis, tant il n'allait pas dans le sens du politiquement correct : voilà qui était culotté.

— Écoute, Loulou...

Lorraine se leva pour enlever son manteau, et revint caresser les cheveux de sa fille.

— 1, ce n'est pas si mal... c'est une note pleine d'affect, c'est que ton devoir ne l'a pas laissée indifférente, bon, OK elle a détesté, mais c'est une prise de position. Elle aurait adoré, tu aurais eu 19 !

— Tu crois ?

Dans les yeux encore mouillés de Louise, une lueur d'espoir.

— Bien sûr que je le crois, ma chérie.

Lorraine entortilla autour de ses doigts une mèche auburn de sa fille, que la grossesse avait foncée.

— Non parce que tu sais, Mamounette… – Louise vint se blottir contre sa mère, comme quand elle était toute petite, le nez enfoui dans son cou pour respirer son odeur : une odeur de fleurs et d'herbe coupée. – Quelquefois je me demande si je ne devrais pas tout arrêter, trouver un petit boulot et m'occuper de Marie. C'est trop dur, de tout mener de front !

— Tu apprends à être une femme, ma chérie. Les femmes mènent tout de front, et cela a toujours été. Ce n'est pas pour rien qu'on dit qu'elles sont les rênes du monde !

Lorraine serra sa fille dans ses bras, avant de lui donner une petite tape d'encouragement sur l'épaule.

— Allez, va finir tes devoirs et t'occuper de ton homme et de ton bébé ! Et bienvenue dans la vie, ma chérie !

Louise embrassa sa mère et ramassa ses affaires. Quelques minutes plus tard, on entendait des rires fuser dans la chambre, couverts aussitôt par « Marilyn Monroe », de Pharell Williams. Madonna en mec, aurait dit Bastien, qui, dès les premières notes de l'album pourtant bien balancé, traversait la maison en se bouchant ostensiblement les oreilles.

Lorraine sourit. C'était ça, son job de mère. Rassurer, encourager, et aussi pousser. Il était de son devoir de faire de sa fille une femme épanouie, s'acquittant de toutes ses fonctions avec bonheur. Pas une frustrée qui passe son temps à râler tout en se laissant aller.

— Si même les mecs se mettent à jouer de la musique de gonzesse ! commenta Bastien en faisant, précisément à cet instant, irruption dans la cuisine. Aide-moi, Mam, dit-il en déballant le cageot que Mario avait préparé. J'arrive de mon cours de zumba, et si on ne s'y met pas maintenant rien ne sera prêt pour le dîner !

Bastien cassa deux douzaines d'œufs dans un grand saladier pour préparer une omelette, et y ajouta crème fleurette, lait entier, et un mélange d'herbes dont, depuis qu'il avait découvert les trésors que son beau-père faisait pousser dans sa serre, il avait fait sa recette secrète. Lorraine emporta ses capucines, pensées, calendula et autres tagètes dans la salle de bains et entreprit de les installer. Il était urgent de prendre possession de la baignoire où elle avait l'intention de les planter avant l'arrivée de Mario – où était-il, d'ailleurs, habituellement il rentrait toujours avant elle –, accro aux longues immersions dans une eau à 40 degrés.

Puis elle vint prêter main-forte à Bastien, dont le dessert improvisé – un fondant au chocolat, à vue de nez –, commençait déjà à embaumer.

— Et si on partait quelque part pour Noël ? demanda Victor à Julie, alors qu'ils rentraient main dans la main d'un dîner au Café de la poste, où deux bouteilles de chasse-spleen avaient à peine réussi à les réchauffer.

Dehors, il faisait glacial, mais les flocons qui voletaient doucement depuis le début du dîner leur avaient donné envie de braver le froid et de rentrer à pied. Recouverte d'une fine pellicule de neige, la rue avait pris sous la lumière orangée des réverbères une coloration sépia qui la nimbait d'un air irréel et désuet.

Et puis il y avait ce silence. Le crissement de leurs pas que la neige étouffait. Pas un chat, sur le chemin, qui promenait son chien. C'était l'heure, pourtant. Les restaurants s'éteignaient les uns après les autres. Même les rares voitures semblaient avancer dans un film muet.

— Et si on partait quelque part pour Noël ?

Dans cette nuit et cette tranquillité, que seuls animaient les petits danseurs blancs, bonbons de froid qui venaient fondre sur leurs bonnets, la question du chirurgien claqua comme un coup de tonnerre. Eh oui, un coup de tonnerre, c'en était un en effet, en tout cas un coup de nouveauté. Depuis deux mois et des poussières qu'ils étaient ensemble – enfin, qu'ils couchaient ensemble, dormaient ensemble et partageaient pratiquement tous leurs dîners –, jamais ils n'avaient eu l'occasion de s'échapper en tête à tête. Ni même de l'envisager.

Parce que la vie va trop vite, parce que le travail bouffe tout. Parce que si on n'y prend pas garde le temps passe, et qu'une fois passé, nul ne peut le rattraper.

— Un endroit où il ferait chaud, renchérit Victor.

Julie tressaillit – de froid ? de doute ? –, et Victor, percevant ce tressaillement, la serra plus fort contre lui.

— Où il y aurait la mer…

— … du sable blanc trop chaud pour qu'on marche dessus, et des poissons jaunes et bleus qui nous mangeraient les pieds ?

Les joues roses dans le noir de la nuit, Julie se mettait à rêver. Qui n'a pas rêvé d'une plage déserte avec l'être aimé ?

— Tu imagines…

Victor prit entre ses mains le visage de Julie, et la contempla longuement avant de l'embrasser.

— Oui, j'imagine…

À vrai dire, Julie était bouleversée. L'idée de partir, tous les deux, loin, donnait à leur histoire une dimension nouvelle qu'elle n'avait pas osé espérer. Elle qui avait accueilli leur amour comme il se présentait, se pinçant parfois tant il lui semblait trop beau pour être vrai. Victor, un homme comme Victor, avec la stature de Victor, la dimension de Victor, la carrière et l'expérience de Victor qui contenait la sagesse du monde et lui donnait parfois l'impression d'être une midinette futile et crédule, Victor l'aimait. Elle était maintenant en mesure de se projeter. Demain, un voyage. Après-demain, la vie. Un autre voyage, aussi.

— Les Maldives ?

Julie aurait préféré l'Afrique. Les Maldives, c'était un peu cliché. Et puis elle se voyait mal annonçant à Lorraine, qui avait avec les Maldives un dossier en travers du gosier, que non seulement elle ne serait pas là pour les fêtes, mais qu'elle allait aux Maldives. Lorraine avait failli y aller l'an dernier avec son amoureux marié, qui s'était défilé au dernier moment sous prétexte qu'il avait un produit à lancer.

— Non, j'ai une meilleure idée ! s'exclama le chirurgien en ouvrant devant Julie la porte de leur perchoir. On va aller en Afrique ! On sera plus tranquilles…

Comme s'il avait lu dans ses pensées.

Sans même retirer son manteau, Julie le poussa doucement contre la porte qu'il venait de refermer, et le déshabilla.

Puis elle cala ses escarpins de part et d'autre et le prit là, contre le mur. Lui, nu comme un ver, elle encore tout emmitouflée, le col de son manteau enneigé. Chaud contre froid, neige contre fièvre. Pluie tropicale sur un cocktail glacé.

*

— Les enfants…

Arnaud leva les yeux sur le Dr Delage, espérant qu'il serait aussi prolixe qu'au début de la séance précédente, mais non. Les enfants, avait-il entamé, avant de se concentrer sur son stylo. Il était clair qu'il n'en dirait pas plus, bien décidé à laisser son patient se débrouiller.

— J'en ai déjà deux… C'est ça le truc…

L'image de Louise, son bébé dans les bras, s'imposa à lui. Et, brusquement, Arnaud eut un pincement au cœur : s'il voyait parfaitement les traits de sa fille, il réalisa qu'il avait du mal à visualiser Bastien. Une allure dégingandée, une mèche qui cachait des yeux dont la couleur lui échappait. Avait-il ses yeux à lui, gris-vert, ou ceux de Lorraine, dorés ? L'image de son fils était devenue floue, et il était incapable de se souvenir du son de sa voix. Cela faisait six mois qu'il ne l'avait pas vu, ni ne lui avait parlé. Peut-être serait-il à son mariage ? Les enfants avaient répondu qu'ils viendraient…

Une larme perla au bord de sa paupière inférieure. Imperturbable, le psy, qui ne disait rien mais n'en perdait pas une, lui tendit un paquet de Kleenex XXL double épaisseur. Les mêmes, dans la boîte noire et rouge, qu'Elliott rapportait d'Angleterre, lui qui pourtant ne pleurait jamais.

— Et je ne sais pas comment le leur annoncer…

Le silence s'abattit comme une chape. Arnaud était perdu dans ses pensées. À vrai dire, il était perdu tout court. Quant à Delage, il était pris d'une frénésie de notes.

Lorsqu'il leva enfin le nez sur son patient, qui dérivait si loin qu'on aurait presque dit qu'il s'était endormi, il commenta simplement :

— Ce qui vous chagrine, c'est la manière de le leur annoncer, ou la nature de ce que vous avez à leur annoncer ?

— T'es sûr que tu ne veux pas venir ?

Dans sa longue robe de velours cerise, qui moulait les formes qu'elle n'avait pas perdues, Louise faisait plus femme que jamais. Bastien adorait, il n'avait pas aimé la période maigre de sa sœur, et considérait qu'à cet égard sa grossesse avait été la bienvenue. Si ce n'était un reste d'enfance dans la moue et dans les traits, avec ses cheveux relevés et le léger maquillage que sa mère lui avait concocté, on lui aurait donné vingt-cinq ans.

— Nan… J'ai répondu que je ne venais pas, de toute manière !

Bastien haussa le son de Métallica et s'absorba dans son livre de cuisine, pour bien montrer qu'il ne changerait pas d'avis.

— Si c'est que ça… – Louise rougit légèrement, se rapprochant du pantone de sa robe. – Je… C'est moi qui ai renvoyé le truc et euh… en fait j'ai dit qu'on viendrait tous les deux. Papa était fou de joie, d'ailleurs !

Bastien arrêta la musique d'un coup, et se dressa comme un naja.

— Attends mais t'es dégueu, t'as pas fait ça ? D'où tu sors que tu peux décider à ma place ?

— T'es chelou, Bast ! – Louise haussa ses épaules dénudées. – Tu ne vas pas rester éternellement fâché avec papa juste parce qu'il a viré pédé, c'est débile ! C'est pas contagieux, tu sais ! ajouta-t-elle avec un sourire malicieux, comme si elle lisait dans ses pensées.

Une fois de plus, avec sa clairvoyance habituelle, héritée de son arrière-grand-mère et dont Marie était certainement dotée, Louise avait tapé pile là où le bât blessait. Même si les choses, dans la tête de Bastien, étaient plus compliquées.

Il apprécia néanmoins que, pour une fois, sa sœur ne le traite pas de tapette, ce qu'elle faisait habituellement à la première occasion, avec un humour douteux qu'il était loin d'apprécier. À vrai dire, cela lui faisait mal. Car si Bastien ne se sentait pas homosexuel, il n'était pas certain non plus de son hétérosexualité.

De sa peur des filles, de son incapacité à aborder leur altérité, il rejetait la faute sur son père. Par déni ou par confort, histoire de ne pas avoir à en endosser, lui, la responsabilité. La « faute », c'était en ces termes qu'il pensait. Même s'il était tout à fait ouvert, estimant que chacun faisait ce qu'il voulait et tant que cela restait loin de lui il ne jugeait pas. Mais dès que cela concernait son père, et lui-même, il ne pouvait s'empêcher de penser en termes de déviance. C'était inconscient, plus fort que lui. Inexplicable, si ce n'est par le regard éminemment conservateur, quoi qu'on en dise, de la société qui dictait la manière dont on se regarde soi-même. Pour peu que l'on se regardât en face. Et la toute puissance de la culpabilité.

La seule fille qu'il avait embrassée avait été Fleur, deux fois. Il avait trouvé ça dégoûtant et ils n'étaient jamais allés plus loin, raison pour laquelle elle l'avait quitté. Il l'aimait *bien* mais il ne l'*aimait* pas, et, quand la plupart de ses congénères ne s'embarrassaient pas de considérations sentimentales pour passer à l'action, pour lui les deux étaient liées. Ce qui ne lui facilitait pas les choses. Ou lui donnait une excuse pour ne pas se lancer.

Du coup, à dix-neuf ans, Bastien était puceau, et peu enclin à s'en vanter. Il préférait encore entretenir le doute, et qu'on le croie gay.

En parlant de « contagion » pour plaisanter, sa sœur avait visé juste, sans toutefois aller au bout. Bastien se demandait de plus en plus sérieusement si l'homosexualité n'était pas un caractère inné. Peut-être même héréditaire.

— Non, désolé ! Je préfère pas les voir. Et puis son mec, alors lui… je le supporte pas !

En voyant la lèvre inférieure de son frère trembler, Louise comprit qu'il ne fallait pas insister. Elle ramassa précautionneusement les pans de sa robe et s'approcha pour l'embrasser. Sur le front. Comme une mère plus que comme une petite sœur.

— Je t'aime, Bast, tu sais, dit-elle d'une voix douce. Une vraie voix de femme, avant de s'envoler.

Bastien attendit que la porte de sa chambre soit refermée pour laisser les larmes couler. Sa sœur avait remué en lui tout un tas de sentiments, et de doutes qui le rongeaient. Et son accès d'amour à son égard, son baiser, avait ouvert des vannes qu'il luttait pour maintenir fermées. Ça fait toujours ça, songea-t-il : il suffit que quelqu'un soit gentil avec vous quand vous êtes mal, et vous êtes encore plus mal.

Et maintenant, pour couronner le tout, il se mettait à pleurer comme une gonzesse. Il était mortifié.

*

La fête avait lieu dans une galerie du Marais, dont les volumes spectaculaires s'organisaient autour de la cour pavée d'un hôtel particulier. On avait laissé l'exposition en cours, des grandes sculptures en bois de Joel Shapiro, certaines de teinte naturelle, d'autres blanches et une vivement colorée – ce qui était un peu considéré comme la signature de l'artiste – parmi lesquelles les invités évoluaient.

Il y avait évidemment une majorité de garçons, la plupart magnifiques. Et aussi quelques très belles filles, drôles, enjouées, sûres d'elles ; de celles qui ont toutes les qualités. Détendues, elles étaient venues en amies, en sœurs, en mères, en tout cas en confiance, sachant que c'était pour elles une assemblée sans risque et sans enjeu, et que si par hasard on leur mettait la main aux fesses cela resterait sans conséquences. Un environnement reposant où elles pouvaient baisser la garde et s'amuser.

— Excusez-moi ! Ma fille vient d'arriver…

Arnaud laissa là une collectionneuse américaine, réplique vivante de l'héroïne de *Brazil* tant elle était refaite. Elle avait entrepris de lui expliquer qu'à une époque elle avait été comme une mère pour Elliott, et comptait désormais sur lui pour bien s'en occuper. « Il a l'air fort, comme ça… mais il est fragile, vous savez ! »

Arnaud se précipita vers la porte où Louise venait de faire son entrée. Au bras d'un beau jeune homme, que, de loin, il prit pour son fils – son cœur bondit de joie –, avant de réaliser que ce n'était pas quelqu'un qu'il connaissait – son cœur se dégonfla. Le père de la petite, probablement.

— Papounet ! Je te présente Octave ! dit Louise en se jetant au cou de son père.

Un geste d'enfant incompatible avec la robe et les talons qu'elle portait, et elle faillit tomber. Octave la retint par le coude. Au moins, songea Arnaud, le copain de sa fille était-il galant !

— Ton frère n'est pas venu ? demanda-t-il, à peine eut-il embrassé Louise et serré la main de l'impétrant.

Trop vite, trop précipitamment : ce n'était pas gentil pour Louise, mais il n'avait pas pu s'en empêcher. Il avait compté sur cette fête pour se rabibocher avec Bastien, de quoi, à vrai dire il l'ignorait. Et sa défection le décevait.

— Il… euh…

Louise rougit violemment, incapable d'articuler. Et d'ailleurs, pour dire quoi ?

— Le pauvre vieux, il aurait adoré venir mais il est cloué au lit avec une gastro. J'espère qu'il ne va pas tous nous la refiler !

Octave vint à la rescousse, d'une belle voix de baryton qui contrastait avec son allure de tout jeune homme.

Arnaud attrapa trois coupes de champagne sur un plateau qui circulait.

— Tenez, dit-il en trinquant avec eux. Amusez-vous ! Et évitez d'écraser vos petits-fours sur les œuvres à 485 000 euros, ça la foutrait mal ! On se revoit au dîner, je vous ai placés à la table des mariés !

Il lança un clin d'œil à sa fille, et se fondit dans la foule. Quand il se fut suffisamment éloigné, il avala son champagne d'un trait.

— À ta santé, Bast. À ta gastro, et à la vérité !

*

— Alors, mon chou ! Tu n'ouvres pas ton cadeau ?

Les derniers invités venaient de partir, la soirée avait été un succès. Même le discours des témoins, deux ex d'Elliott filant désormais, ensemble, le parfait amour, qui s'étaient aventurés sur un terrain glissant en souhaitant aux époux de nombreux bébés – les enfants d'Arnaud étaient dans la salle, quand même, et tout le monde n'était pas d'accord avec le procédé –, avait fait rire l'assemblée.

— Et rappelez-vous, les chéris ! Vous venez de vous marier pour le meilleur et pour le pire, d'accord… mais jamais pour le déjeuner ! avait conclu l'un des joyeux drilles, en levant son verre sous un tonnerre d'applaudissements.

Puis le DJ avait entamé « I'm just a gigolo ». Sans malice, c'était juste la chanson fétiche du couple, qui passait dans ce bar d'hôtel où ils avaient pris leur premier verre. Et les mariés avaient ouvert le bal dans un rock endiablé.

C'est fou comme en dix-huit mois la vie s'est accélérée, se dit Arnaud en repensant à leur rencontre. Il était interprète dans un congrès sur l'art contemporain qui se tenait en marge de la foire de Bâle. Elliott y exposait un artiste écossais – un type qui faisait des installations avec des cornemuses –, et avait été choisi pour participer à une table ronde sur les jeunes galeries. Arnaud faisait le *go-between* entre l'animateur, une sommité quasi incontournable de la foire qui ne parlait que suisse allemand, et les intervenants.

Le soir, les deux hommes s'étaient éclipsés avant la fin du dîner, qui s'éternisait dans un salon d'hôtel surchauffé équipé des habituelles tables de dix entourées de petites chaises en bois doré, pour partager des Old Fashions au bar. Et plus, car il y avait clairement affinités.

Un an et demi plus tard, ils étaient mariés et avaient un projet de bébé.

En voyant la boîte soigneusement enrubannée que lui tendait son mari, Arnaud eut un moment de panique. Il n'avait rien prévu, lui, en plus des alliances qu'il avait commandées à un créateur de la place Vendôme et dont il pensait que ce serait leur cadeau de mariage. Elles lui avaient coûté un bras, pour de simples anneaux d'or vaguement sculptés, mais Elliott y tenait. Il desserra discrètement le deuxième bouton de son pantalon en lin crème – il avait déjà fait son affaire au premier juste avant la pièce montée – et inspira profondément. Il ne savait pas pourquoi, peut-être l'effet de leur nouvel engagement ou le sentiment de déjà-vu que la cérémonie à la mairie et la fête lui avaient inspiré, mais il se sentait oppressé.

Ça passera, tenta-t-il de se rassurer. Mais il y avait le bébé. Un seul, Dieu merci ! Sur ce plan il avait réussi à être ferme, et à convaincre son compagnon qui, lui, en aurait volontiers fait deux avec les spermatozoïdes de chacun. Et il était bien placé pour savoir que dans un couple, un enfant était rarement un facteur de légèreté.

— Je…, balbutia Arnaud d'une voix pâteuse.

En plus, réalisa-t-il, il était complètement soûl.

— Ouvre, mon Arn, insista Elliott en lui passant un doigt sur les lèvres, en les entrouvrant, et la caresse devint un baiser. C'est un cadeau que je nous fais à tous les deux… à nous et au bébé.

Ils défirent ensemble le nœud de satin, et ouvrirent la boîte qui contenait une clef.

L'appartement qu'Elliott venait d'offrir à Arnaud en cadeau de mariage, et dont il lui avait fait passer la porte le premier jour en le soulevant dans ses bras comme une mariée, était ce dont celui-ci avait toujours rêvé.

À deux pas de la rue des Francs-Bourgeois et de la place des Vosges qu'il adorait, et à un jet de pierre de la galerie de son mari, c'était un duplex de quatre-vingts mètres carrés duquel on apercevait les jardins du musée Carnavalet. Un bel air, une belle cour, un beau jardin, un beau quartier, comme disait Madame de Sévigné qui y avait habité.

Elliott l'avait fait refaire de fond en comble : une grande cuisine vitrée équipée des meilleurs appareils s'ouvrait sur le salon, dont l'Elephant's breath de Farrow and Ball contrastait subtilement avec le chêne du parquet. À l'étage, une grande chambre dont la couleur n'était pas sans rappeler les yeux d'Arnaud – une délicatesse à laquelle il n'était pas insensible – donnait sur un dressing. Un dressing pour deux hommes, fait sur mesure pour accueillir vestes, chemises et pantalons, et surtout leur collection de chaussures. Un dressing dans lequel on entrait.

Puis venait la salle de bains d'un bleu plus soutenu, avec une douche où l'on tenait facilement à deux et même plus – un fantasme d'Elliott, pour le coup, qui érotisait la douche et les jeux de vapeur à plusieurs –, et une baignoire à pieds venue tout droit d'Angleterre. Un tapis persan recouvrait le parquet, qui avait dû coûter une fortune.

Et en enfilade, donnant sur une jolie cour ombragée, une chambre pour le bébé.

Mais où trouve-t-il tout cet argent ? se demanda Arnaud qui, devant la folie dépensière de celui qu'il venait d'épouser, commençait sérieusement à flipper. D'abord la razzia chez Bonpoint pour Marie, puis l'acompte pour leur propre bébé. Le mariage, qui, même si la galerie leur avait été prêtée – c'était ce que disait Elliott, en tout cas, mais à vrai dire rien ne le prouvait –, avait été somptueux. Et maintenant l'appartement. Arnaud se voyait déjà poursuivi en tant que conjoint solidaire pour éponger les dettes mirobolantes de son mari.

— Tu n'es pas content ? s'enquit Elliott alors qu'ils finissaient d'emménager.

La réticence d'Arnaud commençait à l'irriter. Même si celui-ci se donnait un mal fou pour la cacher – il n'allait pas gâcher le bonheur du galeriste qui, avec le mariage, le nouveau lieu et bientôt le nouveau bébé semblait flotter sur un nuage.

— Avec tout ce que je fais pour toi…, poursuivit-il, laissant sa phrase en suspens.

À peine marié, le ton d'Elliott avait insensiblement changé, passant de la légèreté enjouée à une condescendance nimbée de reproche. Justifiée sans doute par « tout ce qu'il faisait pour Arnaud », notamment et presque exclusivement sur le plan financier.

— Justement. C'est tout ce que tu fais pour moi qui me gêne. Et aussi avec quel argent tu le fais.

Arnaud envoya voler l'une de ses sublimes chaussures dans son sublime dressing, inquiet de la conversation qui s'amorçait.

C'était dit. Arnaud avait mis ses inquiétudes sur la table, et la rancœur latente de se sentir comme une poule entretenue. Parce que c'était ce qu'il ressentait. Et il n'était pas formaté pour ça – pas un homme ! songea-t-il dans un sursaut de machisme. Si Arnaud n'avait pas beaucoup de personnalité, il avait de l'ego. Pas toujours bien placé.

— Mais arrête de te mettre la rate au court-bouillon pour des questions de pognon ! s'emporta Elliott. Je suis un grand garçon, je sais ce que je fais ! Tu ne penses qu'à ça, au blé ! Si tu l'aimes autant, soit dit en passant, tu aurais mieux fait de choisir un autre métier !

Et toc ! En disant ces mots, Elliott sentit qu'il allait trop loin. Qu'il était allé trop loin.

— Nan, je déconne, Arn ! tenta-t-il de se rattraper.

Il ébouriffa la chevelure de son compagnon, qui recula imperceptiblement. Ce geste aussi, il le trouvait possessif.

— Je t'aime et je voudrais juste que tu profites sans te poser de questions de ce que la vie peut nous apporter. Regarde. – Il montra la pièce qui les entourait d'un grand geste du bras. – On n'est pas heureux, là ?

Arnaud soupira. Bien sûr, ils étaient heureux. Plus heureux peut-être qu'il ne l'avait jamais été. Mais il commençait à découvrir que ce bonheur avait un prix : un prix qu'il n'était pas certain de vouloir payer.

*

— Ah ! J'arrive enfin à te joindre ! Heureusement que j'appelle, parce que si je dois compter sur vous pour donner des nouvelles…

Christiane était lancée. Julie posa le téléphone à côté d'elle, qu'elle avait mis sur haut-parleur afin de pouvoir placer çà et là des « hum » et des « oui oui », signes qu'elle écoutait. Elle savait qu'elle aurait dû appeler sa mère plus souvent ces derniers mois, et qu'elle ne l'avait pas fait. La diatribe qu'elle s'apprêtait à essuyer était le prix de ces semaines de tranquillité.

— Déjà que vous n'êtes pas venus cet été. Personne, alors que depuis toujours on se réunit tous les étés. C'est une tradition. À quoi ça sert que je me donne tout ce mal pour entretenir une maison de famille où il n'y a plus de famille ? Je le fais pour vous, tu sais… Je me demande parfois si je ne ferais pas mieux de tout bazarder !

Je le fais pour vous. C'était l'une, si ce n'était la phrase favorite de sa mère, je le fais pour vous. Qui offrait à Christiane le bénéfice secondaire de se poser en victime et de se faire plaindre, et donnait à ses filles et maintenant à sa petite-fille, qui ne se faisait pas prier pour l'envoyer – gentiment – bouler, l'envie de lui raccrocher au nez. Avec comme recommandation d'arrêter de faire pour elles des choses dont elles ne voulaient pas, et d'avoir une vie à elle. *Get a life !* comme disaient les Anglais.

Sauf qu'à soixante-dix ans passés et au fin fond de la Dordogne, pour quelqu'un qui n'avait jamais rien fait d'autre que d'entretenir un foyer – bien, il fallait être juste, avec amour et avec dévotion à l'égard de son mari et de ses enfants –, avoir une vie était compliqué. Une fois les enfants envolés, il aurait fallu tout réinventer. Ce qui ne faisait pas partie de l'agenda de Christiane, qui n'avait jamais vraiment intégré que ses filles étaient devenues des adultes, et n'avait de cesse que de les ramener dans son giron.

Possessive, Christiane ? Elle l'avait été. Maintenant, elle se sentait plutôt esseulée.

Et inquiète, aussi. Son mari vieillissait et ne serait bientôt plus en mesure de s'occuper de la propriété, ou de ce qu'il en restait : l'exploitation du tabac devenait de plus en plus dure, laissant des hectares de terre inexploités, et seuls rapportaient encore les champs de noyers, le maïs et les roses de Jean. Et là encore, les grossistes de fleurs importées, qui privilégiaient le prix à la qualité, avaient peu à peu grignoté la part de marché de ces roses de jardin made in France, sublimes, délicatement parfumées… mais chères. Il aurait presque fallu produire à perte pour rester dans la compétition, et ça, Jean s'y refusait. Il avait préféré réduire drastiquement sa production, et ne la commercialiser qu'à travers la boutique de Lorraine et quelques fleuristes triés sur le volet.

C'est pourquoi, depuis quelque temps, Christiane se posait vraiment la question de savoir si conserver la propriété familiale avait du sens. Et pour la première fois, elle le formulait.

— Non, parce que si ça ne tenait qu'à moi… C'est un gros bazar, que je me colle sur le dos, je ne suis plus toute jeune, et ton père non plus… Il a pris un coup de vieux, tu sais…

Il y avait de la tendresse dans la voix de Christiane. Si Jean et elle avaient eu – et avaient toujours – des hauts et des bas, elle lui était profondément attachée et le voir vieillir plus vite qu'elle la chagrinait. La terrifiait, même.

— Écoute, maman… tu sais très bien que même si on ne vient pas beaucoup, c'est important pour nous d'avoir une maison de famille !

Et c'était vrai. La Dordogne, la maison, c'étaient les racines des filles, leurs attaches, leur terre. Le fait d'y aller ou pas était presque secondaire : Julie, comme Lorraine et les enfants, elle en était sûre, avait besoin de savoir que la maison était là. Et qu'elle avait la possibilité d'y débarquer à tout moment. On ne savait jamais ce que la vie réservait.

— Surtout cette maison-là ! renchérit Julie. Elle est habitée, cette maison, elle contient l'âme d'Ama… Tu ne vas pas bazarder l'âme d'Ama !

— Justement ! C'est ça aussi que je voulais te dire, puisque vous ne venez pas pour vous en rendre compte par vous-même. Ce n'est plus pareil depuis qu'elle n'est plus là, ta grand-mère. Encore maintenant, j'ai l'impression d'habiter chez elle. Que cette maison ne sera jamais chez moi…

Parce que tu confonds l'âme et la logistique, se retint de dire Julie. Où qu'elle fût, sous le tilleul, assise dans son fauteuil à oreilles ou en bout de table en train d'observer le cérémonial du dîner – et d'apprécier les plats de sa fille, parce que jusqu'à sa mort, elle avait eu un sacré coup de fourchette –, Ama était une présence. D'autant plus forte, bizarrement, qu'elle était muette. Contrairement à Christiane, qui, certes, faisait tourner la maison, mais dont l'agitation lui donnait un caractère éparpillé. À force d'être partout, elle n'était nulle part.

C'était exactement ça : Christiane *faisait tourner* la maison, quand Ama *était* – enfin, *avait été* – la maison.

— Du coup, j'ai des tonnes de conserves pour vous, pour la semaine prochaine. J'en avais fait plein quand je suis montée voir la petite, je me disais que vous seriez bien venues cet été, ou au moins à la Toussaint, faire diminuer les stocks… Bon, vous arrivez quand ?

Julie déglutit. Tout le problème était là : elle n'avait pas prévu d'arriver du tout – elle préférait travailler jusqu'à la veille de son départ avec Victor. Quant à Lorraine, elle n'avait aucune idée de leurs plans.

— Il faut que je voie avec Lorraine, avança-t-elle pour gagner du temps. Je l'appelle et je te dis, OK ?

— Oui mais dépêche-toi. Et dis-moi aussi à combien vous débarquez. Je dois savoir pour prévoir les menus ! Ah ! Et puis soyez gentils, essayez de venir toute la semaine, cette fois-ci !

Julie l'embrassa, et raccrocha. Se demandant quelle excuse elle allait pouvoir inventer.

— Mais quelle lâcheuse, mais quelle lâcheuse !

Pour dire à sa sœur sa manière de penser, qui les lâchait purement et simplement pour les vacances de Noël, Lorraine avait choisi de débouler dans le Perchoir, les bras chargés des branches de gui et de houx qu'elle devait enchevêtrer avec du lierre pour en faire des centres de table à livrer le lendemain dans la matinée.

— Oula ! Tu as l'air de mauvaise humeur, toi ! Qu'est-ce que j'ai encore fait ? contra Julie, qui le savait parfaitement.

Sans consulter sa sœur, se disant que mettre un nouvel interlocuteur dans la boucle, chacun ayant ses impératifs et ses désirs, ne ferait que rendre la chose plus compliquée, elle avait rappelé sa mère pour lui annoncer qu'elle ne pourrait vraiment pas venir pour les fêtes parce qu'elle partait en voyage avec Victor. Après avoir longuement hésité sur l'excuse à donner – être de garde, prévoir d'être malade, devoir rester pour une patiente sur le point d'accoucher, partir en séminaire ou accepter une mini mission humanitaire –, Julie avait finalement opté pour la vérité.

Elle partait au soleil avec son amoureux.

Christiane s'était récriée, comme il fallait s'y attendre, disant qu'elle foulait aux pieds toutes les traditions familiales, que Noël, c'était sacré. Et qu'allait-elle faire de TOUTES ces conserves, cuisinées rien que pour elles… Mais Julie avait tenu bon : elle avait désormais un homme dans sa vie, et elle partait avec lui. Se surprenant elle-même de tant de détermination – même si un fond de culpabilité la taraudait, qu'elle se donnait un mal fou pour ignorer – et prenant sa mère de court, qui n'était pas habituée à ce que sa fille lui dise non.

L'une comme l'autre ne purent que constater que Julie avait grandi.

— Non mais je te comprends, ma Juju, je suis la première à te comprendre. On en a tous marre de se taper la route pendant les fêtes pour exploser les aiguilles de la balance et se faire engueuler parce qu'on a des mines de Parisiennes… mais quand même !

Lorraine disposa machinalement les plantes en tas bien distincts, et sortit une pelote de raphia pour commencer à les assembler. Elle travaillait vite, et Julie resta un instant le regard fixé sur les longues mains constellées de taches de rousseur de sa sœur, qui s'activaient au milieu des fleurs, pratiquement sans les regarder. Puis elle alla chercher dans la cuisine une bouteille de chardonnay. C'était bientôt l'heure de toute manière, et Victor n'allait pas tarder à rentrer.

— Tu aurais pu m'appeler avant… on aurait trouvé, je ne sais pas, moi, une excuse commune ! Qu'est-ce qu'on va faire, les enfants et moi tout seuls dans la grande maison ? D'autant que maintenant que tu ne viens plus, je ne te dis même pas la pression pour qu'on reste carrément la semaine. La *semaine,* non mais je rêve ! – Lorraine entortilla en chignon sa liasse de cheveux flamboyants, dans lesquels elle piqua, pour les faire tenir, une branche de houx. – Et puis je n'ai pas du tout envie de laisser Mario seul à Paris aussi longtemps, moi !

Depuis quelque temps, Mario rentrait tard le soir, ou ressortait après le dîner. Cultivant le plus grand secret sur l'endroit où il se rendait, ce qui ranimait chez Lorraine un sentiment de jalousie dont, après son histoire avec Cyrille, elle s'était crue définitivement débarrassée. Mais non.

— Emmène-le ! suggéra Julie, faisant feu de tout bois pour se déculpabiliser. Je suis sûre que maman sera ravie que tu viennes avec ton bel Italien !

Elle déboucha la bouteille, et versa le vin dans les verres qu'elle avait apportés. Trois. Victor venait d'envoyer un texto en disant qu'il se garait.

— Mais il dit qu'il ne peut pas, qu'il a des choses à faire… – La voix de Lorraine se brisa, en même temps que ses mains cessaient de s'affairer. – Je ne sais pas ce qu'il a en ce moment…

En plus de ses escapades nocturnes, Mario semblait préoccupé. Et les tentatives de Lorraine pour le faire parler avaient non seulement été vaines, elles avaient même semblé l'énerver. Du coup, Lorraine n'avait pas insisté.

— Si on y va tous, ça le fera peut-être venir ? J'ai fait quelques emplettes…

Victor passa la porte, chargé des courses pour le dîner. L'un des plaisirs de Victor, qui n'avait jamais vraiment été en ménage avec une femme et appréciait de plus en plus le quotidien qui commençait à s'installer avec Julie, était d'écumer les épiceries, traiteurs, pâtisseries et autres commerçants du quartier pour rapporter de quoi pique-niquer. Il avait ce soir jeté son dévolu sur l'excellent grec de la rue des Martyrs – tarama, houmous, olives, saumon fumé et fromage frais –, et pris des paris-brest chez Sébastien Gaudard.

Il embrassa Julie, qui lui avait manqué bien qu'ils se fussent quittés à peine deux heures auparavant, et trempa ses lèvres dans le verre qu'elle lui tendait.

— Mais j'ai dit à maman…

— Justement ! J'y pensais dans la voiture en rentrant et je me disais… Vous vous êtes toujours retrouvés en Dordogne pour Noël, ça m'ennuierait de casser la tradition ! On pourrait y aller deux jours, et partir de là-bas. Il y a des vols directs au départ de Bordeaux…

— Ah là, je suis sûre que j'arriverais à convaincre Mario, ajouta Lorraine, les yeux brillants d'espoir. Si je lui dis que tout le monde y va, et pour deux jours seulement…

Julie se blottit contre Victor, et l'entoura de ses bras. Comme à son habitude, il avait embrassé la situation d'un regard et avait immédiatement trouvé une solution. C'était aussi pour cela qu'elle l'aimait.

— Tu grignotes avec nous ? demanda-t-il à Lorraine tout en déballant les victuailles.

Lorraine hésita. Louise et Marie étaient chez Octave, et Bastien avait prévenu qu'il rentrerait tard de son cours de zumba. Quant à Mario, il l'avait appelée pour lui dire de ne pas l'attendre pour dîner. Elle avait presque terminé ses centres de table. Rien ne l'obligeait à rentrer.

*

Deux bouteilles de vin blanc plus tard, Julie se résolut à appeler en Dordogne pour dire que, finalement, elle s'était débrouillée. Sa capitulation involontaire lui laissait un sentiment mitigé : elle n'avait pas été mécontente de la sensation ressentie en imposant sa volonté, et voilà qu'elle se rétractait. Mais elle savait au fond d'elle-même que Victor avait eu la vraie bonne idée. Qui ravirait les parents, et ne laisserait pas Lorraine en plan.

La voix de Lorraine, au bord des larmes lorsqu'elle avait commencé à parler des escapades nocturnes de Mario, avant de chasser l'idée et de profiter du dîner, l'avait inquiétée.

— Quoi encore ?

Julie sursauta en reconnaissant la voix de sa mère. Manifestement très en colère.

— Maman…

— Ah, c'est toi ! Je croyais que c'était ton père !

Lorraine, qui entendait tout ce que disait Christiane, se rapprocha et couvrit sa sœur d'un regard interrogateur.

Julie haussa les sourcils, elle non plus ne comprenait pas ce qu'il se passait, à l'autre bout du fil.

— Il est encore allé mater ses poules sur internet. Du coup, je l'ai enfermé à clef dans son bureau, alors il m'appelle sur le portable pour que je le libère… Il peut toujours courir…

Lorraine ne put réprimer un gloussement, qui, en croisant le regard de sa sœur, dégénéra en fou rire. Du comptoir où il était en train de ranger la vaisselle, Victor leur adressa un sourire radieux : les rires de femmes l'avaient toujours transporté, et il réalisait à quel point, toutes ces années, ils lui avaient manqué.

La joie de Julie ravissait Victor, et sa douceur aussi, que jusqu'à présent aucune femme ne lui avait apporté. Il lui envoya un baiser, avant de venir caresser ses cheveux et la serrer dans ses bras. Ces deux-là s'attiraient comme des aimants, dans la plus grande volupté.

— Bon, j'ai une bonne nouvelle, maman, lança Julie d'un ton enjoué. Finalement, on vient tous pour Noël, on s'est débrouillés !

— Non, ne vous donnez pas cette peine. De toute façon, avec les conneries de ton père… Je n'ai même plus envie de faire quoi que ce soit pour Noël !

Lorraine, qui ne perdait toujours pas un mot de la conversation, plissa le front. Elle connaissait par cœur les crises de sa mère, qui aimait bien se placer en victime pour qu'on vienne la supplier. C'était sa manière à elle d'exister. Mais ce soir, ni Julie, ni elle n'avaient envie d'entrer dans son jeu. Il était trop tard, et elles avaient descendu trop de chardonnay.

— Oh, lâche-nous avec tes conneries, mam ! se surprit à dire Julie. Et réjouis-toi de nous voir débarquer à huit, c'est tout ce que tu voulais, non ?

— Huit ? La voix de Christiane prit malgré elle une tonalité enjouée. Mais ça va me donner beaucoup de travail ! Bon, je vais téléphoner à ton père pour le lui annoncer !

— Tu ferais mieux de le laisser sortir !

— Pas question ! Après ce qu'il m'a fait !

Julie sourit. Depuis cette histoire d'internet, entre ses parents c'était la Guerre des Roses. Mais Christiane était une bonne pâte, et Julie savait que son père dormirait dans son lit avant même que Lorraine eût rejoint la maison de la rue Marcadet.

— C'est vrai que vous partez en Afrique, avec Victor ?

Mélanie fit irruption dans le vestiaire, où Julie était en train de se changer.

— Euh…, bredouilla Julie.

Elle se demandait bien comment Mélanie avait pu le savoir : seuls Victor et elle étaient au courant, considérant que leur vie privée ne regardait personne, encore moins à la clinique. Surtout, elle se méfiait de Mélanie, à qui elle n'avait nullement l'intention de se confier. Julie l'avait compris, Mélanie faisait partie de ces filles qui se réjouissaient du malheur des autres et, si elles les voyaient heureux, faisaient tout pour saper leur bonheur.

— Si tu te demandes comment je sais, c'est simple : c'est Victor lui-même qui me l'a avoué… Il faut dire que c'est fort de café : vous allez dans le même hôtel que celui où il m'avait emmenée…

— Vous…

Julie était estomaquée.

Comment, et pour quelle raison Victor serait-il allé parler à cette fille de l'endroit où ils allaient en vacances, lui qui était le premier à prôner la discrétion ? La culpabilité ? Vraiment… ? Deux fois que Mélanie lui parlait à demi-mot d'une aventure qu'elle aurait eue avec Victor, et que Julie ne parvenait pas à imaginer. Plus elle connaissait le chirurgien, plus elle réalisait que c'était un homme de goût, cultivé, attentionné, et en aucun cas le coureur de jupons que Mélanie insinuait. Quant au jupon de Mélanie elle-même, Julie se demandait comment un homme – et a fortiori Victor – pouvait avoir ne serait-ce que la plus petite envie de le trousser. Avec ses yeux écartés et son visage de bouledogue, la fille ne ressemblait à rien. Et ce n'étaient pas sa taille de pneu, sa poitrine *over size* et ses grosses jambes aux veines saillantes qui arrangeaient la chose. Comme aurait dit Bastien, Mélanie était imbaisable : ce qui expliquait en partie sa méchanceté. En partie seulement, et sans pour autant l'excuser.

— Oups… il faut que je file ! Bon, joyeux Noël, hein, et amusez-vous bien ! Vous penserez à moi ! lança Mélanie d'un ton empli d'amertume et de sarcasme.

Et d'une pointe de triomphalisme, pour avoir inoculé le poison qui, comme dirait encore Bastien qui avait toujours la formule élégante, mettrait du sable dans la vaseline. Mais quelle garce ! songea Julie en nouant ses cheveux en un chignon lourd et lâche que Victor adorait. Si elle voyait clair dans le petit jeu de sa collègue – sa rivale ? – elle savait qu'il ne servait à rien de remuer le passé. Au fond, que Victor ait eu des aventures avant de la rencontrer n'avait rien de surprenant, c'était même évident, le contraire eût été inquiétant. Mais Julie ne pouvait s'empêcher d'en être affectée. Jalouse.

Voilà : Julie était jalouse du passé de Victor. Et avait peur qu'il ne se lasse très vite et la laisse tomber. Surtout s'il était comme Mélanie le décrivait. Elle ne voulait pas y croire mais, tout de même, ça la tarabustait.

*

Après leurs cours de zumba, qui avaient lieu deux fois par semaine et où les filles avaient désormais réussi à enrôler Bastien – en quelques séances il s'était découvert un vrai talent pour onduler du bassin, et était presque devenu le plus assidu de la bande –, Sophie, Hélène, Sara et Bastien avaient pris l'habitude de se refaire une santé aux Philosophes. Un bistrot juste en face de la salle de danse, où le steak au poivre était tellement bon qu'Hélène ne voulait entendre parler de rien d'autre et que Bastien n'avait de cesse que de se faire donner la recette de la sauce. Sans succès. Le secret était bien gardé.

— Je peux avoir un autre filet au poivre, s'il vous plaît ? demanda Hélène au garçon qui, depuis le début du dîner, la couvait d'un œil gourmand.

Comme quoi, tout le monde n'est pas gay dans le Marais.

— Encore ? s'étonnèrent les autres d'une seule voix, qui étaient en train d'hésiter entre l'assiette de fromages et le fondant au chocolat.

— Et comment ! Avec toutes les calories qu'on brûle, dans ce truc... Ah ! Et remettez-nous aussi une bouteille de pic saint-loup ! Il faut que je prenne des forces pour les révisions, moi...

Dans quelques semaines, elle aurait ses examens, et à Polytechnique, on ne plaisantait pas avec ça. Enfin si, on pouvait plaisanter, mais après.

— C'est quoi, tes exams ? demanda Bastien, qui, à part l'énergie qu'elle mettait dans son cours de zumba et son addiction pour le steak au poivre, ne savait rien d'elle.

— Alors là, je te le donne en mille, Bast ! rigola Sophie en lui ébouriffant la mèche – il avait renoncé à l'en empêcher, et aussi à se recoiffer. Tu ne devineras jamais !

Bastien regarda la copine blonde de son amie, puis la brune en soulevant un sourcil interrogateur.

— Compte pas sur moi pour te tuyauter !

Hilare, Sara croisa les bras en signe de refus de communiquer.

— Vous êtes vraiment pas cool, les filles, râla Bastien pour la forme.

Il aimait de plus en plus cette compagnie féminine, même si les trois ne rataient jamais une occasion de le chambrer.

— Allez, je bois un coup et je me lance, déclara-t-il en resservant une tournée. Anglais !

— Et pourquoi pas BTS charcuterie, tant que tu y es ? – Sara se moquait carrément. – Non, vise plus haut : madame est une tronche !

Bastien rougit, et regarda Hélène avec plus d'attention. C'était la première fois, à vrai dire, qu'il osait vraiment la regarder. Avant, il fuyait ses yeux bleus et s'arrangeait pour ne jamais la voir en entier. Il n'avait d'elle que des snapshots fugaces, dans les oreilles l'éclat de ses rires et la sensation de la douceur de sa peau lorsqu'elle le bousculait par inadvertance – par inadvertance ? – dans la salle de danse bondée. Il s'était d'ailleurs surpris à multiplier les faux pas pour voler au rythme endiablé de la zumba ces caresses fortuites et légères qui le laissaient tout chamboulé.

Ce qu'il voyait maintenant, dans la lumière jaune du restaurant qui pourtant ne mettait personne en valeur, était une fille blonde et délicate, avec un corps de déesse grecque dont les leggings et le col roulé laissaient deviner tous les contours, qui attaquait très sérieusement un deuxième filet au poivre saignant. Et cela lui plaisait. Mais pour le reste, sa vie, ses études… il n'en avait aucune idée. Peut-être une école d'art ?

— Beaux-arts ? tenta-t-il.

— Froid. Mais alors froid de chez froid je suis nulle en dessin ! – Hélène commençait visiblement à s'amuser. – Ça commence par un P…

— Penninghen, Polytechnikum de Zurich… ah ben non, merde, il faut que ce soit en France euh… Polytechnique, allez soyons fous ! Ben quoi, qu'est-ce que vous avez toutes à me regarder ?

Il se sentit rougir à nouveau. Idiot.

— Bingo ! Tu as gagné ! jubila Hélène, qui riait encore de la manière dont elle avait été admise.

6 en maths, 17 partout ailleurs, et un bagout à l'oral qui avait emporté le morceau.

— Tu as le droit d'embrasser la mariée ! plaisanta Sara.

Hélène le devança et, prenant son amie au mot, déposa sur les lèvres de Bastien l'ébauche d'un baiser. Qui le bouleversa.

Le voyage pour aller en Dordogne avait toujours été une expédition. Il en fut de même cette fois-ci, la proximité des fêtes et la neige qui s'était abattue sur toute la France ne facilitant pas les déplacements.

Lorraine avait réussi à convaincre Mario, qui, après une molle résistance, accepta de rater un rassemblement important pour suivre la famille. « Mais un seul, avait-il ajouté. Il est impératif que je sois rentré le 30 ! » Lorraine se demanda pourquoi le 30 ; mais au fond, cela l'arrangeait d'être à Paris le 31, elle pourrait travailler et finir l'année en tête à tête avec son amoureux plutôt que sous l'œil inquisiteur de sa mère. Ce qui était beaucoup mieux.

Elle ne releva pas le terme de rassemblement.

Bastien quant à lui ne cessait de pester. Il n'aimait pas les fêtes, et était encore plus furieux que celles de cette année l'éloignent déjà d'Hélène, qu'il venait à peine de rencontrer. Plutôt que d'aller s'enterrer dans ce trou où le portable passait de manière aléatoire et internet quand ça voulait – le haut débit n'était pas arrivé jusqu'ici, et la toile était en effet d'une lenteur à laquelle il n'était plus habitué –, il aurait préféré rester auprès de sa dulcinée, qui était coincée à Paris pour travailler.

— Vous en avez mis, un temps ! s'exclama Christiane quand tout le monde débarqua fatigué, affamé, et énervé.

Insensible au froid et à la neige qui recommençait à tomber, elle était sur le pas de la porte, les bras croisés sur son grand tablier.

— Allez, rentrez vite vous mettre au chaud… vous allez attraper la mort !

Joignant le geste à la parole, elle se précipita vers Marie avec une couverture, que Louise lui laissa volontiers emmener dans la maison, occupée à jongler avec les bagages et le siège-auto qui servait aussi de rocking-chair et qu'elle ne parvenait pas à décrocher.

— C'est dingue tout ce qu'on doit trimballer quand on voyage avec un bébé, commenta Octave en venant lui prêter main-forte. Je comprends pourquoi maman fait systématiquement la gueule vingt-quatre heures avant chaque départ. Il faut dire, on a des jumeaux… Bon, les jumeaux ont grandi mais maman fait toujours la tronche quand il s'agit de partir à l'île de Ré !

Louise posa le sac qu'elle était en train de sortir du coffre, et observa son amoureux : il était très rare qu'il parle de sa famille, et elle se demanda si le fait de venir passer Noël en Dordogne n'avait pas créé quelques remous. Ce qui expliquerait qu'il mentionne maintenant ses expéditions à l'île de Ré, où il aurait été ce soir comme chaque année à râler parce que le temps était pourri et qu'il n'y avait personne pour s'amuser. Tout le monde était à Paris, au soleil ou au ski.

Elle l'embrassa brièvement sur les lèvres, heureuse qu'il eût pris de lui-même la décision de l'accompagner, et contrariée, si remous il y avait eu, qu'il ne lui en ait pas parlé. Mais Octave était doux et secret, et c'était tout à fait son genre d'omettre de mentionner les frictions inutiles : quand il avait décidé quelque chose, il s'y tenait, et il ne servait à rien de s'y opposer. Si sa mère ne pouvait s'empêcher de faire un baroud d'honneur, plus pour le principe qu'autre chose, cela la regardait et il ne jugeait pas nécessaire d'embêter Loulou avec ça.

Dans la maison, ils trouvèrent Jean devant la cheminée, en pleine conversation avec Julie et Victor qui avaient déjà pris le temps de se doucher et d'enfiler des vêtements frais. Épuisés par la route, Lorraine et Mario étaient montés se reposer.

— Grand-père ! cria Louise en se précipitant vers Jean pour l'embrasser.

Il se leva et, sous l'impact de sa petite-fille qui lui sautait pratiquement dans les bras, vacilla et dut s'accrocher in extremis au manteau de la cheminée pour ne pas tomber.

Il lança à Victor, qui se tenait droit comme un chêne de l'autre côté, un regard admiratif et désespéré, que le chirurgien lui rendit, bienveillant et teinté d'un brin de pitié.

Julie saisit cet échange, et cela lui fit mal : depuis dix-huit mois qu'elle n'avait pas vu son père, celui-ci avait effectivement, comme sa mère le lui avait dit de façon laconique, pris un sacré coup de vieux. Et le voir côte à côte avec Victor, svelte, vigoureux, et sexy dans le cachemire lavande qu'elle lui avait offert et qu'il portait à même la peau, la perturbait.

Pire, elle se rendit compte qu'elle éprouvait comme du ressentiment. Elle en voulait à son père de faire l'âge qu'il avait. Et elle s'en voulait pour ça.

— Fais attention à ton grand-père, ma louloute ! intervint Christiane en apportant un plateau chargé de rillettes, de pain grillé et de fines tranches de magret fumé. Depuis qu'Ama nous a quittés, il s'est découvert des os fragiles. Et puis il tombe tout le temps, en ce moment. Une fleur qui a perdu son tuteur…

Jean, qui autrefois aurait riposté d'un trait d'esprit bien senti, ne dit rien et s'enfonça dans son fauteuil. Julie réalisa que c'était le fauteuil à oreilles d'Ama, qu'apparemment il avait annexé. Qui lui allait bien, certes, mais lui donnait pratiquement l'âge de l'aïeule.

— À part son fauteuil, son ordi et ses mots croisés, il en fait de moins en moins ! Même ses rosiers, tiens… il n'y va plus jamais. Allez, bouge-toi, Jean, va donc nous déboucher une bouteille ! Fais l'homme, pour une fois !

Derrière l'humour maladroit de Christiane, qui continuait de houspiller son mari comme elle l'avait toujours fait, Julie perçut une inquiétude, un désarroi. Elle n'aurait pas dû prendre à la légère leur dernière conversation, où Christiane avait mentionné le fait de ne pas garder la maison. Récriminations habituelles, s'était dit Julie. Mais à présent elle n'en était plus si sûre : peut-être sa mère ne savait-elle vraiment plus quoi faire de cette propriété ? Peut-être, et surtout, n'avait-elle plus l'énergie de tout mener de front. Car il était clair, à présent, que Jean n'était pas aussi vaillant, et qu'il n'était plus en mesure de remplir les tâches qui lui incombaient.

En parler à Lorraine, nota Julie mentalement. En parler à Lorraine, quand personne ne serait là pour les écouter. Vite.

Instinctivement, Victor eut un mouvement vers la cuisine, prêt à aller chercher la bouteille que Christiane réclamait. Élan qu'il réprima aussitôt : il était important de laisser Jean prendre son rôle de maître de maison, et par là même de contredire les propos de sa femme, qui n'était certainement pas étrangère au fait qu'il ait démissionné du quotidien. Et de la vie.

À force d'être rabroué, moins on en fait ; et moins on en fait, moins on est capable d'en faire.

Jean se leva et se dirigea vers la cuisine à petits pas lents et voûtés. Voyant la tristesse dans l'œil de Julie, qui suivait l'évolution de son paternel d'un air navré, Victor vint la serrer dans ses bras avec une force insoupçonnée.

*

Le dîner se passa joyeusement.

Enchantée d'accueillir sa smala avec toutes ses pièces rapportées – elle avait fait du même coup la connaissance d'Octave et de Victor, et revu Mario avec plaisir, avec qui Jean s'était mis à parler en italien de botanique –, Christiane virevoltait entre ses fourneaux et la salle à manger.

Après une terrine de foie gras de canard mi-cuit – dix-huit minutes à 180 degrés – servie avec une compotée de figues à peine relevée au piment d'Espelette, Christiane apporta un immense plat de confits grillés à souhait avec des pommes de terre sarladaises, dont chacun se resservit plusieurs fois. Même Julie qui, maintenant qu'elle n'avait plus l'horrible Patrice pour l'empêcher de manger ce qu'elle aimait, faisait honneur aux plats. Victor la regardait se régaler d'un œil approbateur : non seulement lui-même appréciait beaucoup la cuisine de la maîtresse de maison, mais il aimait Julie avec des formes.

Après le dessert, Jean et Victor s'attardèrent devant le feu, conversant à mi-voix autour d'un armagnac Laberdolive de 1936 qui aurait presque fait croire à l'existence de Dieu. Bastien et Octave avaient rejoint les filles dans la cuisine, qui parlaient de leur sujet de prédilection – les hommes – en essuyant la vaisselle. Mario était parti téléphoner.

— Et toi, alors, Bast… tu n'as pas une copine à nous présenter ? À ton âge, il serait temps…, taquina Christiane, qui était obsédée par le fait que tout le monde fût casé. À sa convenance, évidemment.

Dieu sait si elle avait tanné Lorraine pour qu'elle lui présente Cyrille, qui la faisait tant pleurer. Et Julie, pour qu'elle se sorte de la perversité narcissique de son compagnon, que tout le monde détestait. Victor et Mario avaient l'air de trouver grâce à ses yeux, avec leur bon coup de fourchette et leur jovialité. Quant au « petit » Octave ainsi qu'elle l'avait baptisé, elle l'avait adoré d'emblée.

Bastien rougit jusqu'aux oreilles. Il n'avait parlé à personne d'Hélène, avec qui il ne s'était encore rien passé à proprement parler, mais dont le baiser avait été prometteur.

— Trop pas, il est pédé ! ironisa Louise, comme à chaque fois qu'on abordait le sujet. Un copain, je dis pas…

— C'est pas drôle, Loulou !

Octave, qui ne disait jamais rien, la rabroua un peu plus vertement qu'il ne l'aurait voulu. Mais il aimait bien Bastien, et sentait depuis quelque temps que ce qui faisait rire sa sœur était pour lui un vrai sujet. Qu'il valait mieux ne pas aborder.

— Oooooh, mais j'déconne ! se rattrapa Louise, les larmes aux yeux.

Depuis la naissance de Marie, un rien la faisait pleurer.

— Si on peut même plus plaisanter, dans cette famille…

— Nan mais t'inquiète, Loulou ! la consola Bastien à qui l'amour – la possibilité de l'amour – avait fait pousser des ailes.

Tous les yeux se tournèrent vers lui : pour la première fois, il ne prenait pas la mouche.

— Tenez, vous voulez que je vous montre ce qu'on fait en zumba ? proposa-t-il, gêné.

Il n'avait pas l'intention de leur parler d'Hélène, et préférait changer de sujet.

Sans attendre la réponse, il sélectionna sur son portable la playlist d'urban latin sur laquelle il s'exerçait, et commença à onduler. Il avait envie de danser.

— Non mais vous l'avez vu ! s'esclaffa Louise, en admirant, stupéfaite, la manière dont son frère faisait des huit autour de son nombril. Il bouge pire qu'un black !

Les larmes qui, quelques minutes plus tôt, avaient menacé jaillissaient maintenant de ses yeux tellement elle riait.

Au son de la musique, Bastien était transfiguré. Quand il ne se déplaçait pas en se déhanchant, les mains suivant sensuellement les contours de son corps, il se campait, jambes fléchies, et faisait mine de taper sur des tambours imaginaires. Secouant la tête en un mouvement qui déferlait comme une onde jusqu'à la pointe de ses pieds. On aurait dit qu'il était possédé. Et pour une fois, la question de son brushing ne se posait pas.

— Putain mais t'es en transe, mec ! Comment tu fais ?

Se prenant au jeu, Octave essaya de l'imiter, dans des trémoussements désordonnés qui firent éclater de rire l'assemblée.

— Vous êtes pas cool, les filles…, bouda-t-il en s'emparant d'un torchon. La danse n'est pas mon truc, OK.

Tandis que Louise se mettait sur la pointe des pieds pour embrasser son amoureux sur le bout du nez, Christiane envoya valser ses chaussures, défit son tablier et se mit à tanguer. Sur les rythmes presque rappés de Gasolina – une création de Daddy Yankee qui aurait fait danser un mort –, les grosses fesses de Christiane allaient de droite à gauche avec une sensualité chaloupée. Dingue. Et une exactitude, un sens du swing impressionnants.

— Mais oui, c'est ça, grand-mère ! s'enthousiasma Bastien en se mettant à tourner autour d'elle. Bouge ton bouty, oui, oui ! C'est exactement ça !

Accrochée à la musique, les joues rouges et le chignon échevelé, Christiane leva les bras au-dessus de sa tête. On aurait dit qu'elle avait fait ça toute sa vie.

Lorraine contemplait la scène d'un air sombre. Cela faisait maintenant une demi-heure que Mario avait disparu : mais qu'est-ce qu'il fabriquait ?

— Ça va ?

Julie vint passer un bras autour de la taille de sa sœur. Elle savait ce qu'elle ressentait.

— Vous ne croyez pas qu'on devrait aller coucher la petite ? fit Lorraine, pour toute réponse.

Louise et Octave sursautèrent et se ruèrent dans la salle à manger. Au bout de la table, dans sa chaise haute d'où elle avait observé le dîner, Marie s'était endormie. Tellement silencieuse qu'ils l'avaient oubliée.

Exactement comme Ama, songea Julie.

Elle alla rejoindre Victor devant la cheminée.

— Écoute, Elliott…

Pieds nus, Arnaud alla prêter main-forte à son mari, qui balayait les aiguilles du Nordmann jonchant le parquet. C'était leur premier Noël, leur premier sapin. Leur première séance de balayage en commun.

— Saleté de publicité mensongère ! grogna le galeriste, qui s'attaquait maintenant aux interstices entre les lattes à la pince à épiler. Trois semaines sans perdre ses aiguilles… tu parles !

— Avec ce qu'il a coûté, en plus…, ne put s'empêcher d'ajouter Arnaud, que les questions d'argent décidément obsédaient.

Cent cinquante euros pour un sapin qui perdait ses aiguilles au bout de trois jours… c'était fort de café.

— Écoute, Elliott…, reprit-il, conscient que ce n'était pas le bon moment – mais y aurait-il jamais un bon moment pour ce qu'il allait annoncer ?

Le plus tôt serait le mieux, en tout cas.

— Qu'est-ce que t'as, mon chou ? demanda Elliott, sans lâcher sa pince à épiler. Tu me tournes autour, là… je ne vois que tes pieds.

— C'est cette histoire de bébé, El…

Arnaud parlait au dos d'Elliott, au mur derrière lui, à la fenêtre et à la vue sur le musée Carnavalet, ce qui l'arrangeait bien. De face, avec les yeux verts de son mari plongés dans les siens, il aurait été incapable de s'y risquer.

— Ouais, je sais… moi aussi, j'y ai pensé… il faudra lui donner un prénom qui fonctionne en français et en anglais.

— Non, mais c'est pas ça…

Arnaud avait eu une seconde d'espoir, aussitôt balayée.

Elliott se redressa. Merde, songea Arnaud, qui se mit à transpirer. Depuis quelque temps, depuis qu'ils avaient décidé d'avoir un bébé précisément, Arnaud s'était mis à transpirer de la tête, ce qui auparavant ne lui était jamais arrivé. Il en était mortifié. Pire : il se dégoûtait.

— Elliott, il faut que je te dise…

Foutu pour foutu, autant se lancer. Les yeux du galeriste juste au niveau des siens, qu'il essayait d'éviter. Deux glaives d'émeraude qui tenaient à distance des paroles que l'un ne parvenait pas à articuler, et que l'autre ne voulait certainement pas entendre.

— Cette histoire de bébé… je ne le sens pas du tout…

Elliott se dirigea vers la fenêtre, et observa en silence le ciel qui se délitait. Il avait fait beau toute la journée, et avec la nuit des nuages s'amoncelaient. Magritte, aurait commenté Elliott s'il avait été de bonne humeur. Mais après ce qu'il venait d'entendre, ce n'était pas le cas.

Les tergiversations d'Arnaud commençaient à l'agacer. Et même, à l'inquiéter. S'il lui avait paru le mari idéal pour construire quelque chose et fonder une famille, il n'en était plus si sûr. Mais ils avaient un projet – il avait un projet –, et il était trop tard pour reculer. L'enfant passait avant tout. Il verrait bien après.

— C'est trop tard, mon bichon, susurra-t-il d'une voix douce. – Douce ? Non, plutôt suave. – Il fallait y penser avant…

— Mais j'y ai pensé avant, s'emporta Arnaud, de ce ton haut perché qu'il détestait. Depuis que tu en as parlé, je n'arrête pas d'y penser !

Elliott se retourna. Son visage comme un masque.

— Écoute, Arnaud. Tu as pris le mariage, tu as pris l'appartement… Eh bien tu prendras le bébé. Ça fait partie d'un tout. Sinon, ce sont tes affaires, que tu prends, et tu dégages. Maintenant. Et tu me rends les clefs. Alors ?

Arnaud ne s'attendait pas à une réaction aussi tranchée. Avant, avec Elliott, ils pouvaient discuter.

Il regarda l'appartement. Le pauvre sapin déplumé, qui clignotait. Et surtout, il regarda les yeux du galeriste, qu'il aimait tant.

— Je suis désolé, El. Je me suis emporté.

Il le prit par la main, et l'entraîna vers la chambre. Il ne lui rendit pas les clefs.

*

« Vous êtes sur le répondeur du Dr Delage, disait une voix suave de femme. Le docteur sera absent du 26 décembre au 4 janvier. Pour toute urgence, veuillez envoyer un sms, le docteur fera son possible pour vous contacter dans les meilleurs délais. »

— Hé merde ! jura Arnaud, qui avait besoin de se confier.

Il raccrocha brutalement. Décidément, même sur un répondeur, il n'aimait pas les bonnes femmes.

Devant l'hôtel, une langue de sable blanc s'étendait à perte de vue, en longueur mais aussi en largeur, pour aller se fondre dans la mer, puis dans l'horizon. Une tranquillité plane et monochrome, que seule venait troubler une femme noire comme l'ébène, belle, certainement, qui, dans une robe orange, se déplaçait en zigzag sur un vélo rouillé.

— Regarde ! s'émerveilla Julie en pointant la scène du doigt.

Un moment d'insouciance, un éclat de soleil.

Julie était enchantée. Elle avait toujours fantasmé sur Zanzibar, qu'elle connaissait sur le papier. Pour avoir, du temps de Patrice, découpé dans les journaux tout un tas de reportages sur ces destinations de rêve où elle savait confusément qu'ils n'iraient jamais.

Trop tard, elle eut l'idée de prendre son portable et de photographier le point de couleur qui, après avoir fait ses tours sur la plage, s'éloignait. Ça fera un souvenir quand même ! se consola-t-elle en croquant dans un morceau de papaye arrosé de citron vert. Le seul moyen de manger la papaye, pour qu'elle n'ait pas un goût de pied.

La couvant du regard, Victor lui embrassa l'intérieur du poignet. Décidément, il était fou amoureux de cette fille, de ses formes, de son rire, de son enthousiasme d'enfant, de ses yeux qui souriaient. De sa douleur passée et de ce qu'elle en avait fait. Ce qu'elle était en train d'en faire. Et ce séjour à deux, dans un lieu idyllique, loin de tout et de tous, le ravissait.

La douceur de Julie apaisait Victor, qui n'avait jamais rien connu de tel et avait des années à rattraper.

— Surtout, ne bouge pas, mon amour ! Ne bouge surtout surtout pas !

Julie prit un gros plan de Victor. Ce qu'elle lisait dans ses yeux, l'expression de son visage et tout l'amour qu'il contenait, elle voulait l'immortaliser. Jamais un homme ne l'avait regardée de la sorte, et elle voulait avoir ce regard sous la main à tout moment pour se réconforter. Quand il ferait froid. Quand elle aurait un coup de blues. Quand il ne serait pas là.

Ama disait qu'il fallait vivre pour se faire des souvenirs, parce que les souvenirs étaient tout ce qui restait quand on n'avait plus la force de vivre. Alors Julie engrangeait des souvenirs, et elle aussi avait du temps à rattraper. Ses années avec Patrice étaient plutôt de celles que l'on veut oublier. Les précédentes l'avaient conduite à Patrice. À oublier aussi, ou alors à trier.

C'était avec Victor que sa vie commençait.

Le chirurgien sourit. L'heure était belle, le petit déjeuner exquis, et il ne pouvait être en meilleure compagnie.

Leur dernière gorgée de café avalé – un arabica de Tanzanie, à la saveur vineuse et douce qui invitait à la langueur –, il lui tendit la main pour l'aider à se lever, qu'elle malaxa d'une pression affolante, comme le ferait un chat heureux. Puis ils se dirigèrent vers la mer, enlacés.

Si le paradis existe, se dit Julie, on y est. Victor s'arrêta pour l'embrasser.

— C'est toi qui as dit à Mélanie qu'on venait ici ? demanda Julie en ramassant un coquillage.

Elle frotta la coquille blanche qui ressemblait à un sexe de petite fille, et le mit dans son panier. En quelques jours, elle s'était constitué une sacrée collection de porcelaines qu'elle se réjouissait de ramener au Perchoir. Des souvenirs, encore…

— Non, pourquoi ?

Sans s'en rendre compte, Victor grimaça. Que venait faire Mélanie dans leur paradis ?

— Elle m'a dit que tu lui en avais parlé…, poursuivit Julie qui savait pertinemment que vraiment, elle ne devrait pas.

Pourquoi gâcher ce séjour parfait en parlant de Mélanie ? Pourquoi, toujours, ce besoin de gâcher ce qui était bien ?

Mais, depuis qu'ils étaient arrivés, Julie voyait Mélanie partout. Pas tout le temps, non, mais parfois. Elle surgissait dans son esprit, avec ses traits aplatis et ses yeux écartés, et l'image lui voilait le soleil. Pire, elle la voyait dans le même bungalow que celui qu'elle partageait avec Victor, faisant les mêmes choses, et l'amour, aussi. Comment pouvait-on faire l'amour avec Mélanie ?

— Elle m'a dit que tu l'avais amenée ici…

Victor, qui jusqu'à présent n'écoutait que d'une oreille, jouant avec les vaguelettes d'un bout de pied distrait, se retourna brusquement. Il prit le visage de Julie entre ses mains, et plongea ses yeux dans les siens.

— Julie. Tu crois vraiment que je viendrais dans un endroit aussi beau avec une fille aussi moche ?

— Euh… Non, évidemment…

Le regard de Julie se voila, mais ses lèvres parvinrent à esquisser un sourire. Sa bouche disait non, quand tout son être criait oui. Bien sûr que oui.

*

— Je… j'ai peur que tu m'abandonnes ! murmura Julie, la dernière nuit, en venant se serrer de toutes ses forces contre Victor.

Par la partie ouverte du bungalow, qui n'était fermé que de trois côtés, on entendait le léger ressac de la mer. Une brise tiède soulevait les rideaux de lin, les faisant voler dans la pièce comme de grands papillons blancs. L'heure n'aurait pu être plus douce. Et pourtant…

Victor grommela dans un demi-sommeil, et caressa d'une main qui connaissait parfaitement son chemin la courbe des reins de Julie, qu'il adorait. Mais les larmes qu'il sentit couler dans le creux de son épaule le réveillèrent d'un coup.

— Tu pleures, ma chérie ? demanda-t-il tendrement.

Il se retourna et tint Julie dans ses bras, un long moment. Jusqu'à ce que les sanglots se fussent apaisés, et que le cœur de Julie se remît à battre normalement.

— Si je pleure, c'est de bonheur, mentit-elle à moitié. Tu sais, une fille, quand elle est très heureuse… elle pleure !

Elle sourit dans la nuit, mais Victor ne pouvait voir son sourire. Il ne pouvait que l'entendre. Le deviner. D'un doigt, il suivit les contours de son visage.

— Mais le truc, tu vois…

Julie sentit de nouveau sa gorge se nouer, et elle lutta pour ne pas se remettre à pleurer.

— Le truc c'est que… c'est tellement beau, nous, ce qui nous arrive, tout ça… j'ai peur que ça s'arrête… je ne veux pas que tu m'abandonnes…

Victor la serra un peu plus fort. Puis il planta ses yeux dans les siens. Deux mers sombres qui se cherchaient dans l'obscurité.

— Il faudrait être vraiment con pour t'abandonner ! Tu es une fille formidable, Julie. Le truc, c'est que tu n'en es pas persuadée !

Il l'embrassa sur les yeux et lécha ses larmes. Délicatement, tendrement. Il l'embrassa comme elle aimait.

— Un jour, murmura-t-il, tu seras capable de le dire. Je suis une fille formidable. Et alors tu seras sauvée.

Mais Julie n'entendit pas. Elle s'était rendormie.

*

— Adèle !

Le visage bronzé sous sa crinière blanche, Victor avait une question à régler. Dès le départ, il avait perçu la jalousie de Mélanie à l'égard de Julie, mais avait pensé, à tort, qu'elle se limiterait à la sphère professionnelle, et finirait par s'estomper. Si elle était relativement rigoureuse dans son travail – besogneuse, auraient dit les méchantes langues, et elles étaient nombreuses –, Mélanie n'avait jamais montré beaucoup de talent ni beaucoup d'initiative. Elle n'avait donc pas évolué. Et l'arrivée d'une fille comme Julie avait de quoi l'énerver. En plus de sa méthode inédite, Julie faisait preuve d'une chaleur et d'une humanité dont les patientes raffolaient. La plupart ne voulaient qu'elle, et elle s'était taillé en six mois une réputation qui faisait boule de neige et commençait à dépasser les murs de la maternité. En même temps, ce n'était la faute de personne si Mélanie n'était pas bonne.

En revanche, Victor n'appréciait pas du tout l'intox que la fille avait l'air de faire auprès de Julie, et qui semblait la déstabiliser. Et leur histoire, par-dessus le marché. La dernière nuit à Zanzibar en avait été la preuve, qui l'avait bouleversé.

Si, par faiblesse ou par pitié, il avait eu le malheur de coucher une fois avec elle – on ne pouvait même pas parler de succomber à ses charmes, puisqu'elle n'en avait pas –, il y avait de cela très longtemps, il vivait mal le fait qu'elle eût raconté à Julie qu'il l'avait emmenée en vacances – quelle horreur ! –, et lui avait dit où ils partaient. Primo, c'était faux. Et secundo, la vie privée de Victor et de Julie ne regardait personne, et surtout pas Mélanie. Et comment avait-elle su ?

— Vous m'appelez Mélanie, s'il vous plaît !

— Au téléphone, ou dans votre bureau ? interrogea la voix de la secrétaire dans l'interphone.

Elle reconnaissait ce ton chez Victor, à la fois mécontent et déterminé, qu'il adoptait à chaque fois qu'il voulait éclaircir un point qui le chiffonnait. Et là, sous son beau bronzage, le chirurgien avait l'air très chiffonné.

— Dans mon bureau ! Et je ne veux pas voir sa gueule en salle d'op avant de lui avoir parlé !

— Bien, monsieur.

C'est une Mélanie sûre d'elle qui entra sans frapper dans le bureau de Victor, dix minutes plus tard. Le temps qu'il lui avait fallu pour se pomponner.

— On ne vous a jamais dit que plus une femme prend de l'âge, moins elle doit se maquiller ? entama Victor en lui jetant sans ménagement la boîte de Kleenex qu'il gardait toujours sur son bureau. – À l'instar des psy, les gynécos avaient des patientes que les hormones et le poids de la grossesse faisaient souvent pleurer. – Allez m'enlever ça, et revenez après, vous ressemblez à un travelo !

Il avait envie d'être blessant. Désagréable. Envie de faire payer à Mélanie les nuages qu'elle avait semés dans le ciel bleu de Zanzibar. Et dans les yeux noirs de Julie.

Mélanie encaissa, et sortit le plus dignement qu'elle put, c'est-à-dire l'œil sec, jusqu'à ce que la porte fût refermée.

— Dis donc, ça ne lui a pas réussi ce petit tête-à-tête africain avec Julie ! fanfaronna-t-elle tant bien que mal à la cantonade.

Un soupçon d'espoir et de triomphalisme dans la voix, que les larmes de vexation faisaient pourtant trembler. La mauvaise humeur de Victor était peut-être un exutoire, qui ne lui était pas forcément destiné, se racontait-elle. Sans y croire vraiment, mais il en fallait plus à Mélanie pour qu'elle s'avouât vaincue.

— À ta place, je n'insisterais pas trop là-dessus..., riposta Adèle d'un ton tranchant. Ton mascara coule ! ajouta-t-elle en pointant ses yeux du doigt.

Une manière de lui montrer qu'elle voyait bien qu'elle pleurait.

Elle n'aimait pas Mélanie, elle ne l'avait jamais aimée d'ailleurs, avec ses airs faux et ses postures autoritaires – mais pour qui se prenait-elle ? Et elle se réjouissait à l'idée qu'elle pût un jour se prendre le boomerang dans la figure, juste retour de toutes ses manigances et de sa méchanceté.

Aussi s'était-elle fait un malin plaisir de la laisser entrer dans le bureau de Victor maquillée comme un arbre de Noël, sachant, pour en avoir fait l'expérience une fois, une seule, que c'était une chose qu'il détestait.

D'un geste rageur, Mélanie arracha une poignée de Kleenex de la boîte, et entra comme une furie dans les toilettes pour se faire une beauté. Light, cette fois, l'absence de cosmétique n'étant pas une option. Au propre comme au figuré, Mélanie avait trop de choses à cacher.

— C'est à peine mieux ! concéda Victor lorsqu'elle entra à nouveau dans le bureau, sans un regard pour Adèle qui ricanait en silence.

Adèle était ravissante. Moins bien servie, et de loin, Mélanie avait une dent innée contre les personnes ravissantes.

Mélanie s'assit dans un fauteuil et croisa les jambes sans moufter.

— Bon, ma petite Mélanie, je ne vais pas y aller par quatre chemins : pouvez-vous me dire ce que vous manigancez ?

— Je...

Mélanie frémit. Elle n'avait pas de réponse à donner.

— Qu'est-ce que vous avez raconté à Julie exactement, et comment avez-vous su que nous partions en Afrique ? Cela ne vous regarde pas. Et troisièmement : pourquoi ?

Pourquoi, c'était facile à deviner. Mais elle n'allait pas dire à Victor qu'elle voulait la place de Julie, en salle d'op et dans son lit. Qui lui assurerait la reconnaissance sociale dont elle avait toujours manqué.

Ce qu'elle avait raconté à Julie, il le savait probablement déjà. Elle ne risquait pas grand-chose à le lui répéter. En édulcorant, évidemment. Quant à comment… elle avait son idée. Elle jeta un œil à la porte, et sourit d'un air ingénu qui lui allait comme une burqa à un curé.

— Ce n'était un secret pour personne, que vous partiez ! Adèle s'est répandue dans tout l'étage, allant jusqu'à faire des commentaires sur les prix des billets ! affirma-t-elle avec une assurance décontractée.

— Ça m'étonnerait ! Adèle est la discrétion même ! riposta Victor avec fermeté. – Mais Mélanie sentit que le doute s'était insinué. – Et cette histoire comme quoi je vous aurais emmenée là-bas… non mais ça va pas ?

— Julie a dû mal comprendre ! J'ai dit que j'aurais adoré aller là-bas moi aussi, je n'ai jamais dit que nous y étions allés ensemble. Même si…

La bouche en cul de poule, elle se mit à minauder. Victor soupira avec ostentation.

— Et épargnez-moi vos airs, ça ne vous va vraiment pas.

Mais quel con il avait été de la sauter ! Du coup, elle se croyait tout permis !

— Vous ne m'intéressez pas, Mélanie. Ni en tant que femme, ni en tant que sage-femme. Ce qui s'est passé entre nous est depuis longtemps oublié, d'ailleurs je me demande ce qu'il m'a pris… – Il secoua la tête, comme pour se débarrasser des images qui auraient pu subsister de son erreur. – Enfin ! Ce qui est fait est fait, et on ne va pas revenir dessus. Pour le reste, vous savez pourquoi vous êtes dans mon service, et pourquoi je ne vous vire pas. Vous ne le devez pas à votre talent. Non. La raison pour laquelle vous êtes là – encore là, devrais-je dire –, permettez-moi de vous le rappeler, est que j'ai fait une promesse à votre père, et que je m'y tiens ! Mais croyez bien qu'à la prochaine incartade de votre part, promesse ou pas promesse, vous dégagez. Il y a des limites à la loyauté. Surtout envers un mort. Après tout, j'ai largement honoré la parole que je lui avais donnée ! Alors vous faites votre boulot, et vous nous fichez la paix. À moi, et surtout à Julie !

Mélanie blêmit. Mais elle sentait qu'elle avait touché une corde sensible chez Victor, sensible au point de le faire sortir de ses gonds et de lui donner envie de l'humilier. Elle aimait la sensation, qui la rendait vivante et, d'une certaine manière, importante aux yeux du chirurgien. Dangereuse. Le dégoût vaut mieux que l'indifférence.

— Merci, Victor. Message reçu. Mais vous savez, je ne m'en ferais pas trop pour Julie. Sous ses airs fragiles, c'est une euh… professionnelle, si vous voyez ce que je veux dire. Je me suis un peu renseignée, parce que cette fille qui débarque, comme ça, qui a tout bien… c'est trop beau pour être vrai ! Si vous saviez tout ce qu'on raconte…

Victor se leva et contourna le bureau, pour venir se dresser de toute sa hauteur devant Mélanie.

— Sortez, Mélanie. Sortez, vous et vos saloperies. Et je vous recommande désormais de vous tenir à carreau, sinon…

Il pointa la porte d'un doigt impérieux. Il émanait de lui une puissance et une autorité qui firent frémir Mélanie. Cet homme était un géant.

— Merci, Victor.

— Et je préférerais ne pas vous voir dans les parages aujourd'hui !

Mélanie sortit la tête haute, un sourire aux lèvres. Plus déterminée et désireuse de nuire que jamais.

— Vous pensez que je pourrais avoir un problème avec l'argent ? s'interrogea Arnaud sur le divan en kilim du Dr Delage.

— Avec l'argent ? – Le psy revint quelques pages en arrière, le nez plongé dans ses notes. – Quel lien cela a-t-il avec les enfants ?

*

Sophie était fatiguée. Les dix jours qu'elle avait passés en famille à Bordeaux l'avaient épuisée.

Avec l'été, où les clients s'arrachaient les tables dans le jardin, et où deux services midi et soir ne suffisaient pas à les satisfaire tous, la période de Noël était le gros coup de feu de l'année. Les recettes que la famille se transmettait de mère en fille avaient fait le tour de la région de génération en génération, et il n'était pas rare qu'un couple de jeunes vînt goûter l'agneau confit dont leurs grands-parents leur avait tellement parlé. Et les plats qu'elles concoctaient spécialement pour les fêtes, comme la tourte de marcassin, le canard colvert aux airelles et les merveilles à la fleur d'oranger – nulle part, on n'en trouvait d'aussi légères – avaient leurs aficionados, qui réservaient d'un réveillon sur l'autre.

Du coup, toute la famille mettait la main à la pâte, qui en salle, qui en cuisine, ce qui ajoutait au caractère convivial de l'endroit. Même les chamailleries des frères, que l'on avait déjà vus se battre en salle pour un cannelé, faisaient sourire : ceux qui y avaient assisté en riaient encore.

Le retour de Sophie pour les vacances, et les nouvelles compétences qu'en à peine trois mois elle avait acquises – notamment en termes d'organisation, et de précision dans les sauces et les cuissons – furent plus que bienvenues. Outre l'aide souriante et motivée qu'elle avait toujours été, Sophie devenait à présent un bras droit à part entière. Qui mettait les bouchées doubles, parce qu'elle voyait que, sous une apparente énergie et une bonne humeur que rien ne semblait entamer, sa grand-mère commençait à montrer des signes de faiblesse. Une absence, un regard qui parfois s'égarait, une commande oubliée… Sophie se demandait combien de temps elle tiendrait le coup, et si elle pourrait encore longtemps continuer à ce rythme-là. Qui n'était plus de son âge.

Un an, se disait Sophie, un an et après elle pourrait venir seconder sa mère tous les week-ends s'il le fallait, dès le vendredi soir et jusqu'au dimanche, et toutes les vacances. Tout en continuant ses études, qui incluaient aussi des stages, qu'à part le premier, qui devait obligatoirement se dérouler en pâtisserie si possible auprès d'un chef renommé, elle pourrait faire dans le restaurant familial.

Mais d'ici là, elle avait d'autres projets. Dont elle aurait aimé pouvoir se confier à sa famille, tout en sachant pertinemment qu'elle ne pouvait le faire : jamais sa mère, ni sa grand-mère ne l'auraient encouragée. Au contraire, elles auraient tout fait pour l'en dissuader, et Sophie n'avait pas besoin, en plus de ses propres doutes, de se frotter à la réprobation de ceux qu'elle aimait.

Elle avait fini ses vacances par deux jours à Londres, qui l'avaient déprimée. Elle se demandait si cela avait été une très bonne idée. Portée par son désir de faire le bien, elle avait négligé l'angoisse sourde qui avait pris possession d'elle dès l'instant où elle s'était engagée. Elle la sentait maintenant, qui l'habitait et grandissait, se nourrissant des incertitudes et même des peurs que Sophie essayait en vain d'écarter.

— Les filles ! s'exclama-t-elle en apercevant, à la sortie des cours, Hélène et Sara qui l'attendaient.

Après toutes les péripéties de la fin de l'année, elle n'était pas mécontente de retomber dans une routine qui, espérait-elle, la rassurerait. L'école, les copines, la zumba et les petits restaus : il ne lui en faudrait pas plus pour se sentir bien, à l'aise dans le cocon qu'elle s'était tissé. Pas plus, mais elle en avait besoin plus que jamais.

— Bastien est là ? interrogea Hélène avant de l'avoir embrassée.

— Tu pourrais dire bonjour ! s'emporta Sophie, prenant la mouche un peu plus vivement qu'à l'accoutumée.

— Oula… mais c'est que tu es devenue susceptible, dis donc ! ironisa Sara. Ça fait partie de tes bonnes résolutions de début d'année ?

— Mais non mais elle dit même pas bonjour, c'est chelou !

Sophie en avait les larmes aux yeux, et se demanda ce qui lui arrivait. Franchement, que sa copine s'enquît de son petit ami en même temps qu'elles se retrouvaient n'avait rien de choquant. À sa place, elle aurait probablement fait la même chose.

Elle jeta un coup d'œil en direction d'Hélène, qui déjà s'éloignait, tellement enroulée autour de Bast qu'on ne voyait pas comment ces deux-là parvenaient à marcher. Toujours est-il qu'ils y arrivaient, se fondant ainsi dans l'obscurité.

— Ça va pas, ma Sophie ? Tu as l'air crevée… – Sara l'entoura de ses bras, et lui frotta le dos vigoureusement pour la réchauffer. – On dirait que tu es gelée, en plus…

— Non, ça va… C'est juste que… – Sophie entortilla ses cheveux et les coinça sous son bonnet. – On a eu un boulot de dingue, au restau, avec les fêtes, et tout… et puis c'était bien d'être en famille comme ça, maman, ma grand-mère, mes petits frères et puis ils sont loin… c'est loin, Bordeaux, je veux dire, je ne peux pas les voir tous les week-ends et… Ils me manquent, voilà.

Elle fondit en larmes.

Il y avait de ça, c'était vrai, mais il y avait autre chose, que Sophie n'arrivait pas à identifier. Elle se sentait triste, elle était triste, mais elle ne savait pas pourquoi.

— Je comprends, ma puce, c'est dur… Mais ça va passer, tu verras. Et tu nous as, nous, Hélène, Bastien, moi… on est là !

Devant la gentillesse de son amie, les sanglots de Sophie redoublèrent.

— Ben zut alors ! – Sara roula des yeux d'un air dépité. – Je te dis des choses gentilles et ça te fait pleurer. Allez bouge, sister, on va à la zumba ! fit-elle d'une grosse voix en regardant son amie d'un air malicieux.

Sophie esquissa un sourire, et elles s'éloignèrent en parlant des vacances de Sara chez elle au Maroc, et des kilos qu'elle avait attrapés.

— C'est superbon la pastilla, mais alors…

Elle gonfla les joues, ce qui la fit ressembler à un hamster siliconé. Sara avait vraiment des moues impayables, et Sophie éclata d'un rire franc.

— Attendez-nous ! cria la voix d'Hélène.

Main dans la main avec Bastien, ils couraient derrière elles pour les rattraper.

Lorsqu'ils arrivèrent tous les quatre dans le Marais, Sophie était de bonne humeur et ses larmes avaient séché.

— Julie ! C'est maman ! Je ne te dérange pas ?

La question n'en était pas une, c'était une affirmation. Qu'elle tombât bien ou non, Christiane prenait possession de la vie des autres à peine avaient-ils décroché le combiné. Le sachant, ses filles avaient pris l'habitude de ne répondre que lorsqu'elles avaient une bonne demi-heure devant elles, et rien d'autre à faire que d'écouter leur mère se plaindre – la raison pour laquelle, le plus souvent, elle appelait.

Mais Christiane avait compris le truc, et téléphonait désormais en numéro masqué. Aussi les filles se faisaient-elles avoir, de relativement bonne grâce il est vrai. Parfois même, elles en riaient.

Mais ce matin, Julie était pressée. Elle accompagnait Victor à la clinique, comme elle le faisait chaque jour depuis que, d'un commun accord et autant que possible, ils avaient décidé de travailler en tandem et de se passer de l'assistance de Mélanie. Victor avait transféré celle-ci dans l'équipe de son associé. Au grand soulagement de Julie.

C'est donc d'humeur légère qu'elle répondit à sa mère qu'elle la rappellerait sans faute dans la matinée. Sans faute n'était pas tombé dans l'oreille d'une sourde. À midi moins cinq exactement, le portable de Julie se remit à sonner.

— Et merde ! pesta Julie en reconnaissant la sonnerie.

Les pieds sur la table basse de leurs premiers sushis, elle était en train de partager un coca avec Victor pour se remettre d'un accouchement particulièrement musclé où on avait failli perdre le bébé.

— Ma mère ! articula Julie en désignant le combiné.

— Prends-la, sourit Victor. – Il aimait bien Christiane, son optimisme bon enfant sous ses airs désespérés. – Je vais en profiter pour faire un tour à l'étage avant le déjeuner. Sushis en vitesse avant la petite Martin ?

Julie acquiesça, et lui envoya un baiser. Puis elle décrocha en suivant des yeux la grande silhouette athlétique de l'homme qu'elle aimait.

— Ah ! Julie ! Tu en as mis un temps pour répondre ! Heureusement que tu m'as dit que tu rappelais avant la fin de la matinée, il est déjà midi et…

— Je travaille, maman, soupira Julie avec lassitude.

— Je sais. Tu sauves des vies et moi je n'ai jamais rien fichu de la mienne !

Une pointe d'amertume dans la voix de Christiane : c'était son truc, en ce moment. Regarder sa vie en arrière et se fustiger de n'en avoir rien fait.

— Tu aurais pu, si tu avais voulu…, protesta Julie, refusant d'aller dans son sens.

Le pattern était toujours le même, et Julie comme Lorraine le connaissait par cœur : Christiane se lamentait qu'elle n'avait rien fait de sa vie pour qu'on la plaigne, qu'on lui dise que ce n'était pas de sa faute, qu'elle avait une grosse maison dont il fallait s'occuper, qu'à la campagne et à son époque on n'attendait pas des femmes qu'elles fassent quelque chose de leur vie. Elles se consacraient à leur foyer, c'était tout, et la vie passait sans qu'on en fît quoi que ce soit d'autre que de la vivre. Et c'était bien assez.

Mais Julie n'avait pas envie d'entendre ce même discours, que sa mère ressassait depuis quelque temps.

— Tu en as de belles, toi ! De mon temps, et à la campagne qui plus est…

Et hop, c'était parti. Devant la défection de sa fille, Christiane se donnait elle-même la réplique.

Julie enleva ses chaussures, mit le téléphone sur haut-parleur et le posa sur le canapé. Puis elle entreprit quelques étirements, libérant son dos et son esprit des tensions de la matinée.

— … non parce qu'il y a toujours eu la maison, en plus. Une grosse maison comme ça, il faut s'en occuper ! poursuivit Christiane, avant de s'arrêter net. Julie, tu m'écoutes ?

— Oui, maman ! lança Julie depuis le rebord du bureau où, le dos bien plat, elle s'était agrippée.

— Ah ! Parce que j'avais l'impression que tu étais loin, là…

Julie soupira, et alla s'emparer du combiné.

— Bon. Assez parlé de moi, pour ce que ça t'intéresse. Je t'appelais pour te parler de ton père.

— Ce n'est pas mon père !

La violence de la réponse de Julie la surprit elle-même. Et sa soudaineté. C'était comme si elle se défendait. Jusqu'à présent, elle avait toujours considéré Jean comme tel. Non : elle avait toujours mis un point d'honneur à le considérer comme son père. Jusqu'à Noël : en le revoyant après dix-huit mois d'absence, elle s'était dit qu'elle ne voulait pas d'un père comme ça. Pas d'un petit vieux qui se traînait, et qui ne faisait aucun effort pour y remédier.

— Ne dis pas ça ! cingla Christiane, un peu désarçonnée. C'est quand-même lui qui t'a élevée. Qui t'a aimée…

— Ce n'est pas pareil…

Dans la tête de Julie, une tempête se déchaînait. Elle réalisa soudain qu'elle avait toujours été larvée. La vue de Jean, et la prise de conscience qu'elle avait quelque part un père de rechange, comme une deuxième chance, qui peut-être correspondait mieux à ses attentes, en avait été le catalyseur.

Son père fantasmé.

— De toute façon, tu ne peux pas comprendre, poursuivit-elle d'une voix plus douce.

Sa propre réaction l'avait bouleversée.

— Ah bon ?

Julie sursauta. La voix de Christiane montrait qu'elle savait exactement, au contraire, de quoi Julie parlait. Elle-même était née d'un homme dont elle ignorait l'identité.

Longtemps caché, le secret n'avait été dévoilé qu'à la mort d'Ama, et Julie avait estimé à l'époque qu'il valait mieux qu'elle n'en sût rien. Puis elle était partie en Mauritanie. Et quelqu'un le lui avait dit. Ou quelqu'un avait gaffé. Christiane n'était pas non plus née de la dernière pluie.

— Tu sais, ma chérie, l'herbe n'est pas forcément plus verte dans le pré d'à côté. On sait ce qu'on a. Ce n'est pas la peine de spéculer sur ce qu'on aurait pu avoir…

Christiane était une autruche née. Une autruche avaleuse de couleuvres, et c'était peut-être ce qui l'avait sauvée.

— Enfin, je voulais t'annoncer une bonne nouvelle, concernant ton *père* – elle insista sur le mot. Ce matin, il est retourné dans ses roses. Cela faisait plus d'un an qu'il n'y avait pas mis les pieds.

*

— De quoi avez-vous parlé ? demanda Julie lorsque Victor l'eut rejointe au Perchoir.

Il était allé à la piscine. Trois fois par semaine, quel que soit le temps, il traversait Paris pour aller nager son kilomètre. Et elle en avait profité pour lui préparer une tarte aux pommes, son dessert préféré. Ils étaient maintenant devant le poêle – une touche qui donnait à la maisonnette des airs de cabane de trappeur et que Julie adorait –, confortablement lovés dans le canapé préféré de Victor recouvert d'un feutre à carreaux on ne pouvait plus anglais, en train de siroter leur premier verre de chardonnay.

— De quoi avez-vous parlé, quand vous étiez tous les deux devant la cheminée ?

Victor ne saisit pas tout de suite où elle voulait en venir.

— Avec Jean, quand on était en Dordogne. Qu'est-ce que vous vous êtes dit, qui a pu le remuer...

Le chirurgien leva un sourcil. Julie avait dit Jean, elle n'avait pas dit papa. Il préféra ne pas relever. Pour le moment, en tout cas. En revanche, n'étant pas au courant du développement majeur qui avait vu Jean retourner dans ses rosiers, il ne voyait pas de quoi elle parlait.

— Non, parce qu'on l'avait trouvé un peu ratatiné, tu te souviens ? Et puis il ne s'occupait plus de ses fleurs, et ses fleurs, avant, c'était sa vie...

L'image de Jean dans ses rosiers revint à Julie, comme une bouffée d'enfance. À tous les âges, elle avait vu Jean au milieu des fleurs, créant même pour Lorraine et elle des variétés qui leur étaient dédiées. Elle l'avait vu chercher, couper, bêcher, inventer, désherber, rater et recommencer, sous le regard rempli de bleu de l'impassible Ama, qu'il adorait. Ama qui ne disait plus rien, mais qui connaissait tout.

Les roses de Jean, c'était pour Julie un marqueur, un repère. Et, plus encore que de le voir peiner à marcher, c'était son désintérêt pour ce qui avait été son moteur qui la rendait le plus triste.

Comme s'il avait perdu toute envie de vivre.

— Et là…, poursuivit Julie en observant le feu. Maman m'a dit que ce matin, il y était retourné. – Elle se serra contre Victor et lui embrassa doucement le lobe de l'oreille. – Alors j'ai pensé, comme vous avez beaucoup parlé à Noël, que peut-être c'était quelque chose que tu lui aurais dit qui…

— Je lui ai dit que l'âge n'était pas une fatalité. Et aussi…

Imperceptiblement, Victor se rengorgea, ce qui lui donna l'air comique d'un oiseau qui se gonfle pour parader.

— Euh… Je lui ai dit de me regarder.

Julie éclata de rire, et bientôt fut submergée par une vague de tendresse. Elle reconnaissait là la grande humanité de Victor, qui n'hésitait pas à s'impliquer personnellement si cela pouvait être utile. Et clairement, dans le cas de Jean, cela l'avait été.

— J'espère juste que cela ne va pas lui donner de mauvaises idées ! plaisanta Victor en caressant les fesses de Julie.

Il l'observait d'un air gourmand, et elle avait appris, non seulement à ne plus se dérober à ce regard, mais aussi à l'aimer.

Elle le remercia d'un sourire, et négligemment laissa courir ses doigts sur le tissu italien de son pantalon, vers son sexe qui se dressait.

— Et pourquoi tu ne lui suggérerais pas de planter ses trucs en Dordogne ? demanda Julie à sa sœur, alors qu'elles prenaient un verre entre filles au café qui faisait l'angle avec la rue des Martyrs, à deux pas de la boutique de Lorraine, et sur le chemin de Julie.

Avec leurs vies bien remplies – le boulot, les enfants, Marie, et surtout leurs hommes respectifs qui exigeaient attention et disponibilité –, les deux sœurs n'avaient plus l'occasion de se voir en tête à tête et cela leur manquait. Du coup, elles avaient, parmi les bonnes résolutions de la nouvelle année, décidé de se retrouver au minimum une fois par semaine pour débriefer, autour d'un verre de vin qui avait tendance à se transformer en bouteille.

— Quels trucs ? Lorraine ne comprenait pas.

— Mario ! Julie leur resservit du vin avant de s'expliquer.

Parfois, son esprit allait plus vite que la musique, et elle n'avait pas le temps de mettre les mots sur ses pensées que déjà elles avaient fait leur chemin et passaient à la suivante, au point que ses interlocuteurs s'en trouvaient largués.

— Je me disais… Pourquoi ne lui suggérerais-tu pas de produire ses fruits et ses légumes chez les parents ? Il y a cinq hectares qui ne servent à rien, c'est quand même un peu con de ne pas en profiter !

L'idée était venue à Julie de manière subliminale, en voyant Jean et Mario parler de leur passion commune en italien, comme s'ils étaient déjà reliés par un fil secret. Et plus elle y pensait, plus elle se disait que ce serait peut-être le moyen à la fois d'alléger sa mère de ses angoisses, de redonner un coup de fouet à la propriété, et de permettre à l'amoureux de sa sœur de se développer plus vite qu'il n'aurait pu l'espérer.

Une idée qui conviendrait à tout le monde, elle compris, la débarrassant de la culpabilité sourde qu'elle éprouvait de laisser à sa mère la charge d'une trop grosse maison. Maison où elle allait peu, elle en était consciente. Consciente aussi qu'elle n'avait pas l'intention d'y passer plus de temps, surtout depuis qu'elle partageait sa vie avec Victor, avec qui elle adorait voyager.

— Je te remercie de me refiler le bébé ! ironisa Lorraine.

Si Lorraine voyait clair dans le jeu de sa sœur, et bien qu'elle ne voulût pas l'admettre, la chose ne lui semblait pas si incongrue. Mario n'avait pas eu les autorisations pour son verger, et se retrouvait dans la situation commerciale la plus frustrante possible : avoir une clientèle qui explosait, une demande de plus en plus importante, et ne pas être capable de fournir.

Évidemment, avec cinq hectares de plus, la question serait résolue et le business de Mario pourrait s'épanouir. Sans compter que cela leur ferait faire des économies – à Lorraine, surtout. Elle aidait Mario depuis le début, faisait bouillir la marmite sans jamais le mentionner tant elle était consciente que pour un homme, un Italien, qui plus est, se faire entretenir par sa compagne était vexant. Voire castrateur. Et si le toit marchait bien, il continuait de coûter plus qu'il ne rapportait. S'agrandir était la seule solution, qui permettrait de réaliser des économies d'échelle et de multiplier le chiffre d'affaires.

Restaient les questions de logistique, mais la logistique, Lorraine savait gérer. Elle savait importer des fleurs coupées du monde entier : ce n'étaient pas quelques caisses de fruits et légumes produits à six cents kilomètres de là qui allaient la faire reculer !

— Non mais réfléchis, ma Lolo ! Je suis sûre que ce serait bien pour Mario ! Et puis ça va l'occuper...

Julie repensa à l'air sombre de sa sœur quand son homme sortait téléphoner.

Lorraine regarda son aînée au-dessus de son verre. Julie n'avait pas tort. L'idée était à creuser.

Le cours de zumba battait son plein.

Carlos, le prof cubain, avait une énergie contagieuse, et les chorégraphies finissaient par rentrer. Seul garçon avec le prof, Bastien était devenu la mascotte de la classe, et le grand jeu des filles consistait à venir lui toucher la mèche avant de s'égailler en riant. Sous la protection jalouse d'Hélène, qui ne quittait pas son beau gosse des yeux et était très peu encline à le partager.

— Bast… je me sens pas bien ! cria Sophie pardessus la musique.

Bastien n'entendait rien de ce qu'elle disait. Mais le son de sa voix avait attiré son attention, et, en la voyant, il comprit tout de suite que quelque chose n'allait pas.

Abandonnant sa place dans la ligne qui s'apprêtait à faire un quart de tour d'un bloc, il se précipita vers elle, juste à temps pour la réceptionner dans ses bras : Sophie venait de tomber dans les pommes.

— Mais poussez-vous, putain ! cria une vieille blonde en collant panthère, qui remuait sa cellulite avec application. On est en plein kuduro !

Figure star des séances de zumba, et qui demandait une parfaite synchronisation, le kuduro consistait à faire une série de pas, tourner un quart de tour, et les répéter.

La blonde faillit leur marcher dessus, jouant des coudes et du postérieur pour ne pas perdre sa place, qui se trouvait exactement là où Sophie était allongée.

— Pétasse ! souffla Bastien entre ses dents.

Il souleva Sophie et la sortit de ce rouleau compresseur humain, que la musique emportait tellement qu'il en perdait tout discernement.

— Il faut lui faire prendre l'air ! s'exclama Hélène, venue à la rescousse tandis que Sara, rouge et transpirante, se frayait un chemin vers Carlos pour dire ce qu'il en était.

Le Cubain jeta un bref coup d'œil dans la direction que Sara lui indiquait, et interrompit son déhanchement.

— Pause ! cria-t-il en levant une main.

De l'autre, il s'empara de la télécommande, et éteignit la musique. La salle retomba comme un soufflé.

— À ben naaaaan ! se plaignit une petite rousse boulotte en combinaison mauve. Je commençais juste à choper la choré !

— C'est pas perdu ! la rassura le prof en lui donnant une tape amicale sur les fesses. Poussez-vous, les filles, il faut ouvrir les fenêtres. On a une blessée ! Ça va ? demanda-t-il à Sophie, qui revenait lentement à elle.

Carlos l'aida à se redresser, tandis qu'Hélène se précipitait à la fontaine pour lui apporter un verre d'eau glacée.

— Tu peux marcher ? s'inquiéta encore le prof, d'une voix très douce qui contrastait avec l'indéniable virilité qu'il affichait.

Son dos musclé, ses bras puissants, ses fesses pommelées, ses cheveux noirs, sa peau ambrée et bien entendu la manière dont il bougeait : ce type puait le sexe, et pourtant il avait l'air d'être un tendre. En d'autres circonstances, Sophie aurait pu se mettre à rêver. Mais pas là.

Elle se leva en chancelant. Et, adressant un vague sourire à Carlos qui lui remettait une mèche derrière l'oreille avant de retourner en ondulant à ses élèves, elle sortit prendre l'air entourée des filles et de Bastien.

— Allez tout le monde, on reprend !

Tandis que la musique s'élevait, et qu'Hélène et Sara allumaient une clope, Sophie courut vers les toilettes, où elle vomit tout son déjeuner.

*

— Ça se pourrait que tu sois enceinte ? demanda Julie quand elle eut examiné Sophie, que Bastien avait amenée au Perchoir d'autorité.

Elle n'était pas médecin, mais ce genre de symptômes, elle connaissait ! Comme n'importe quelle femme, d'ailleurs.

Bastien, qui ne connaissait pas à Sophie de petit ami – c'était toujours ses copines qui venaient la chercher à la fin des cours, toujours elles avec qui elle sortait –, trouvait que sa tante y allait un peu fort, habitué cependant à ce qu'elle ne prît pas quatre chemins pour dire ce qu'elle pensait. Surtout lorsqu'il s'agissait de son métier.

Il s'apprêtait à répondre, quand il vit Sophie se liquéfier. Et éclater en sanglots.

— Si, dit-elle d'une toute petite voix.

Depuis qu'elle était revenue d'Angleterre, elle s'était prise à espérer que l'opération n'ait pas marché, que son corps rejetterait l'intrus et qu'elle pourrait d'une manière ou d'une autre se rétracter. Tout ça avait été une mauvaise idée, finalement, et elle ne souhaitait qu'une seule chose : que cela ne soit plus qu'un mauvais rêve. Un mauvais rêve passé.

Mais la science avait fait des progrès, et son utérus de dix-neuf ans était très hospitalier. Il portait désormais l'enfant de parfaits étrangers, et Sophie devrait aller jusqu'au bout. Tel était le contrat, puisque c'était bien d'un contrat qu'il s'agissait.

Elle essaya de se raccrocher à la somme rondelette qu'elle en tirerait – pas mal, pour un job étudiant –, dont elle avait déjà touché une partie, qui lui avait permis de faire de jolis cadeaux de Noël à sa famille. Sentant confusément qu'elle n'allait pas tarder à avoir quelque chose à se faire pardonner. Elle n'en avait parlé à personne, évidemment. Mais, quand sa grossesse commencerait à se voir, il faudrait bien qu'elle ait une histoire à raconter.

Alors, entre ses larmes et comme pour s'exercer, elle donna à Julie – sous le regard de Bastien, de plus en plus ébahi – la version qu'elle avait imaginée de toutes pièces. Et qui lui avait semblé tenir la route, tant que tout cela restait dans le domaine du virtuel. Mais, dès lors que c'était une réalité, elle n'en était plus persuadée.

— Il s'appelle Frank. Sans c, souligna-t-elle, comme si ce détail permettait de mieux l'incarner. Il est en fac de médecine à Bordeaux, ça fait deux ans qu'on est ensemble…

Évidemment ! réalisa Bastien. Sophie était maquée à Bordeaux. La raison pour laquelle ici elle ne regardait pas les garçons.

— Mais qu'est-ce que tu vas faire ? interrogea Bastien, qui commençait à se demander quel karma le poussait à être systématiquement entouré de filles qui portaient des bébés.

D'abord sa sœur, maintenant sa meilleure amie…

— Ben, j'en ai pour quelques mois, répondit Sophie avec un sourire désarmant.

Elle avait cessé de pleurer, et s'était installée dans sa fiction. Pendant quelque temps, ce serait cela, sa vérité. Pour les besoins de la cause, Sophie la pure, la fleur bleue, s'inventait le grand amour dont elle avait toujours rêvé.

— Mais il est au courant ? – Julie, toujours pragmatique. – Et tes parents ? Tu es sûre que tu veux le garder ?

Sophie secoua la tête, réfléchissant à toute vitesse pour trouver ce qu'elle allait répondre à Julie. Prise de court, elle n'avait pas prévu qu'on lui pose cette question : voulait-elle ou non garder cet enfant ? Techniquement, elle était encore dans les temps pour avorter.

— C'est que… ça date de la Toussaint, inventa-t-elle. Je ne l'ai pas vu à Noël, il était au ski avec ses parents. Et je ne m'en suis rendu compte que la semaine dernière, c'est là que j'ai fait le test. Avant, j'avais mes règles normalement. Il va falloir que je leur dise…

Julie caressa la tête de Sophie. Elle ne pouvait réprimer un élan d'affection pour ces très jeunes femmes, encore des petites filles presque, qui s'embarquaient bravement dans l'aventure d'avoir un bébé. Elle en voyait de plus en plus dans son métier, à commencer par sa propre nièce. Si jeunes, cela lui avait toujours paru une incongruité.

— Bon, on va devoir t'aider, alors…, conclut Bastien, avec toute la gentillesse qui le caractérisait. À porter les marmites, je veux dire ! Non, parce que tu vas voir, porter des trucs avec ton gros ventre, j'ai connu ça avec Loulou : tu ne vas pas rigoler !

Il lui lança un énorme sourire, heureux de pouvoir offrir ses bras forts et musclés en signe de virilité.

— Tu es suivie ? s'enquit Julie. Je veux dire, si tu viens de Bordeaux… Tu as besoin d'un gynéco ici, non ?

Sans attendre la réponse de la jeune fille, elle gribouilla sur un bout de papier les coordonnées de Victor.

— Tiens, appelle-le demain, je lui en aurai parlé ! Et reviens quand tu veux, c'est moi qui vais m'occuper de toi !

Cette fille lui était sympathique et paraissait un peu paumée. Elle avait envie de la prendre sous son aile, de l'accompagner.

Bastien la remercia d'un battement de cils, et regarda sa montre. Il devait rejoindre Hélène chez elle, après avoir déposé Sophie et être passé se changer.

— Bon, allez, Juju, il faut qu'on file ! – Il tendit son manteau à Sophie, et, protecteur, l'aida à le boutonner. – So, je te raccompagne. Merci, Juju ! lança-t-il à l'adresse de sa tante, tout en lui envoyant un baiser.

— Merci, madame ! Merci pour tout !

Julie sourit. La jeune fille qu'elle avait vue arriver, pâle et en larmes, avait repris des couleurs, et de l'énergie.

— Ah ! Et tu peux m'appeler Julie ! cria-t-elle à travers la porte qui se refermait.

Mais, occupés à débriefer la journée, en s'extasiant çà et là sur les cultures de Mario – Sophie n'avait jamais vu un potager aussi grand, sur un aussi grand toit –, les deux ados n'entendirent pas.

Victor était content. Depuis qu'il avait envoyé Mélanie dans un autre service, et que Julie et lui ne la côtoyaient plus au quotidien – il leur arrivait de la croiser, mais ils faisaient comme s'ils ne la voyaient pas –, Julie allait beaucoup mieux. Ses absences avaient disparu, en même temps que celle qui la harcelait. Elle était plus joyeuse et moins jalouse, et surtout beaucoup moins sur la défensive. Et, avec lui, plus encline à s'abandonner. Du moins le faisait-elle avec plus de facilité.

Car une fois de plus, Victor avait vu juste : le ver dans le fruit de Julie, c'était Mélanie.

Une fille qu'il n'aurait jamais recrutée spontanément : elle n'était pas particulièrement douée dans ce qu'elle faisait, et avait dans les traits quelque chose de fourbe qui l'avait toujours dérangé. Mais il avait cédé aux supplications de son meilleur ami, qui, sur son lit de mort – un cancer fracassant que personne n'avait vu venir –, l'avait supplié de prendre soin de sa fille illégitime. Car il était évident que ce ne serait ni sa veuve, ni ses enfants, qui allaient s'en occuper.

Prendre soin, cela avait consisté à lui offrir un job, et à fermer les yeux sur les mesquineries à répétition de la fille vis-à-vis de ses collègues, que, Dieu sait pour quelle raison, elle avait toujours pris de haut. Et qui la détestaient.

Son éviction avait fait de nombreux heureux : à commencer par Adèle, son assistante, qui n'avait pas digéré qu'elle l'accuse à tort de lui avoir parlé du voyage à Zanzibar. Jamais elle ne se le serait permis, et Victor le savait. Mais il était dans la nature de Mélanie de tout essayer.

— Il est là ? Je peux entrer ?

La voix, désagréable, tira Adèle du rapport qu'elle était en train de taper : lorsqu'il examinait une patiente, Victor enregistrait ses commentaires sur son dictaphone, et il incombait à Adèle de les transcrire sur papier.

Une voix de poissonnière qui aurait trop fumé.

— Non, répondit simplement l'assistante.

Sans prendre la peine de lever les yeux sur Mélanie, campée devant elle dans une copie de Saint-Laurent trop serrée.

— J'ai juste un truc à lui déposer.

Mélanie contourna le bureau d'Adèle, qui se leva d'un bond pour l'arrêter.

— Pas question. – La voix d'Adèle était ferme, pleine d'une vengeance totalement assumée. – Si tu as quelque chose à lui donner, je suis là pour ça. Je m'en occuperai.

À contrecœur, Mélanie tendit à l'assistante de Victor l'enveloppe qu'elle avait apportée. Une enveloppe en kraft, demi-format, assez rembourrée.

— Je compte sur toi. Tiens. Pour ta peine.

Mélanie sortit de sa poche deux billets, qu'elle posa sur le bureau. Mais elle me gratifie comme une bonniche ! songea Adèle, horrifiée. Avant de se dire – elle connaissait l'histoire – que c'étaient des méthodes auxquelles, dans son enfance, Mélanie avait dû être habituée.

— Va te faire foutre, Mel ! fut tout ce qu'elle trouva à rétorquer à une Mélanie qui avait déjà tourné les talons, contente de son effet.

Elle était sûre que les billets ne feraient pas long feu sur le bureau d'Adèle. Ce en quoi elle avait raison : après avoir remis une touche de rouge à lèvres, seul maquillage qu'elle s'autorisait, Adèle empocha les billets. Et soupesa l'enveloppe qu'elle fourra dans la broyeuse, sans même l'avoir décachetée.

Puis elle reprit son travail, songeant au petit haut Sandro qu'elle allait s'acheter.

*

Julie se réveilla en sursaut : elle avait cru entendre des bruits.

Un bref coup d'œil à son portable lui indiqua qu'il était 1 h 40 : à cette heure, il n'y avait aucune raison que l'on entendît quoi que ce soit sur le toit. Instinctivement, elle se rapprocha de Victor en prenant soin de ne pas le réveiller, et remonta la couette au-dessus de son nez. Elle resta ainsi, l'oreille aux aguets, les yeux grands ouverts, à contempler la nuit.

Elle était sur le point de se rendormir, son cerveau envoyant l'information qu'il s'agissait d'une fausse alerte, le reliquat d'un rêve peut-être, quand elle distingua des voix. L'oreille dressée, elle frissonna. Oui, c'était bien de voix dont il s'agissait, qui chuchotaient. Un rire aussi, étouffé. Merde. Julie commençait à flipper.

Une ombre immense s'allongea sur les murs et vint recouvrir le plafond, puis disparut. Suivie d'une autre, tout de suite après. Merde, merde, merde. Julie en compta trois. Et puis plus rien.

Il y avait trois personnes sur le toit.

L'absence de bruit, et de mouvement, était presque plus inquiétante désormais. Julie se demanda ce qu'ils faisaient, quelles étaient leurs intentions, où ils se terraient. Que l'on vînt cambrioler le Perchoir, elle n'y croyait pas trop, les voleurs étaient en général bien renseignés et ils devaient se douter que dans cette cabane haut perchée il n'y avait rien à dérober.

Non, ce qui inquiétait Julie, c'étaient ces types dont on disait qu'ils s'introduisaient chez les gens et les saucissonnaient. Et qui, lorsqu'ils ne trouvaient rien, étaient capables de tout. Elle n'était pas particulièrement froussarde. Et en brousse, elle en avait vu d'autres. Mais le climat d'insécurité, certainement amplifié par les médias, tentait-elle de se raisonner, devenait tout de même difficile à ignorer.

Cela n'arrivait pas qu'aux autres ; la preuve. Même si elle ne savait pas en quoi *cela* consistait.

Julie se rapprocha encore de Victor, et le serra dans ses bras.

— Ça va ? souffla le chirurgien dans la coulée de cheveux noirs qui lui chatouillait le nez.

Julie ne répondit pas. Il s'aperçut qu'elle tremblait.

— Il y a des types sur le toit, finit-elle par articuler. Je les ai entendus.

— Mais non… – Victor l'attira dans le creux de ses grands bras. – Rendors-toi, ma chérie.

— Si ! insista Julie. Sa voix n'était qu'un filet. Va voir, toi, si tu ne me crois pas !

Dans la pénombre, Victor scruta les traits de Julie. Elle était plus blanche que la lune. Il comprit qu'elle ne plaisantait pas.

D'un geste, il repoussa la couette, dans laquelle Julie s'empressa de s'enrouler. Il déploya sa silhouette nue ; le froid le fit frissonner. À la lueur de son iPhone, il enfila le premier pull qui lui tomba sous la main, et son jean qui traînait en bas du lit. Il se glissa pieds nus dans ses mocassins, et se dirigea vers la porte.

— Fais attention, quand même ! souffla Julie, de sous l'amas de duvet qui la recouvrait.

Luttant contre l'envie d'allumer la lumière, qui, si elle la rassurait, risquait aussi d'attirer l'attention des intrus. Non non non.

Victor sortit à pas de loup.

*

La lumière s'alluma dans la serre.

Ils ne manquent pas de culot, se dit Victor, que cette brusque intrusion de lumière avait fait sursauter.

Il s'était posté derrière la fenêtre de la cuisine, l'emplacement idéal pour scruter le toit sans être vu. Pendant de longues minutes, rien n'avait bougé. Julie avait dû rêver.

Et puis cette lumière qui, brutalement, s'allumait. En toute impunité. Non mais faites comme chez vous, les mecs, ricana tout bas Victor, heureux de ne pas s'être risqué à découvert.

Ils étaient trois, en effet.

Il était sur le point d'appeler la police, quand un nouveau bruit se fit entendre. Quelqu'un qui sifflait. Un air qu'il connaissait, oui. Un chant napolitain. Conscient de l'incongruité de la situation, Victor se mit à le fredonner. Dans le noir, des cambrioleurs dans la serre, il ne pouvait pas s'empêcher de chanter. *O sole mio*. Un air qu'il adorait.

Deux autres silhouettes passèrent devant ses yeux. L'une était frêle et petite, emmitouflée dans une parka foncée. Un éclat de cheveux blonds, vite repoussé sous la capuche avec un petit gloussement. Une femme.

L'autre la tenait par le coude, on aurait dit qu'il la guidait. Galant, attentionné. Une grande forme, noire aussi, une chapka enfoncée. Qui sifflait à tue-tête. *O sole mio*.

C'était Mario.

— Juju !

Julie fut tirée de son rêve – pourtant fort agréable, où Victor et elle se mariaient pieds nus sur un atoll tahitien – par la voix de sa sœur, passablement alarmée.

Le toit s'était recouvert d'une fine pellicule de neige pendant la nuit, qui brillait maintenant au soleil en une multitude d'éclairs pailletés. Un matin parfait, avec Victor qui se réveillait doucement à ses côtés et la promesse d'un dimanche en amoureux.

N'étaient les cris de Lorraine, qui s'était mise à pleurer.

— Entre ! l'invita Julie en entrouvrant la porte, juste assez pour laisser passer sa sœur. Tu vas attraper la mort ! Tiens, et regarde-moi ça… – Elle sourit en essuyant une goutte sur le cil de Lorraine… – Tes larmes commencent déjà à geler !

Dehors, la température était largement en dessous de zéro en effet, et une petite bise soufflait. Le froid avait quelque chose de féerique, du moment que l'on était bien au chaud pour le regarder. Regarder le froid : voilà qui avait toujours enchanté Julie, et qui, ce matin encore, la mettait d'humeur joyeuse. Elle ne savait pas pourquoi.

— Putain, Juju ! sanglota Lorraine. – Sa sœur ne l'avait pas vue dans cet état depuis longtemps. – Il est rentré à trois heures du mat ! Trois heures, tu te rends compte ! Et je ne savais même pas où il était, je me suis fait un sang d'encre…

Julie la serra contre elle, et fit couler du café.

— Mais il ne t'a rien dit ? hasarda-t-elle pour gagner du temps.

Elle était confrontée à un conflit de loyautés : lorsqu'il était revenu se coucher, Victor lui avait raconté ce qu'il avait vu, et lui avait fait jurer qu'elle n'en dirait rien à Lorraine. Pas avant qu'ils eussent appris de la bouche de Mario ce qu'il trafiquait.

Victor avait émis l'intention de lui proposer un verre entre hommes en fin d'après-midi pour essayer d'en savoir plus, sous un prétexte qu'il n'avait pas encore trouvé. L'exploitation des terres en Dordogne, peut-être, dont Julie lui avait parlé, ce qui ne lui semblait pas une mauvaise idée. Si tant est qu'il eût son mot à dire dans la vie de Lorraine et de Mario.

Et voilà que Lorraine les prenait de court, en débarquant à la première heure avec un furieux besoin d'être rassurée.

— Rien du tout… – Lorraine se moucha bruyamment dans le Kleenex qu'elle n'avait cessé de malaxer depuis qu'elle était arrivée, et qui menaçait de tomber en charpie. – Il est sorti hier soir après le dîner en disant qu'il avait rendez-vous avec des potes. C'est quoi, cette nouvelle manie de se donner des rencarts en pleine nuit avec ses soi-disant potes, tu peux me le dire ? Ses potes, mon cul !

Elle releva ses cheveux roux, qu'elle noua sur le sommet de son crâne en une grosse pelote de feu. Les pleurs redoublèrent, au grand désarroi de Julie qui aurait aimé livrer à sa sœur, pour la consoler, les maigres informations qu'elle avait. Que Mario était dans la serre cette nuit et qu'ils étaient plusieurs. Mais elle avait promis. Et puis Mario était arrivé après les autres et avec une fille : Victor ne le lui avait pas caché.

Elle jugea plus prudent de ne pas s'en mêler. Pour le moment.

— Tu crois qu'il me trompe ?

Les yeux de Lorraine lançaient maintenant des éclairs. Si Mario avait été là, il lui aurait dit avec son accent irrésistible qu'elle était *souper bella* quand elle était en colère.

— Euh…

Julie hésita une seconde de trop. Une seconde qui ne trompa pas sa cadette, comme elle ne l'aurait pas trompée, elle. En même temps, que penser d'autre d'un homme qui prenait la poudre d'escampette systématiquement après le dîner ? Le dossier de Mario n'était pas excellent, et les faits l'accablaient.

— Mais tu sais avec quels potes il est ? insista Julie, soucieuse de s'attacher aux faits.

Même si elles allaient de pair, la spéculation n'était jamais une bonne chose lorsqu'il s'agissait de jalousie.

— Il dit que je ne les connais pas… – Lorraine entortillait furieusement une boucle rousse autour de son doigt. – Pourquoi faut-il toujours que je tombe sur des hommes qui me cachent des trucs ?

— Parce que les hommes cachent toujours des trucs…, sourit Julie, factuelle, désabusée. C'est dans leur nature.

Même quand on se dit tout, songea Julie en pensant à Victor qui, lui aussi, avait dans sa vie des zones d'ombre qu'il ne lui avait pas dévoilées. La vie est faite d'hommes dissimulés et de femmes qui s'y sont résignées.

Julie servit le café, qu'elle agrémenta de quelques gouttes de lait, pour elle. Lorraine le prenait noir. Comme ses idées.

— Écoute. Soit tu cherches à savoir, en ayant conscience que ce que tu risques de découvrir ne te plaira pas forcément. – Julie pensa à la mèche blonde dont Victor lui avait parlé. – Soit tu estimes que tu es assez heureuse avec lui pour laisser couler.

— J'ai passé l'âge de laisser couler…

— Ou tu l'as atteint, au contraire. Réfléchis, Lolo. – Julie prit les deux mains de sa sœur dans les siennes. – Pense à ce que tu attends de la vie aujourd'hui : un homme que tu aimes, ou la vérité ?

Lorraine penchait pour la vérité. Mais elle savait que ce n'était pas nécessairement ce qu'elle choisirait.

*

En rentrant chez elle ce soir-là, Lorraine trouva la maison remplie de roses – qui ne venaient pas de la boutique, mais devant la beauté desquelles elle ne pouvait que s'incliner –, et dans la cuisine, un Mario qui chantait.

— Pasta en amoureux ! lança-t-il à sa rousse en lui posant un délicat baiser sur le nez.

Louise et Marie dormaient chez Octave, et Bastien était à la zumba, et ne rentrerait qu'après le dîner. Ils avaient donc tout le loisir de passer une soirée à deux, ce qui ne leur était pas arrivé depuis longtemps.

Mario avait dressé la table avec soin, il avait sorti la nappe en lin brodée aux initiales d'Ama et les verres des grandes occasions. En apercevant le paquet joliment emballé qui reposait près de son couvert, Lorraine se dit, dans le désordre : qu'il s'était rendu compte qu'il était allé un peu loin et était désireux de se racheter, et qu'il avait quelque chose à se faire pardonner.

C'est donc avec un sentiment mitigé, entre la joie et la tristesse, l'amour et l'agacement, la jalousie et le soulagement, qu'elle dénoua le ruban, ouvrit l'écrin sous l'œil attentif de Mario, et découvrit le collier. Un long sautoir de perles de verre bleues, sur lequel Lorraine avait flashé dans la vitrine d'une petite boutique du Marais où, le week-end, ils aimaient aller flâner à pied.

— Mais tu as fait comment ? demanda-t-elle à son amoureux en se lovant dans ses bras pour l'embrasser.

Elle était touchée de son attention, et de son sens de l'observation.

— Bah, j'y suis retourné !

Mario égoutta les pâtes et les mélangea au *sugo* qu'il avait préparé selon la recette de sa grand-mère : des oignons caramélisés, des tomates fraîches, une très bonne huile d'olive, une pointe d'ail écrasé et surtout un peu de sucre, c'était ça le secret. Le *sugo* était la seule recette que Mario connaissait, mais il n'avait pas son pareil pour la réaliser.

Il servit le brunello dans les verres qui avaient une histoire – Chopin les avait offerts à George Sand, avant qu'ils n'atterrissent, Dieu seul savait comment, dans le trousseau d'Ama –, et porta un toast à Lorraine.

— À nous, *tesoro* ! Et aux grandes choses que nous allons faire ensemble !

Lorraine le regarda, interloquée. Toutes ces attentions, cette table, ce cadeau, l'emphase dans le ton de Mario et le léger tremblement qu'elle croyait discerner dans sa voix : l'espace d'une seconde, elle crut qu'il allait la demander en mariage, et son cœur se mit à faire des bonds. Mais non.

— Tu te souviens du toit dont je t'ai parlé, et pour lequel la ville refusait de me donner les autorisations ?

Mario se mit à râper furieusement du parmesan au-dessus de son assiette. On aurait dit qu'il n'allait jamais s'arrêter.

— Euh… tu en as peut-être assez…

— Quoi ? Mario ralentit son geste.

— Du parmesan…

— Ah oui !

Il reposa le fromage, et goûta ses pâtes, mal à l'aise. Puis il se ressaisit, et s'empara des mains de Lorraine.

— C'est bon ! dit-il en la regardant droit dans les yeux. Le toit. Finalement, c'est bon, ils m'ont appelé aujourd'hui : on peut l'avoir !

Voilà pour les grands projets. Il ne s'agissait donc pas de mariage. Si Lorraine était déçue, elle prit sur elle pour n'en rien montrer.

— Le truc, poursuivit Mario, c'est qu'on doit l'acheter. Tu crois, euh…, commença-t-il en se raclant la gorge. – Manifestement, les mots avaient du mal à passer. – Tu crois que tu pourrais me prêter l'argent pour acheter le toit, juste le temps que je démarre le truc et… Évidemment, je te rembourserai !

Parler d'argent pour Lorraine était contraire à son éducation. Pour Mario, en demander, à une femme de surcroît, était un supplice.

— Non.

Le mot sortit de la bouche de Lorraine avant même qu'elle ne réalise ce qu'elle disait. Mario la regarda, interloqué : un refus était la dernière chose à laquelle il s'attendait.

— Non, non, non et non !

Lorraine sentit la moutarde lui monter au nez. Comment osait-il, après son comportement de ces dernières semaines, lui demander quoi que ce soit ? Les hommes ne se rendaient-ils jamais compte de rien ?

C'était le moment où elle aurait pu exiger des explications, et elle-même lui en donner. Non parce qu'elle en avait marre de le financer, non parce qu'il disparaissait la nuit… non parce qu'elle avait une autre idée.

— Mais Lorraine ! C'est la chance de notre vie ! Le seul moyen pour que le business – bu-si-ness, il prononçait chaque syllabe et cela fit sourire Lorraine malgré elle – se développe ! Il faut bien que tu me laisses devenir indépendant, je ne vais pas toute ma vie vivre à tes crochets !

— Tu as raison, Mario ! Il est grand temps que tu développes ton truc. Et j'avais moi aussi quelque chose à te proposer…

Les pâtes étaient délicieuses, dommage que la conversation ait pris cette tournure pas très agréable. Elle finit son assiette et exposa son idée. Ou plus exactement, l'idée que Julie lui avait soufflée.

— Il y a plus de cinq hectares en Dordogne, qui ne demandent qu'à être exploités. Avant, on y cultivait le tabac, mais ça ne rapporte plus rien, alors je me disais…

— Attends, Lorraine ! Tu n'es pas en train de me demander de m'installer chez tes parents !

Les yeux de Mario lançaient des flammes. C'était trop pour son orgueil de mâle.

— Mais qui te parle de t'installer ? Je me disais juste que tu pourrais cultiver tes légumes là-bas. Papa t'aiderait… et tu aurais même ton verger ! Plus grand que tu n'aurais jamais osé l'imaginer !

Lorraine sourit, et prit la main de Mario, qui la retira comme si un serpent l'avait touché. Elle n'ignorait pas qu'en lui faisant cette proposition, d'une certaine manière, elle l'enfermait. Et il savait qu'elle le savait.

— On vivrait entre les deux ! argumenta Lorraine. Trois jours ici, trois jours là-bas. Et on pourrait vendre tes produits au magasin, en plus de ceux que tu livres à tes clients…

Plus elle y réfléchissait, plus l'idée l'emballait. Mario secoua la tête.

— Je le sens pas, Lorraine… Puisque tu ne veux pas m'aider, je vais me débrouiller. Tout plutôt que de dépendre de tes parents !

Il se leva et sortit sans même l'embrasser. C'était le macho qui avait parlé, et le macho encore qui partait en claquant la porte. Car au fond de lui, Mario comprenait très bien tout le potentiel de cette proposition. Mais il ne voulait pas l'admettre. Comme il n'admettait pas qu'elle lui refusât son aide, même si, inconsciemment, il le comprenait. Il avait atteint une limite. Il s'en doutait d'ailleurs avant même d'aborder le sujet, ce qui avait accru son inconfort. Et il était presque reconnaissant à Lorraine d'avoir posé cette limite, qui l'obligeait à trouver en lui une solution constructive : être autonome, ou accepter la manière dont Lorraine était désormais prête à l'aider. Et qui passait par cinq hectares en Dordogne…

Lorraine, quant à elle, le regarda disparaître d'un air navré. Sous le coup de la déception – elle avait vraiment cru qu'il allait la demander en mariage –, la conversation lui avait échappé. Et, maintenant, elle s'en voulait.

Elle savait qu'elle avait manqué de tact, et qu'elle l'avait blessé, tuant dans l'œuf l'idée qu'elle venait d'exposer.

Et à laquelle elle croyait.

À la sortie des cours, où Sophie avait réussi, non sans mal, à contenir une nausée, et était venue à bout de son lièvre à la royale, qu'elle avait allégé – sans le savoir, elle venait d'inventer le lièvre à la royale light, dont elle ferait plus tard l'une des spécialités de son restaurant bordelais –, elle n'attendit pas ses amis et s'éclipsa pour téléphoner. Elle s'éloigna de quelques mètres, faisant signe à Bastien et aux filles, qui étaient venues la chercher, qu'elle n'en avait que pour quelques minutes. Mais qu'elle avait besoin d'intimité.

— C'était Frank ! expliqua-t-elle lorsqu'elle rejoignit sa bande, le rouge aux joues.

— Tu lui as dit ? Sara regardait Sophie avec curiosité.

Depuis qu'elle avait appris que son amie attendait un bébé, elle la couvait comme une grande sœur. Chez elle, les femmes se tenaient les coudes lorsqu'il s'agissait de maternité.

— Et comment il l'a pris ? demanda Hélène, pragmatique. Elle n'était pas pour rien à Polytechnique.

— Oh, vous savez…, soupira Sophie. Il l'a pris comme un garçon le prend quand sa copine lui annonce qu'elle est enceinte alors qu'ils n'ont pas fini leurs études et qu'ils ne vivent pas dans la même ville !

— Quoi, mal ? intervint Bastien, prêt à en découdre avec le dénommé Frank si l'occasion se présentait.

Il avait vu Octave à l'œuvre, exemplaire devant la nouvelle et encore plus depuis la naissance de Marie, et n'envisageait pas que l'on pût se comporter autrement. On fait un enfant, on l'assume. Que le copain de Sophie pût manifester la moindre hésitation le hérissait.

— Non, mais il va se faire à l'idée…, se raconta Sophie, qui ne voulait pas que ses amis la croient abandonnée. Il est tellement mignon, Franco, si vous saviez…

Un sourire béat aux lèvres, elle se prit à rêver. S'inventant des histoires de prince charmant, comme lorsqu'elle était enfant.

On dirait que je l'aurais rencontré dans une soirée… non, pas dans une soirée, trop de monde… dans un dîner alors ? Un concert ? Un musée ? Un musée… On dirait que je l'aurais rencontré dans un musée, devant une grande figure d'albâtre de Plensa – Sophie adorait Plensa, et l'un de ses lieux préférés était le café en face du Grand Théâtre, devant lequel s'élevait un immense visage de fer rouillé du maître espagnol. *Ah oui ! On dirait que je l'aurais rencontré sur la place du Grand Théâtre plutôt, devant cette statue-là, évidemment… Il m'aurait offert une glace, non… un cannelé ? Pff, pas un cannelé, il n'arriverait pas à la cheville de ceux de maman ! Vraiment pas terrible un mauvais cannelé pour draguer… Non…*

On dirait qu'il m'aurait juste offert l'hospitalité de son parapluie parce qu'il se serait mis à pleuvoir… c'est romantique Bordeaux sous la pluie…

— Il est comment ? demanda Hélène.

Elle voulait un maximum de détails sur le petit ami de Sophie, qu'elles n'avaient jamais rencontré… et dont Sophie ne leur avait auparavant jamais parlé.

— Grand, brun, les yeux verts, super bien foutu… sublime ! Et puis drôle, gentil…

Physiquement, le portrait craché du mari de papa, pensa Bastien à qui Louise avait montré des photos de la fête où il avait refusé d'aller. Maintenant grâce à Hélène, qui l'avait largement convaincu de son hétérosexualité, peut-être pourrait-il essayer de renouer. Le verbe qui vint à son esprit était pardonner, qu'il chassa aussitôt : un fils a-t-il le droit de juger son père parce qu'il est gay ?

Pardonner n'était décidément pas le terme approprié, qu'y aurait-il eu à pardonner ?

— Mais t'es folle, ma vieille ! la houspilla Sara. Tu tombes sur la perle rare, et tu le laisses seul à quoi… sept cents kilomètres ? Tu n'as pas peur de te le faire piquer ?

— Ben non…, répondit Sophie.

Un peu trop vite, ce qui n'échappa pas à la perspicacité d'Hélène. Elle lança à son amie un regard interrogateur, qui détourna la tête, gênée.

Si, à ce moment-là, quelqu'un avait mis son nez dans le portable de Sophie, il aurait constaté qu'aucun appel n'avait été ni reçu, ni passé.

— Tu n'aurais pas pris un peu de poids, dis, Arn ? interrogea Eliott en enfonçant un doigt inquisiteur dans la brioche naissante d'Arnaud. Regarde-moi ce gros bidon… c'était pas là, avant !

Très sensible à l'apparence, et persuadé que, le physique étant le premier contact que l'on avait avec l'extérieur, c'était une question de respect vis-à-vis de soi-même et vis-à-vis des autres de l'entretenir, l'un des fondamentaux de la vie en société, Elliott mettait un point d'honneur à se surveiller. Et ne supportait pas de voir Arnaud se laisser aller.

— Mais pas du tout, rétorqua Arnaud, en essayant de rentrer son ventre.

Sans succès : il avait grossi en effet, et fait reprendre en douce les boutons de ses pantalons. Espérant sans trop y croire qu'il aurait le temps de maigrir avant d'attirer l'attention et la réprobation d'Elliott. C'était raté.

Machinalement, comme à chaque fois qu'il était contrarié, il alla piocher dans le frigo une part du cheese-cake de la veille. Une véritable tuerie, que leur avaient apportée les amis qui étaient venus dîner. Ettore et Antoine, qui fréquentaient la même salle de gym qu'eux, mais plus. Quand Elliott s'astreignait à trois séances par semaine, et qu'Arnaud avait de plus en plus tendance à sécher, les deux éphèbes soulevaient de la fonte tous les soirs à heure fixe : c'était comme cela qu'ils nouaient de nouvelles amitiés. « Vous pouvez y aller, les garçons, c'est light ! » avaient-ils assuré. Tu parles !

— Tu devrais faire quelque chose..., poursuivit Elliott en lui tendant un seau de peinture. Allez, aide-moi, au lieu de t'empiffrer !

Ils avaient décidé de peindre ensemble la chambre du bébé – ou plutôt, Elliott l'avait décidé, parce qu'il avait lu quelque part que c'était bon pour un couple de partager des activités liées à l'enfant en attendant la naissance. Une façon de se préparer à l'accueillir dans le foyer qu'ils formaient.

Le tricot ou la broderie n'étant pas leur truc, ils s'étaient rabattus sur le bricolage. Transformant pour leur fils la pièce sur cour en une adorable pouponnière bleu buvard rehaussé d'un heimstone white mat – Farrow, toujours. Car l'enfant serait un garçon ; ainsi en avaient-ils décidé.

Arnaud apporta le bidon dans la pièce, et profita du fait qu'il devait aller chercher un pinceau qui trempait dans la térébenthine sur le rebord de la fenêtre de la cuisine pour faire un nouveau stop devant le frigidaire. Chapardant cette fois-ci un blanc de poulet.

— Tu le fais vraiment exprès ! – Du haut de son échelle, Elliott tempêtait. – Si tu deviens imbaisable, moi, je te préviens, je vais aller voir ailleurs !

— C'est déjà ce que tu fais !

Tous les dimanches soir, en effet, Elliott disparaissait dans les bars du Marais pour aller cultiver son jardin secret.

— C'est pas pareil ! Et puis on a toujours été d'accord là-dessus, un soir off par semaine ! Tu n'as qu'à faire pareil, si tu veux !

— C'est pas mon truc ! Et puis d'ailleurs, c'est pas le moment : je suis enceint ! Pourquoi tu crois que je grossis, à ton avis ? Tu n'as pas remarqué que c'est depuis le début de cette histoire que j'ai pris des kilos ?

Ce qui n'était pas tout à fait vrai. Arnaud avait toujours eu tendance à s'empâter, mais depuis quelques semaines, en effet, cela s'accélérait.

L'un grossissait, l'autre le trompait. Le phénomène n'était pas nouveau. On avait beau changer le contexte, il se répétait.

*

— Qu'est-ce que tu sais de la petite que tu m'as envoyée ? demanda Victor alors que, lovée dans ses bras, Julie parcourait avec intérêt le nouvel essai de Fabrice Hadjadj.

Qu'est-ce qu'une famille ? interrogeait le livre à juste titre. Aujourd'hui, on ne savait plus. Aujourd'hui, on était perdu.

Julie leva le nez, et sourit à son amoureux qui lui embrassait distraitement les cheveux.

— Hum ? Ah, Sophie ? Je ne sais pas, c'est une amie de Bastien, c'est lui qui l'a amenée... Elle avait l'air paumé...

Victor la serra contre lui. Cette manière qu'avait Julie de vouloir rendre service à la terre entière, cette générosité, cette humanité qui rejoignait la sienne et que trop peu de personnes partageaient, le bouleversaient.

— Je te demande ça parce que... – Victor passa une main sous son pull et attrapa un sein, ce qui la fit frissonner. – Je ne comprends pas pourquoi elle veut garder son bébé. En même temps, sourit-il, je ne vais pas prêcher contre ma paroisse : je passe mon temps à mettre enceintes des femmes qui n'y arrivent pas, ce n'est pas pour recommander à une fille qui y arrive toute seule de s'en débarrasser. Mais quand même, là...

— J'imagine que c'est trop tard... pour ne pas le garder, je veux dire.

Julie revoyait le visage de Sophie quand elle lui avait posé la même question, le soir où Bast était venu avec elle. Une ombre était passée dans les yeux de la jeune fille, comme une tristesse. Julie l'avait perçue, et s'en était émue.

Le fait que Victor pose la même question, après un examen qui datait de manière quasi certaine la période d'aménorrhée, confirmait son intuition : Sophie ne savait plus très bien où elle en était, et avait besoin d'être aidée.

— Elle n'est enceinte que de deux mois…, ajouta le chirurgien, caressant le visage de Julie, pensif. C'est dingue, ces gamines qui font des enfants avant d'avoir fait leur vie…

— Il y en a plein ! – Julie lui embrassa le bout des doigts, et commença à les lécher délicatement. – Regarde Loulou !

Elle avait eu les mêmes réticences en apprenant la grossesse de sa nièce, et que celle-ci avait décidé de garder le bébé, mais maintenant elle devait reconnaître qu'elle ne s'en sortait pas si mal. Et que la présence de Marie et d'Octave donnait à la petite famille un supplément de joie. Un supplément de vie.

— Elle a quelqu'un ? réfléchit Victor tout haut. Un père pour son enfant ?

C'était l'un des chevaux de bataille de Victor, et jamais il n'en démordrait. On pouvait le traiter de traditionaliste, de ringard, d'intégriste, il s'en fichait : un enfant devait avoir un père et une mère. De sexes opposés. Ceux qui voyaient les choses autrement n'avaient qu'à aller voir ailleurs, justement.

— Elle m'a parlé d'un étudiant en médecine. À Bordeaux…

— Un étudiant en médecine qui ne connaît pas les préservatifs, mon Dieu ! – Victor leva les yeux au ciel d'un air comique, qui fit glousser Julie. – Tout fout le camp ! Allez, viens par là, toi, dit-il en attirant Julie à lui. On est trop vieux pour faire des bébés, mais rien ne nous empêche de nous exercer !

*

— L'argent, les enfants…

Delage n'y allait pas par quatre chemins ce matin. Il avait pris des patients entre deux rendez-vous, et était totalement surbooké. Il ne fallait pas traîner.

Par ailleurs, la méthode n'était pas mauvaise : elle eut pour effet de stimuler Arnaud. Après de longues séances à tourner autour du pot, ou en tout cas à l'approcher à petits pas hésitants, il ne fut pas long cette fois-ci à cracher le morceau. Avec ses propres mots, qui en disaient plus qu'il ne l'aurait voulu sur ce qu'il ressentait.

— On s'est acheté un enfant, docteur ! Enfin, Elliott nous a acheté un enfant. Un fils, hein, parce qu'on peut choisir : le sexe, la couleur, le QI… tout ! Et moi, je ne suis pas sûr d'en vouloir, en fait, non… je suis sûr du contraire : je n'en veux pas. Je suis contre la méthode, je suis contre cette objectisation de l'enfant – ce n'est pas un produit de consommation, merde ! C'est un être vivant ! Et puis des enfants, j'en ai déjà deux, dont je n'ai jamais été foutu de m'occuper ! Alors qu'est-ce que vous voulez que je fasse d'un nouveau bébé ! Le truc, c'est que…

Arnaud puisa dans la boîte de Kleenex que le psy lui tendait, avant même qu'il se fût mis à pleurer. Il en fit consciencieusement des boulettes ; le médecin regarda discrètement sa montre, il était pressé.

— Le truc, reprit Arnaud, c'est que… On ne peut plus revenir en arrière, vous comprenez ? Maintenant c'est lancé !

Les larmes se mirent à couler sur ses joues en friche, qu'une barbe de plusieurs jours envahissait. Il avait pris huit kilos, il oubliait de se raser… Elliott avait raison sur un point, il se laissait aller. La grossesse était pour lui un poids trop lourd à porter.

— La grossesse n'a jamais été un truc d'homme, vous savez…, commenta Delage, qui voyait cependant dans cette nouvelle orientation de la société de quoi mettre du beurre dans ses épinards pour de nombreuses années.

Car Arnaud n'était pas le seul. Il avait dans sa clientèle de plus en plus de patients homosexuels qui venaient le consulter, et après la question du coming out se posait la question du mariage, et la question des enfants. Et pas toujours dans cet ordre.

Delage se disait que, quand la progéniture de ces couples arriverait sur le marché, la profession allait exploser.

— Mais dites-moi. Vous avez dit « on ne peut pas revenir en arrière ». Jusqu'où, exactement, voudriez-vous revenir en arrière, Arnaud ?

— Lorraine, *cara* !

Lorraine eut un mouvement d'humeur : quand Mario appelait à la boutique, ce n'était jamais très bon signe. C'était en général pour lui annoncer qu'il ne rentrerait pas dîner. Ou qu'il avait l'intention de s'échapper, la dernière bouchée avalée.

Puisqu'elle avait décidé de ne pas affronter la vérité – entre celle-ci et l'homme qu'elle aimait, Lorraine avait tranché en faveur de l'homme qu'elle aimait – Lorraine avait pris le parti de la désinvolture. D'autant qu'elle s'en voulait encore de ses mots de l'autre soir, dont ils n'avaient pourtant jamais reparlé.

— Ah ! Mario, mon chéri ! Je suis contente que tu appelles, je voulais te prévenir, justement : ce soir, je dîne chez Julie. Entre filles, précisa-t-elle, afin qu'il n'y ait aucune ambiguïté.

— Ah… Mario sembla contrarié.

— Ça t'ennuie ? demanda Lorraine.

Un faux espoir s'empara d'elle : et si elle s'était trompée ? Et si Mario avait prévu de lui faire une surprise, et…

— Non, non, c'est pas ça. – Mario hésita. – En fait, c'est pas plus mal, parce que j'allais te dire de ne pas m'attendre pour dîner… les potes, enfin, tu sais…, jugea-t-il bon de préciser. Tu… euh… tu penses rentrer vers quelle heure ?

— Alors là je n'en ai aucune idée !

Si Lorraine était agacée par les questions de Mario – depuis quand devait-elle lui dire à quelle heure elle rentrait ? Il ne le lui disait pas, lui, ni même ce qu'il faisait ! –, elle n'était pas mécontente de le faire marner. Vengeance mesquine, certes, mais vengeance quand même.

— Bon, ciao, *cara* ! On se retrouve après, alors ! On s'envoie un texto quand on part, OK ? Et un *bacio* à Julie !

Mario raccrocha. Au ton de sa voix, Lorraine l'avait senti dépité. Lui vint une idée, qui l'amusa : elle allait faire durer la soirée.

*

En fait de dîner de filles, il y avait aussi des garçons.

Victor, qui était comme chez lui au Perchoir, et désertait de plus en plus son appartement d'éternel célibataire qu'il n'avait jamais vraiment pris la peine d'aménager. Passionné par son métier, il était totalement détaché des choses matérielles, même s'il avait largement de quoi s'en offrir. Son seul luxe étant les voyages, où rien n'était trop beau ni trop loin ni trop cher et qu'il organisait dans les meilleures conditions ;

et sa collection de montres, sa passion, pour laquelle il faisait des folies et allait jusqu'à traverser le monde si le spécimen en valait la peine.

Et Bastien, que Lorraine n'avait pas eu le cœur de laisser seul rue Marcadet, tout dépité qu'il était de voir la famille déserter le dîner qu'il avait préparé.

C'est donc accompagnée de son fils et d'un énorme cassoulet que Lorraine était arrivée chez sa sœur, secrètement inquiète et faussement enjouée.

— Faudrait peut-être qu'on y aille ! suggéra Bastien, alors que Victor était déjà parti se coucher. J'ai cours, moi, demain

— Oh, ne fais pas ton rabat-joie, Bast ! le gronda gentiment Julie en allant chercher une autre bouteille.

Elle sentait bien, à la manière dont Lorraine avait ri trop fort toute la soirée et jeté des regards anxieux à son portable, que sa sœur était perturbée. Elle a dû avoir une explication avec Mario, avait-elle pensé, et attendait que Lorraine mît le sujet sur le tapis plutôt que de l'aborder elle-même. Par ailleurs, il n'était pas certain qu'elle eût envie de le mentionner devant son fils.

Mais Lorraine n'avait pas envie de parler. Elle voulait juste ne pas être la première à rentrer.

Quand, devant les bâillements répétés de Bastien et ceux de Julie, que celle-ci tentait tant bien que mal de dissimuler, Lorraine se décida enfin à lever le camp, il était une heure du matin passé.

— Merci, Juju ! dit-elle en embrassant sa sœur sur les deux joues – un gros baiser bien sonore, elle n'était pas du genre à embrasser l'air ! C'était top, ça m'a fait du bien de parler !

Julie se demanda à quoi elle faisait allusion : elle n'avait rien dit, justement.

— Hon ! émit Bastien en embrassant sa tante.

Il tombait de fatigue, et ne ressuscita même pas lorsque Julie lui ébouriffa sa mèche.

— Hon ! ne fit-il que répéter, avant de s'engouffrer dans la nuit sur les traces de sa mère.

Ce fut lui qui le reconnut le premier.

Au bord du toit, alors qu'ils se dirigeaient vers l'escalier qui permettait d'y accéder, ils tombèrent nez à nez sur deux silhouettes. Une grande, une petite. Un homme, une femme.

L'homme était Mario, et il tenait la fille par le coude, comme la dernière fois.

Comme il avait tenu Lorraine lorsque, pour la première fois, il l'avait invitée à dîner. Comme il la tenait lorsqu'il voulait se montrer galant et attentionné. Sauf que la fille n'était pas Lorraine, qui regardait ce spectacle, bouche bée.

— Mario ? émit-elle dans un souffle.

Un soupçon de question dans la voix, parce qu'elle ne croyait pas, ou ne voulait pas croire, ce qu'elle voyait.

Un moment interdit, Mario reprit rapidement ses esprits. L'air effaré, et surtout douloureux de Lorraine ne lui laissait pas le choix.

— Tu es toujours là ? Euh… je te présente Marie-Alix. Une amie.

Secouant sa chevelure blonde, la fille tendit la main, souriante. Pas gênée pour un sou. À tous les coups, pesta Lorraine, elle n'est même pas au courant de mon existence. Le salaud, il ne lui a rien dit !

— Lorraine, lâcha-t-elle sèchement. Je suis la copine de Mario.

Bien décidée à marquer son territoire.

La fille sourit de plus belle. Un joli sourire, franc. Soit c'était la reine des garces, soit elle n'avait vraiment rien à se reprocher.

— Cela me fait très plaisir de te rencontrer ! Mario nous a si souvent parlé de toi que je me demandais pourquoi il ne t'avait jamais amenée. – Lorraine la regarda sans comprendre. – Les autres sont arrivés ? ajouta-elle à l'intention de Mario.

Mario haussa les épaules en signe d'ignorance, et vint doucement entourer Lorraine de ses bras. Celle-ci se raidit. Bastien en profita pour s'éclipser.

— Bon, ne m'en veuillez pas si je vous laisse, j'en peux juste plus, là. Je suis crevé !

Sans attendre la réponse, le garçon disparut à grands pas dans l'escalier. Lorraine hésita à le suivre, mais Mario resserra son étreinte et elle sentit toute sa rancœur s'envoler.

— Puisque Lorraine est là, proposa Marie-Alix qui, fine mouche, commençait à comprendre ce qui se passait, autant l'emmener avec nous et lui présenter la troupe, non ?

Mario opina. Il n'avait pas le choix, et était soulagé que ce fût elle qui l'ait proposé.

S'il avait de tels égards vis-à-vis de la fille, c'est qu'elle était la Présidente, et qu'il la respectait.

*

Le reste de la troupe finit par arriver.

Il y avait Édouard, un avocat grand et blond que Lorraine reconnut comme une star du pénal. Elle ne suivait pas particulièrement ces sujets, mais il venait de remporter une affaire très controversée et toute la presse en avait parlé. Sébastien, un beatnik qui était dans la production télé. Ralph, qu'on lui présenta comme le plus jeune du groupe – il avait dix-huit ans. Le plus vindicatif, aussi. Il fallait mobiliser les jeunes pour changer les mentalités, et telle était, au sein de l'organisation, la tâche qui lui incombait. Et il y avait Noémie, avocate elle aussi, spécialisée dans le droit de la famille, qui n'allait pas tarder à devenir une amie de Julie.

Et puis il y avait Fabio, l'ami de Mario chez qui elle était allée lâcher les nénuphars… et près des bassins duquel ils s'étaient rencontrés. Fabio, à l'origine de chaque moment important de la nouvelle vie de son ami : les jardins, leur rencontre, et maintenant… ça. Quand le Groupe avait cherché une caution universitaire, quelqu'un qui s'y connaissait en économie et surtout en sociologie et qui avait par ailleurs des talents pédagogiques pour faire passer leurs idées, Fabio avait immédiatement pensé à Mario.

Tel était le reste de la troupe pour ce soir, une troupe réduite à son noyau dur, puisque ce n'était qu'une réunion informelle et amicale destinée à mettre au point les derniers détails logistiques d'une veille qui allait regrouper des milliers de personnes sur tout le territoire.

— Il faut que je t'explique, entama Marie-Alix à l'intention de Lorraine lorsqu'ils furent tous confortablement installés dans la serre que Mario avait préalablement chauffée.

Au grand dam de Lorraine, qui se demandait comment les pensées et les capucines allaient le prendre, elles qui n'aimaient pas vraiment les grandes chaleurs. Mais là n'était pas le sujet.

— Non, parce que je ne voudrais pas que tu t'imagines des trucs et… – Les autres gloussèrent, discrètement. – Et puis après tout, merde, je ne suis pas contre un brin de prosélytisme !

Éclat de rire général, suivi d'un bouchon de champagne qu'on faisait sauter.

— Pour fêter la fin de mon affaire !

L'avocat avait apporté une bouteille fraîche et de vrais verres, qu'il se mit à distribuer. Lorraine jeta un coup d'œil à Mario. Il lui lança un baiser.

— Tu as déjà entendu parler des Consciences ? demanda la blonde qui, devant l'air incrédule de Lorraine, expliqua : nous sommes une organisation qui doit réunir pas loin de vingt mille personnes dans deux cents villes de France…

— C'est Marie-Alix qui l'a créée ! ajouta Mario.

Il admirait cette fille, cela se voyait. Ils levèrent leur verre à l'intention de la Présidente, qui rougit, et poursuivit :

— Oui, enfin heureusement que vous étiez tous là pour me soutenir… Bon. Nous avons été nombreux à remarquer, ces derniers temps, que les consciences s'étaient endormies. Du coup, personne ne voit ou ne veut voir les implications des changements dramatiques pour notre société que nos gouvernants mettent en place, avec l'aide bienveillante des médias. Il est tard, je te la fais courte, OK ?

Encore ce sourire, éclatant. Les autres acquiescèrent.

— Eh bien nos consciences à nous ne dorment pas, alors nous veillons pour ceux qui dorment. Au sens propre. Et à ceux qui nous trouvent ringards, nous répondons : si vous voulez ! Et fiers de l'être !

Les autres applaudirent. La fille avait un réel charisme, et le courage de dire tout haut ce que beaucoup pensaient tout bas. Sans oser l'exprimer.

— Tu vois, ma Lolo…, lui murmura Mario dans l'oreille. Il n'y avait pas de quoi s'inquiéter.

— Ah non ! Vraiment pas de quoi ! renchérit Fabio, qui avait l'oreille fine et jamais ne se serait douté que le fait d'entraîner Mario dans cette aventure pourrait avoir des conséquences néfastes sur son couple.

Il est vrai que le couple, Fabio ne connaissait pas : gentleman farmer, éternel célibataire, hermaphrodite, presque, tant il était peu intéressé par la sexualité, il n'était heureux qu'au milieu de ses livres, de ses fleurs, et de ses arbres dont il faisait venir des quatre coins du monde les essences les plus rares. Mis à part ses amis, auxquels il vouait la plus grande fidélité, et les Consciences où il se sentait investi d'une véritable mission humaniste, sa propre compagnie lui suffisait.

— Mais pourquoi tu ne me l'as pas dit ? chuchota à son tour Lorraine dans l'oreille de Mario, ce qui le fit frissonner. Je la trouve géniale, cette nana, je serais ravie de participer !

— Tu veux nous rejoindre ? demanda Marie-Alix, qui ne perdait pas une miette de ce qui se passait.

Même si elle n'entendait qu'un mot sur deux, elle sentait Lorraine convaincue. Et cela la ravissait.

— Évidemment, que je veux vous rejoindre ! C'est formidable, ce que vous faites. Vous êtes formidables !

Édouard resservit du champagne, et les verres se levèrent encore une fois.

— À Lorraine ! trinquèrent-ils. Et à ce cachottier de Mario, qui nous a caché une si belle conscience !

— C'est le seul moyen que j'ai trouvé pour lui laisser quelques nuits de répit ! riposta Mario en prenant son air d'Aldo Maccione que Lorraine adorait.

Les rires fusèrent. Ils se mirent au travail.

Une heure après, tous les détails de la prochaine veillée étaient réglés. Et, pour quelque temps encore, tenus secrets.

En sortant de la clinique ce soir-là, Julie sentit une présence qui la suivait.

Elle avait passé une bonne journée, Victor devait la rejoindre après la piscine et ils avaient prévu de profiter de ce que le temps était devenu plus clément pour sortir dîner. Au Café de la poste, où ils iraient à pied. Les perspectives étaient belles, donc. Mais elle ressentait un malaise. L'impression confuse que, derrière elle, on l'observait.

Elle se retourna, ne vit rien, serra son manteau plus fort autour de sa taille, comme s'il allait la protéger. Et pressa le pas. Elle ne pouvait même pas appeler Victor : il était dans l'eau, et ne décrocherait pas. Elle sortit tout de même son portable de son sac, et fit mine d'être en pleine conversation avec un interlocuteur qui n'existait pas. Un truc de filles, que toutes connaissaient.

Un sifflement, maintenant. Elle jeta un bref coup d'œil par-dessus son épaule, et ne vit toujours rien. Mais le sifflement se répéta. Suivi d'un éclat de rire, et de pas précipités, qui finirent par la rattraper.

— Hé, Julie ! Où tu t'en vas, comme ça ?

L'homme qui arriva à sa hauteur lui disait quelque chose, mais elle ne le remettait pas. Furieuse qu'on vînt la déranger dans ses pensées, en cette fin de journée qui présageait d'une belle soirée, elle toisa le type et ne répondit pas. Allongeant sa foulée, pour bien montrer qu'elle n'avait pas envie de discuter. Et qui était-il, d'ailleurs ? Il pouvait être absolument n'importe qui. Qu'elle avait déjà croisé, certes. Mais qu'elle ne connaissait pas.

Sans se démonter, le garçon, dont elle distinguait à présent les traits d'une banalité à pleurer – il pouvait vraiment être n'importe qui –, la retint par la manche. Un contact qu'elle trouva intrusif, presque violent. Et qu'elle n'aima pas.

— Hé ! Ho ! Mam'selle ! On n'est pas si farouche, d'habitude, hein ?

Julie s'arrêta net, hébétée. Elle enfouit dans ses poches ses mains qui commençaient à trembler.

— Tu prends combien, pour une petite gâterie ?

Julie se demanda si elle avait bien entendu, mais l'air concupiscent de l'homme qui la toisait, la bave aux lèvres, comme s'il la possédait, lui confirma que ses oreilles ne l'avaient pas trompée.

Un long frisson désagréable s'empara d'elle, ses oreilles se mirent à bourdonner et son ventre se contracta en une boule compacte, qui l'empêcha de respirer. Le garçon continuait de la déshabiller du regard, et s'approchait insensiblement, la main à la braguette. La main à la braguette !

Il se passa alors chez Julie un phénomène auquel elle n'était pas habituée : les tremblements cessèrent, remplacés par une vague de bruit et de fureur qui monta en elle en rugissant et sa main, sûre maintenant et solide comme un roc, vint s'abattre sur la joue de son agresseur. La lacérant au passage sous l'impact de la bague que Victor lui avait offerte, et qu'ils avaient, en plaisantant, appelée le coup-de-poing américain, tant elle était imposante et ciselée.

Le type recula, interdit.

— Mais… mais je croyais…, bégaya-t-il de la voix du gamin à qui on a volé ses bonbons. Mélanie m'avait juré…

— Mélanie vous avait juré quoi ? gronda Julie.

En entendant le prénom de la sage-femme, qu'elle avait presque réussi à oublier depuis qu'on l'avait changée de service, Julie réalisa où elle avait croisé ce type. C'était l'un des infirmiers qui travaillaient pour l'associé de Victor. Là où avait atterri Mélanie, donc.

— Elle dit à tout le monde qu'avant, c'était ton… euh… votre métier !

Comprenant qu'il avait été manipulé, le garçon fondit en larmes : de proie potentielle et facile, la femme qui l'observait d'un regard noir était la petite amie du propriétaire de la clinique, et il était conscient à présent que sa bourde allait lui coûter cher. Son job, peut-être.

— Vous ne direz rien à Victor ?

Sans un mot, Julie se détourna et poursuivit son chemin, laissant là le benêt, larmoyant et la joue tuméfiée. Quand elle eut tourné au coin de la rue, s'étant assurée qu'il ne la suivait pas – mais il y avait peu de risque –, elle courut jusqu'au Perchoir.

Et ce n'est que là-haut, la porte refermée, qu'elle se laissa glisser contre le mur et se mit à pleurer.

*

— Adèle ! – Le rugissement de Victor, lorsqu'il passa la porte de son bureau, s'entendit dans tout l'étage de la maternité. – Prévenez Mick que je veux Mélanie dans mon bureau dès qu'elle arrive, et qu'il peut demander à la compta de lui faire son solde de tout compte. Cette fois-ci, je me la fais !

— Oui, professeur ! Avec joie, professeur ! s'empressa l'assistante avec un large sourire.

À peine était-il entré dans son bureau que le téléphone se mit à sonner. C'était Mick, son associé.

— Qu'est-ce qui se passe ? On me dit que je n'aurai pas de sage-femme en salle d'op ce matin…

Curieux, certes, mais pas spécialement alarmé.

— Je la vire pour faute grave. J'en ai ma claque ! Tu y vois un inconvénient ?

— Ah, ça non ! Je n'étais pas particulièrement heureux de récupérer la patate chaude, elle a déjà réussi à me foutre un de ces bordels ! Tu ne l'aurais pas fait, je crois que j'aurais pris l'initiative moi-même, j'allais t'en parler ! Qu'est-ce qui s'est passé ?

— Je t'explique plus tard ! Et tu vas peut-être aussi devoir te séparer d'un des infirmiers… on en reparle ! Tu veux que je t'envoie Julie pour te donner un coup de main ? On est calmes, ce matin…

— C'est bon ! C'est tranquille ici aussi ! Pas de lune, pas de bébé ! Allez, je t'envoie la sorcière et on se reparle après !

Mick raccrocha. À vrai dire, il était soulagé.

Il avait eu vent des ragots de Mélanie, qui par ailleurs se comportait avec le reste du personnel comme si elle possédait la clinique, et se demandait combien de temps il aurait à la supporter. Il voulait bien rendre service à Victor, et avait plus ou moins compris qu'il avait une promesse à honorer. Mais au détriment de l'ambiance dans son service, qui nécessairement déteignait sur la motivation des troupes et leur efficacité, il n'y avait pas de dette qui tenait.

La décision de Victor, quelle qu'en fût la raison, était la bienvenue. Et il se fit un plaisir de tomber sur Mélanie au moment où elle entrait dans le vestiaire, pour lui dire qu'elle n'avait pas besoin de se changer.

— Victor vous veut dans son bureau ! lança-t-il brièvement, avant de s'engouffrer dans le sien, sans une explication.

Surprise, Mélanie marqua un temps d'arrêt, avant de hausser les épaules et de se diriger vers le bureau de Victor. Espérant confusément qu'il s'était aperçu qu'elle lui était indispensable, et que c'était pour la reprendre dans son équipe. Où elle avait sa place et dont, selon elle, elle n'aurait jamais dû être évincée.

C'est dans cet état d'esprit, optimiste et sûre d'elle, qu'elle entra sans frapper dans le bureau de Victor. Passant sans un regard devant Adèle, dont la mine réjouie aurait pourtant dû l'alerter.

— Ah, vous voilà, vous ! aboya Victor, qui n'avait pas l'intention de s'éterniser. Je vous fous dehors !

— Mais… – Mélanie blêmit. – Je viens à peine d'entrer…

Victor cherchait une réponse cinglante : l'insolence de cette fille l'exaspérait. Mais, sachant que c'était la dernière fois qu'il la voyait, il décida de laisser tomber.

— Que vous soyez jalouse de Julie, qui a mille fois plus de talent, d'humanité, d'intelligence, bref, qui a toutes les qualités que vous n'avez pas… je peux le comprendre. Mais que vous l'attaquiez sur un terrain personnel, et pas de la manière la plus subtile, il faut bien le dire, dans le cadre de ma clinique, je ne peux pas l'accepter.

— Mais…

— Et ce n'est pas faute de vous avoir prévenue ! Alors cette fois-ci, Mélanie, vous prenez vos cliques et vos claques, et vous disparaissez. Vous passez à la compta prendre votre chèque, et ciao ! Je ne veux plus vous voir !

— Mais je ne comprends pas…

Le ton geignard, ce visage qu'il ne supportait plus, l'impudence de la fille qui insistait, mirent Victor dans une rage qu'il eut du mal à contrôler. Rage qui ne l'avait pas quitté à vrai dire, depuis qu'il avait trouvé Julie recroquevillée contre le mur, et qu'elle lui avait raconté ce qui s'était passé.

La seule chose positive dans l'histoire était que Julie avait riposté, ce qu'auparavant elle n'aurait jamais fait. Sa colère, et sa capacité à l'exprimer, prouvaient que, peu à peu, elle avait pris de l'assurance. Même si elle s'était effondrée après coup, c'était le signe qu'elle commençait à se sortir grandie des expériences qui l'avaient meurtrie.

— Vous ne comprenez pas, elle est bien bonne celle-là ! explosa Victor. Le coup de l'infirmier, vous ne comprenez pas ?

— C'était juste une plaisanterie ! Je n'aurais pas cru qu'il était assez stupide pour le prendre au premier degré.

Victor toisa Mélanie, qui finit par baisser les yeux.

— Vous savez, ma petite..., intima-t-il, en faisant un effort surhumain pour ne pas la frapper. – Lui, habituellement si calme, avait en présence de cette fille des élans de violence qui l'horrifiaient. – À force de croire que vous êtes entourée de cons, vous feriez bien de vous demander si ce n'est pas vous qui avez un problème ! Vous êtes dingue, Mélanie. Si j'ai un conseil à vous donner, c'est de vous trouver un bon psy et de vous faire aider !

Mélanie ouvrit la bouche, mais Victor ne lui laissa pas le loisir de protester.

— Allez, du balai, et que je ne vous voie plus ! Et ne comptez pas sur moi pour vous recommander dans le métier. Vous êtes grillée !

Depuis que ses camarades de cours avaient appris que Sophie était enceinte, et sous l'impulsion de Bastien qui avait lancé l'idée, tous les garçons se relayaient auprès d'elle pour l'aider, dès qu'une tâche trop physique survenait. En échange de quoi, elle leur donnait des conseils sur les épices, les assaisonnements, les proportions… Un système inédit, et un travail d'équipe auquel les professeurs n'étaient pas habitués – les élèves avaient plutôt tendance à jouer perso – qui était en train de faire de la classe la meilleure de la promo. La plus précise, la plus créative. La plus enthousiaste aussi.

— Je prends quelle vanille, à ton avis, So ?

— Mexique ! lança Sophie sans hésiter. Pour la glace, y a pas photo !

C'était une trouvaille de sa mère, la vanille mexicaine, qu'elle avait découverte sur le marché de Carrouges un jour où elle était en vacances au bord du Léman. Depuis, au restaurant, on faisait la glace à la vanille mexicaine, et tout le reste de la pâtisserie à la vanille de Madagascar, plus boisée et épicée.

Quant à la blanquette et à l'aubergine, on les adoucissait d'une subtile vanille bourbon. Mais c'était là un secret que les femmes de la famille n'étaient pas près de livrer.

— Le yuzu, ça marcherait avec le matcha, tu crois ?

— Essaie, tu verras !

Sophie lança un grand sourire à Antoine, leur maître à tous en matière de paris-brest qui avait décidé de se lancer cette semaine dans des crèmes plus exotiques : il était temps de trouver une alternative au praliné.

Elle se pencha sur sa propre création : un um ali délicatement parfumé à la fleur d'oranger, dont elle avait remplacé le lait de chamelle, pas très facile à trouver, par un lait d'amande fait maison. Un délice.

— Bon, pour cette année, ça risque d'être compliqué, commenta le prof de pâtisserie en goûtant la crème qui était en train de prendre. Hum… qu'est-ce que c'est bon, ce truc, ça me rappelle mon enfance ! Mais pour le stage de deuxième année, je vous prends dans mon équipe ! Vous avez une sacrée créativité !

Il lui effleura l'épaule en signe d'encouragement. Intimidé par son état, lui qui était si sûr de lui et si coureur, il louait son courage de poursuivre son année.

Il y avait une autre raison aussi, pour qu'il maintînt un contact privilégié avec Sophie : même si elle lui avait dit, un peu vertement, préférer les filles, Sara lui avait tapé dans l'œil, et il espérait avoir de nouveau l'occasion de la rencontrer.

— Ça va ? – Bastien surgit derrière elle avec une spatule, qu'il plongea à son tour dans le mélange. – Hum… c'est vachement bon, ce truc !

Sophie sourit.

— C'est exactement ce que m'a dit le prof…

— Il t'a dit quoi d'autre ? Il n'est pas un peu vénère, pour le bébé ?

Sophie caressa pensivement son ventre. Enceinte de trois mois maintenant, elle avait vraiment conscience de la vie qu'elle portait. Un peu trop conscience, même, dans le contexte… Comme convenu, elle avait envoyé sans les regarder les clichés de la première échographie à l'organisme anglais qui l'avait recrutée, et s'était sentie dépossédée.

Elle n'avait même pas songé à demander quel était le sexe du bébé.

— Non, je crois pas… Il m'a dit qu'il me filerait un stage en deuxième année…

— Veinarde ! C'est un sacré pâtissier, tu sais !

— En même temps, en deuxième année, j'y suis pas encore… – Elle se toucha de nouveau le ventre. – Avec ça…

— Arrête, So ! Bien sûr, que tu vas l'avoir, ton année ! Et puis ne parle pas comme ça… C'est ton bébé, ça !

Une ombre passa dans les yeux de Sophie, qui n'échappa pas à son ami.

— Qu'est-ce qu'il y a, ça ne va pas ? – Il alla lui chercher une chaise, et un verre d'eau. – Tiens, assieds-toi et bois. Je garde un œil sur ta crème !

Sophie sentit une boule lui nouer le ventre. Devant les autres, elle devait faire bonne figure. Elle ne pouvait pas craquer. D'autant qu'elle était censée être heureuse : elle avait un amoureux à Bordeaux dont elle portait le bébé.

Il fallait qu'elle aille jusqu'au bout, se débarrasse de *ça* – elle s'interdisait de le considérer autrement –, et décroche ce stage de deuxième année. Dans moins de six mois, elle serait libérée, et toute cette histoire serait derrière elle.

À peine six mois. Encore six mois.

Six mois d'un mensonge qui, à l'instar de son ventre, s'amplifiait. Sophie inventait une histoire qui n'était pas la sienne pour couvrir qu'elle portait un enfant qui n'était pas le sien. Du mensonge ou du bébé, elle commençait à se demander ce qui serait le plus difficile à porter.

*

— Bon, tu viens, cette fois, Bast ?

Louise passa la tête dans la cuisine, où son frère était en train de préparer une compote de poires à la badiane.

— Où ça ?

Bastien releva sa mèche d'un coup de tête. Il vit que sa sœur portait contre elle le bébé, et qu'Octave, chargé comme un baudet d'un sac qui contenait couches, biberons, tenue de rechange, lingettes, jus de fruits, joujoux et autre doudou, les suivait.

— Vous allez où ? On dirait que vous emportez votre maison…

— On déjeune dans le nouvel appart de papa…

Bastien s'essuya les mains et se gratta la tête. Il ne savait même pas que son père avait déménagé. Ils ne s'étaient pas parlé depuis si longtemps ?

Fine mouche, Louise lui souffla la réponse. Dès le début des hostilités, elle n'avait de cesse que de rabibocher son frère et son père. La décision appartenait à Bastien. À vrai dire, c'était lui qui refusait tout contact avec Arnaud depuis que celui-ci était avec Elliott, le bellâtre, comme il disait.

— Ça fait plus d'un an que tu lui fais la gueule. Je parie que tu ne sais même plus pourquoi ! – Elle vint gratter le front de son frère, entre les deux yeux comme on caresse un gros chat. – Allez, Bast… tu viens ?

S'attendant à ce qu'il refuse encore une fois, elle s'apprêtait à franchir la porte, Marie imperturbablement endormie contre son sein, ses petites mains s'ouvrant et se fermant au gré de ses rêves, quand Bastien la surprit. Carrément.

— OK ! Vous me laissez cinq minutes, je me change et j'arrive !

Louise lui lança un énorme sourire, et Octave lui offrit la paume de sa main en un geste de virile complicité.

— Five, mec ! Trop cool que tu viennes ! J'en avais marre d'être le seul mâle de cette assemblée !

Référence un peu facile aux allures efféminées d'Elliott, et à la mollesse d'Arnaud qui laissait tout passer. Bastien tapa dans la main de l'amoureux de sa sœur, et dans un élan de solidarité masculine lui donna une brève accolade, avant de filer dans sa chambre se changer pour enfiler un jean troué mais propre et un T-shirt neuf effiloché.

— Je suis contente, Bast, je suis super contente ! Maman ! cria-t-elle à l'intention de Lorraine, ne t'inquiète pas si tu ne vois pas Bastien, il vient avec nous !

Ils remontèrent la rue d'un bon pas, Octave enlaçant Louise, et Bastien un peu en retrait pour téléphoner.

— Hélène, mon cœur, tu ne devineras jamais : je vais revoir mon père ! On se retrouve après ?

— Mazel tov, ma puce – oui, bon, Hélène avait cette fâcheuse habitude de l'appeler ma puce. Ça fait combien de temps, déjà ?

Bastien lui avait tout raconté. Sauf la raison pour laquelle il ne le voyait pas.

— Plus d'un an, on dirait…

— Il était temps, tu ne crois pas ? Je te couvre de baisers, et je t'attends à la maison ! On est en train de faire les plans pour le bal de fin d'année !

Outre les résultats brillants qu'elle avait obtenus à ses premiers examens, sans vraiment donner l'impression de travailler – il y a des gens comme ça –, Hélène s'était fait élire présidente du bureau des élèves et était en charge des festivités. Son esprit facétieux n'avait rien trouvé de mieux que de proposer de construire une piste de danse flottante sur la piscine. Idée qui avait été approuvée à l'unanimité.

— J'arrive dès que je peux ! Je t'aime, mon cœur !

Depuis qu'il avait quelqu'un à qui les dire, Bastien se délectait des mots d'amour.

— Je t'aime aussi, ma puce ! Mais prends ton temps, je ne bouge pas de toute manière !

Elle raccrocha sur un dernier je t'aime, et Bastien, guilleret, allongea le pas pour rejoindre Octave et sa sœur, déjà loin devant.

Arrivé à leur hauteur, il fut capté par le regard de Marie, qui le fixait intensément.

— Qu'est-ce qu'elle fait ?

— Elle te devine…

Louise caressa doucement la tête de sa fille, dont les yeux ne quittaient pas Bastien. Puis les yeux s'agrandirent, et le visage de la petite fille s'éclaira d'un immense sourire. Le jeune homme en fut bouleversé : ce sourire lui rappelait sa mère, sa sœur. Sa grand-mère, son arrière-grand-mère… ce sourire contenait celui de toutes les femmes de la famille.

*

— Je ne peux pas leur faire ça, docteur.

Delage leva un sourcil. En face de lui, Arnaud se tortillait dans son fauteuil. Aussi mal à l'aise dans son jean trop serré que dans sa culpabilité.

— Hum ?

— Mes enfants. Je ne peux pas les trahir en en faisant un autre, pas comme ça.

Le psy observa son patient. Arnaud remarqua qu'il avait des poils qui lui sortaient des oreilles.

— Nous n'avons pas répondu à la question de la dernière fois.

Victor et Julie arrivèrent un peu en retard chez Lorraine. La journée avait été longue, et ils avaient pris le temps de savourer tranquillement leur verre de chardonnay avant de ressortir dîner. Un instant de douceur qui leur appartenait, et auquel pour rien au monde ils n'auraient renoncé.

En entrant dans la cuisine, grande ouverte parce que le printemps s'était enfin décidé à montrer le bout de son nez – mi-avril, il était temps ! –, ils furent enveloppés d'une merveilleuse odeur. Garrigue, bouillon, pistou mêlés aux effluves de rose et de miel qui émanaient de la petite cour. Bastien aux fourneaux, Lorraine au jardin : la maison embaumait.

— Navarin d'agneau aux légumes nouveaux !

C'était ainsi désormais que le jeune homme saluait les invités : en leur annonçant le menu. La cuisine d'abord, et après seulement, les baisers. À l'exception d'Hélène, qu'il prenait dans ses bras à peine arrivée. Si elle était folle de ses recettes, elle l'était encore plus de ses câlins.

Elle était d'ailleurs assise sur le plan de travail, un livre de physique relativiste ouvert sur les genoux, qu'elle regardait d'un œil distrait, plus occupée à piocher les petites carottes nouvelles dans la marmite qu'à apprendre son cours.

— Arrête, mon cœur ! Il n'en restera plus, après !

Bastien essayait d'écarter la marmite, mais elle se penchait, un sein moelleux contre son visage, et il n'avait plus la force de protester.

— Il faut bien que je goûte pour voir si c'est cuit, ma puce ! Bonjour, madame ! dit-elle à l'intention de Lorraine qui venait accueillir sa sœur et le chirurgien.

La jeune fille se leva, et, très polie, vint se présenter.

— Hélène !

Joyeuse, elle embrassa tout le monde comme s'ils se connaissaient depuis toujours. Bastien posa ses spatules et vint l'enlacer.

— Salut, ma Juju !

Sans lâcher la jeune fille, il fit la bise à sa tante et tendit la main à Victor.

— Bah moi aussi j'ai droit à un bisou ! riposta celui-ci en prenant virilement le jeune homme par les épaules. Les mecs s'embrassent, maintenant, tu sais. Ça se fait !

Bastien se raidit mais se laissa faire ; il n'était pas encore habitué.

— On est les premiers ? chantonna la voix de Mario, qui apparut précédé d'un énorme cageot. Tiens, Bast, je t'ai apporté les salades, et aussi les fleurs que tu m'as demandées. Tu crois vraiment qu'on va manger du cake à la lavande ?

— T'inquiète ! répondit Bastien en débarrassant le compagnon de sa mère. Tu t'occupes du produit, et moi je le transforme en un truc sublime. C'est le deal, non ?

Il donna une tape amicale dans le dos de Mario, qui lui ébouriffa les cheveux en riant. Ces deux-là étaient bons copains.

— Ah ! Noémie ! Viens faire la connaissance de ma sœur !

Lorraine embrassa la femme qui accompagnait Mario. Une jolie brune au visage volontaire et aux gestes déterminés.

Julie salua la fille, sans quitter Victor des yeux : elle la trouvait un peu trop jolie à son goût, et ne pouvait s'empêcher d'éprouver un grain de jalousie. Mais quand Noémie expliqua ce qu'elle faisait, et pour quelle cause elle luttait, Julie comprit pourquoi sa sœur la lui présentait et toutes ses réticences s'envolèrent.

Elle la considéra d'emblée d'un autre œil, comme une alliée. Lorraine raconta comment elles s'étaient rencontrées, et Victor put enfin mentionner l'épisode du toit.

Conscience, avocate en droit de la famille, Noémie était née par FIV et se battait pour que l'on abandonnât l'anonymat des donneurs : un enfant avait besoin, selon elle, de savoir qui étaient ses parents biologiques, même si ce n'étaient pas eux qui l'élevaient. À cet égard, l'anonymat privait l'enfant d'une part de son histoire, l'empêchant de se construire. L'empêchant de grandir.

Elle-même en avait souffert et en souffrait encore : son combat était d'autant plus légitime qu'elle savait de quoi elle parlait.

— Mais tu penses que cela devrait être rétroactif ? demanda Julie. Je veux dire… moi aussi j'ai été conçue par FIV dans les années soixante-dix, et d'un côté je me dis que j'aurais besoin de savoir qui est mon père. C'est comme… j'ai parfois l'impression qu'il me manque quelque chose, un bout de moi… C'est peut-être pour ça que je n'ai jamais eu d'enfants, d'ailleurs : je ne sais pas d'où je viens, je n'ai rien à transmettre… D'un autre côté…

— Quand même ! protesta Lorraine.

Elle n'avait jamais réalisé à quel point sa sœur avait été affectée en découvrant que Jean n'était pas son père et qu'elle était issue d'un donneur. Issue d'un donneur… rien que le terme enlevait à la vie une part de poésie. Et, depuis qu'elles l'avaient appris, Lorraine n'avait jamais pu se défaire, vis-à-vis de Julie, d'une pointe de culpabilité. Culpabilité d'être, elle, la vraie fille de ses parents. Culpabilité de ne pas partager avec Julie le fardeau de cet anonymat, de n'y rien pouvoir, somme toute, et de n'être pas concernée.

C'était sans doute l'une des raisons pour lesquelles elle avait laissé Louise avoir son enfant et ne l'avait pas obligée – ou du moins encouragée – à avorter : un enfant naturel était un cadeau, et cela aurait été un affront fait à la vie de ne pas l'accepter. Tel un legs, son environnement familial avait inconsciemment influencé sa décision. Dont elle ne pouvait, aujourd'hui et en regardant sa petite-fille, que se féliciter.

— Si, Lolo, je te jure ! reprit Julie avec véhémence. Si j'avais un enfant, je ne pourrais lui transmettre que la moitié de mon histoire : celle de la branche maternelle, maman, Ama, toi… Mais du côté du père, rien. C'est moyen, pour un gosse, de naître avec un passé tronqué, non ? Déjà, quand on sait d'où on vient, c'est pas facile, alors là…

Alors là… Julie se demandait si cela n'expliquait pas pourquoi, avant de rencontrer Victor, elle s'était toujours mise avec des hommes dangereux. Pourquoi elle avait toujours recherché auprès d'eux une forme de domination. Peut-être était-ce l'expression de la quête d'une figure paternelle, qu'elle retrouvait aussi d'une certaine manière chez Victor, qui lui en imposait plus qu'il ne la dominait, par sa sagesse et par l'admiration qu'elle lui vouait.

Julie sourit en regardant son amoureux par-dessus la table, qui ne la lâchait pas des yeux. Elle avait avec lui l'impression d'avoir sublimé ses manques, et tiré avantage de ses blessures. Grandi, un peu.

— C'est exactement ce que je ressens, renchérit Noémie. Désolée, on vous embête ! sourit-elle à l'intention des autres. C'est pour cette raison que je pense qu'il est primordial de se battre pour qu'un enfant né d'un don, de sperme ou d'ovocyte, c'est la même chose, ait, à un moment ou à un autre et s'il le désire, accès à son dossier. Et à l'identité du donneur…

Un ange passa, à la filiation indéterminée.

— Ça risque de mettre un de ces souks ! commenta Bastien. Vous avez vu le film, *Starbuck* ? Vous imaginez si le type devait donner des pensions alimentaires à tous les enfants nés de ses branlettes dans un tube à essai ?

— Bast ! s'insurgea Lorraine. Surveille ton langage, il y a des jeunes filles, ici !

Hélène pouffa, et Noémie envoya un clin d'œil au jeune homme, qui sentit son visage s'empourprer.

— Il n'a pas tort ! défendit Noémie. Et Julie non plus, quand elle mentionne la question de la rétroactivité. C'est probablement l'une des raisons pour lesquelles il nous est si difficile d'avoir gain de cause. Le sujet n'est pas simple, et les implications sont multiples. Le truc, c'est qu'on y pense toujours après. Et après, c'est fait, c'est trop tard… c'est beaucoup plus compliqué.

— Science sans conscience n'est que ruine de l'âme…, cita Victor, que la conversation passionnait.

La question le touchait de près, dans la mesure où lui-même, dans l'exercice de son métier, avait eu à plusieurs reprises recours à des donneurs. Et l'anonymat lui avait toujours posé un problème éthique, qu'il essayait d'ignorer en se disant que sa fonction était de faire des bébés. Pas de leur inventer une histoire.

Mais il avait conscience qu'en mettant cet aspect de côté, des histoires, c'était lui qui s'en racontait.

— Tu cites Rabelais, maintenant ? s'étonna Julie.

Victor ne lui avait jamais semblé particulièrement versé en littérature.

— Ouais ! Parce que j'ai faim ! rigola le chirurgien en la serrant dans ses bras. Bastien nous titille les narines depuis tout à l'heure avec ses bonnes odeurs…

— Vous avez raison, à table ! – Mario déboucha un magnum. – Brunello di montalcino ! Vous m'en direz des nouvelles

Ils s'installèrent joyeusement, savourant le vin et la cuisine de Bastien.

— Et toi, Julie ? demanda Noémie en se resservant de navarin. – Les petits légumes nouveaux étaient une merveille. – Si tu avais aujourd'hui la possibilité de savoir qui est ton père biologique, tu en aurais envie ?

Julie réfléchit. Perdue dans ses pensées, elle avait entrepris de construire une pyramide de boulettes avec sa mie de pain.

— Je ne crois pas, dit-elle au bout d'un moment. Je crois qu'à mon âge, cela ne sert à rien de remuer le passé. Je crois que la page est tournée.

En prononçant ces mots, Julie se sentit soulagée. Comme si le poids du mystère de ses origines s'était évanoui d'un coup. À quarante-quatre ans, Julie était en accord avec sa décision de ne jamais avoir d'enfant, et vivait avec un homme qui la comblait : la vie était devant, et le passé était le passé.

Lorraine la regarda, sidérée. Jamais elle n'aurait cru sa sœur aussi catégorique sur le sujet. Décidément, Julie avait grandi. En sérénité, et en sagesse aussi.

*

Le ventre de Sophie était une usine de vie.

Une usine, parce que c'est l'image à laquelle elle essayait de se raccrocher, se disant qu'elle n'était qu'un élément de la chaîne de production… d'un bébé. Elle s'efforçait tant bien que mal de dématérialiser, pour ne pas s'attacher. Et la chose devenait de plus en plus compliquée.

Ce qui lui posait un problème, c'était la vie. La vie qu'elle sentait s'épanouir en elle, qu'elle nourrissait, toutes ces interactions. La vie qu'elle conditionnait, que son humeur affectait, qui évoluait en fonction de ce qu'elle mangeait, de son stress, de son sommeil…

Car elle savait, pour s'être penchée sur la question plus qu'il n'eût fallu peut-être, que si elle éprouvait un gros chagrin, le bébé pourrait naître avec un eczéma constitutionnel ; que si elle était en colère, son comportement futur pourrait s'en ressentir ; qu'en fonction de la manière dont elle vivait pendant la grossesse, elle pouvait développer un contexte utérin qui favoriserait le caractère dominant ou récessif de certains gènes, et non des moindres. Bref, Sophie savait autant qu'elle le ressentait que ce qu'il se passait à l'intérieur de son ventre n'était pas anodin. À sa manière, elle façonnait un enfant qui ne lui appartenait pas et lui serait retiré.

Plus encore, elle lui transmettait une partie des mémoires de sa famille. Les neuf mois de la grossesse correspondaient au passage des témoins de l'histoire de son clan et, en cela, Sophie avait le sentiment confus de transmettre des données erronées :

des données qui lui étaient propres, et qui n'auraient pas dû avoir leur place dans la vie future du bébé. Et pourtant, elles y étaient, elles y seraient. Marqué à vie, l'enfant conserverait une part de l'histoire de celle qui l'avait porté.

Sophie sourit, tristement. Au moins ne pourrait-on pas la nier tout à fait.

Elle posa une main sur son ventre. Ce réflexe l'avait toujours amusée chez les femmes enceintes et elle riait de le reproduire, inconsciemment et à tout moment. Immédiatement, le bébé bougea pour venir à la rencontre de cette main, l'épousant parfaitement comme pour s'y lover.

Sophie comprit que ce contact-là, elle le rechercherait toujours et ne l'oublierait jamais.

— C'est vrai, ce que tu as dit l'autre jour concernant les enfants ?

Trouant la demi-pénombre de leur chambre, un rayon de soleil venait caresser le profil de Victor. Qui l'avait probablement réveillé.

Julie se redressa sur un coude, et le regarda en souriant. Elle le trouvait beau et fort, elle adorait la découpe volontaire de ses traits, autant qu'elle adorait se réveiller dans ses bras. Beau et fort, qui, hélas, aujourd'hui, pour un homme, n'était plus un cliché.

— Hmm…, murmura-t-elle langoureusement, afin de prolonger l'instant.

Victor la serra contre lui, et joua avec ses cheveux.

— Pour les enfants… ce que tu as dit chez ta sœur, tu le pensais vraiment ?

— Quoi ? Qu'est-ce que j'ai dit ?

— Que tu n'en voulais pas parce que tu n'avais que la moitié de ton histoire à leur transmettre.

— Ah, ça ! – Julie enchevêtra les doigts dans la toison de son amant. – Bien sûr que je le pense ! Le truc, c'est que je n'y avais jamais réfléchi avant. Cette fille m'a ouvert les yeux et…

— Tu veux qu'on l'aide ? Tu veux te battre à ses côtés ?

Julie fut prise d'une vague de tendresse pour son compagnon. Il sentait tout, il comprenait tout. Il l'anticipait.

— Ce serait génial, Vic ! Je le ferais avec d'autant plus de euh… plaisir que ce n'est plus une souffrance pour moi !

Et c'était vrai. Julie avait toujours estimé qu'il était plus facile de se battre pour les autres, lorsque l'on ne se sentait pas – ou plus – directement concerné. Défendre une cause reposait sur le paradoxe de l'empathie alliée à l'objectivité.

Maintenant qu'elle avait tourné la page, elle se sentait prête à s'investir pour éviter aux autres les tourments, les angoisses et les questionnements qu'elle avait endurés.

— J'ai un ami, professeur à Bordeaux et grand spécialiste des FIV, qui est lui aussi convaincu qu'il faut lever l'anonymat. Pour le futur, en tout cas. Je pense qu'il pourrait vous être d'une aide précieuse. Je vais lui parler de vous, et tu pourras l'appeler…

Victor serra Julie dans ses bras, et ils se rendormirent comme des bébés.

*

Depuis que Bastien s'était réconcilié avec son père, il accompagnait Louise, Octave et Marie pour leur déjeuner hebdomadaire rue de Sévigné. Le dimanche, comme il se devait. Dans leur désir de se construire une famille, Elliott et Arnaud – surtout Elliott – empruntaient au modèle hétérosexuel tous ses clichés. Déjeuner du dimanche compris, avec poulet rôti et pommes de terre sautées.

En dépit des tensions qu'il y avait eu entre le père et le fils, et qui n'étaient pas complètement oubliées, l'ambiance était plutôt bon enfant : il faut dire que la créativité culinaire de l'Anglais y était pour quelque chose. Avec lui, le plat le plus simple devenait un mets de roi. Et Bastien était le premier à apprécier.

— Je ne savais pas que tu aimais cuisiner, Elliott ! s'enthousiasma le jeune homme en savourant un sot-l'y-laisse.

Confit, parfumé, moelleux à souhait, il n'avait pas goûté un aussi bon poulet depuis longtemps. À part les siens, évidemment. Et même… La volaille en elle-même était particulièrement tendre et goûteuse.

— C'est parce qu'il est cuit dans le foin…, expliqua Elliott, ravi que son beau-fils s'adressât à lui autrement que pour critiquer.

Il rêvait d'une famille recomposée où tout le monde s'entendrait. Et s'entendrait bien.

— Ce que El ne vous dit pas, c'est d'où il vient, ce foin ! Monsieur le fait livrer par UPS de la région du Dorset. Du vrai foin anglais…

— Il a un goût particulier ! renchérit le galeriste. Et puis ça me rappelle mon enfance. Ma mère cuisinait toujours les volailles dans le foin.

— Je vous laisse imaginer la tête de la gardienne quand elle a vu le type en uniforme débarquer avec sa balle d'herbe séchée ! Bon, on ne va pas en faire tout un foin !

Arnaud plaisantait, mais il plaisantait jaune. Les dépenses inconsidérées d'Elliott ne cessaient de l'inquiéter.

Ils terminèrent le poulet, firent un sort aux pommes de terre, laissant Marie se régaler d'un peu de chair écrasée dans le jus. Dans la cuisine, Octave profita de ce que personne ne le regardait pour saucer le plat.

— C'est trop bon ! s'exclama-t-il, la bouche pleine, quand Louise le surprit, étonnée qu'il se fût levé le premier pour débarrasser.

Elliott les rejoignit, et sortit du réfrigérateur un cupcake géant recouvert d'un glaçage turquoise et de fleurs en sucre multicolores. On aurait dit le bonnet de bain de la Castafiore.

Il confia son œuvre à Louise, qui contempla d'un œil dubitatif cet amoncellement de calories qui n'allait même pas lui donner un plaisir gustatif particulier : en matière de dessert, tout ce qui n'était pas au Nutella ne trouvait grâce à ses yeux. Et ce n'était pas faute d'avoir essayé.

— Cupcake maison… au Nutella ! triompha Elliott, ravi de son effet.

— Tu as trouvé du Nutella bleu ?

Louise était scotchée. Elliott était complètement barré, mais elle l'aimait bien.

— *Inside, darling !*

Il ouvrit une bouteille de champagne, et remplit les verres.

Arnaud lui jeta un regard inquiet. Le gâteau, le champagne comme s'il y avait quelque chose à fêter, et l'enjouement dont faisait preuve son mari depuis le début du déjeuner… tout cela ne présageait rien de bon.

— Écoutez, les enfants ! entama Elliott d'un ton dont la solennité ne fit que confirmer les angoisses d'Arnaud. Puisque vous êtes tous là… – Il prit la main de son conjoint et la porta à ses lèvres. – Je crois que votre père a quelque chose à vous annoncer !

Bastien et Louise échangèrent un regard rond : leur père avait fait son coming out, s'était déjà marié et avait déménagé, ils ne voyaient vraiment pas ce qu'il pouvait avoir de plus à leur annoncer. Plus perspicace, Octave piqua du nez dans son assiette. Il aurait volontiers été pris d'une envie aussi urgente que fictive d'aller se laver les mains, mais quelque chose lui disait que Louise allait avoir besoin de lui. Quant à Marie, les yeux grands ouverts sur ce qui était en train de se jouer, elle n'en perdait pas une miette. Sereine, impassible, un visage de pleine lune : elle attendait.

Mal à l'aise, Arnaud commença à se dandiner sur sa chaise. Il fit discrètement sauter un bouton de son pantalon, mais cela ne suffit pas à apaiser l'étouffement qu'il ressentait : la grossesse commençait vraiment à lui peser.

— Tu leur dis, mon chéri ? minauda Elliott, se reprenant vite.

Arnaud avait insisté pour qu'il ne se comportât pas en vamp devant les enfants, et ce n'était visiblement pas le moment de le contrarier.

— Euh…

Si Arnaud n'était pas certain de ce que son mari voulait annoncer, il s'en doutait. Et cela le terrifiait.

Octave serra les doigts de Louise, qui commençait à flipper.

— Bon, si tu ne le dis pas, je vais le faire. On a une grande nouvelle à vous annoncer, les enfants : votre père et moi, nous attendons un petit garçon !

Comme si une guêpe l'avait piqué, Bastien se leva d'un bond et partit en claquant la porte. Louise éclata en sanglots.

— Putain, papa ! Faut vraiment que tu gâches tout !

Plus que la nouvelle elle-même – quoique –, Louise était dévastée de voir son père et son frère de nouveau fâchés. Et pour un moment, certainement.

— Et c'est prévu pour quand ? renifla-t-elle.

Octave lui tendit un Kleenex, prévenant.

— On l'attend pour la fin de l'été.

Elliott était radieux. Arnaud tordait le nez.

— J'aime pas ! explosa-t-elle, s'adressant à son père. C'était pas à toi de faire un enfant ! C'est à nous, c'est le tour de notre génération, maintenant, de prendre le relais !

Octave la regarda, sidéré. Plutôt que la manière dont l'enfant avait été fabriqué, c'était que son père l'eût à son âge qui semblait la choquer. Comme s'il s'appropriait indûment les prérogatives de sa génération à elle. Elle était mère désormais, ses parents étaient passés au stade de grands-parents. Les grands-parents ne faisaient pas d'enfants.

— Non mais peut-être qu'il est de moi, on ne sait pas ! intervint Elliott, qui tentait maladroitement d'arranger les choses. On ne saura jamais !

Louise lui lança un regard noir.

— Ben c'est pire, alors ! Ça en fera quoi, de ce gamin, par rapport à nous ? Vous y avez pensé ?

Ni Elliott ni Arnaud n'y avaient pensé. Il n'existait pas de mot pour désigner ce lien de parenté.

Sophie se sentait fatiguée.

La grossesse se passait bien, pourtant, Victor et Julie la cornaquaient de près. Quel flair elle avait eu d'insister pour être suivie par le médecin de son choix plutôt que l'un de ceux que l'organisation préconisait ! Mais Sophie se sentait moralement épuisée. Et d'autant plus stressée qu'elle savait que son état psychologique avait une incidence directe sur le bébé.

Comme pratiquement chaque jour à la sortie des cours, elle s'éloigna pour téléphoner. Vu de l'extérieur, elle aurait très bien pu le faire lorsqu'elle était seule, chez elle. Mais, pour une raison qu'elle ne parvenait pas à s'expliquer – dont elle n'avait même pas conscience, à vrai dire –, elle avait besoin que sa mise en scène eût des témoins. Un moyen de rendre plus tangible l'histoire qu'elle se racontait.

Mais ce soir-là, peut-être parce que les examens de fin d'année approchaient, peut-être parce que l'enfant ne cessait de bouger, elle craqua. Elle enfouit avec rage son portable dans son sac, et revint en larmes vers ses amis.

— Qu'est-ce qui t'arrive ?

Hélène, Bastien, Sara, et même quelques-uns des garçons de sa classe l'entourèrent, aux petits soins.

Sophie réalisa qu'elle venait de gaffer : elle ne pouvait en aucun cas avouer la vérité, et elle avait dix secondes pour trouver quelque chose à raconter. Même si la grossesse permettait en principe de pleurer toutes les larmes de son corps sans raison. Empêtrée dans son mensonge, Sophie avait paradoxalement besoin de tout justifier. Y compris ce qui ne le nécessitait pas.

— C'est Frank ! Il vient de me faire un coup de flippe, enfin… ça fait un moment que je le voyais venir. Il vient de m'annoncer qu'il avait beaucoup réfléchi, et qu'il ne se sentait pas de devenir papa maintenant, pour le restant de sa vie. Du coup, il préfère qu'on se sépare… et il ne reconnaîtra pas le bébé !

Elle mettait tellement de cœur à essayer de convaincre ses amis, qu'elle-même y croyait. Et puis le résultat était le même, au fond : Sophie était enceinte, et seule. C'est à la réalité de cette solitude qu'elle se trouvait confrontée.

— Mais quel con ! s'emporta Sara. Vraiment, les mecs… y en a pas un pour racheter l'autre, putain ! Et après ils sont les premiers à s'étonner qu'on préfère les filles !

— Tu préfères vraiment les filles ? demanda l'un des garçons, l'air de rien.

Sara sourit. Son visage dégageait une incroyable lumière. Elle devait penser à quelqu'un.

— Ben oui… Tu sais, chez nous, c'est compliqué d'avoir un homme tout en conservant son indépendance. Alors qu'avec une fille…

Elle secoua ses cheveux noirs, faisant tomber une mèche devant ses yeux.

— À mon avis, c'est un cas auquel personne n'a encore pensé !

Elle entoura Sophie de ses bras, qui se raidit instinctivement devant l'aveu de son amie, avant de se laisser aller contre son sein. Sara était douce, et c'était de douceur dont Sophie avait besoin.

— Tu veux qu'on aille lui casser la gueule ? proposa Bastien.

Le nouveau coup porté à Sophie, alors qu'elle était plus vulnérable que jamais, lui donnait des envies de meurtre.

Les copains de cours se rapprochèrent en grondant, dans une mêlée pour la protéger d'un de leurs semblables. D'autant plus virulents que ce genre de comportement nuisait à l'image de tous les garçons auprès des filles, il n'y avait qu'à voir la réaction de Sara. C'était à cause de ce genre de connard que les mecs bien devaient ramer, après.

Cette sollicitude, cette gentillesse de la part de ses amis firent redoubler les sanglots de Sophie. Bon, au moins s'était-elle débarrassée d'une partie du mensonge : elle n'avait officiellement plus de petit copain à qui faire semblant de téléphoner.

Comme si elle avait vécu une vraie rupture, cela la rendait mélancolique. Elle s'était habituée à l'existence de Frank, et il commençait déjà à lui manquer.

— Il va réfléchir, tu vas voir ! – Hélène lui prit la main pour essayer de la consoler. – On n'abandonne pas son enfant comme ça…

Prononcée dans le but de l'apaiser, la phrase d'Hélène eut l'effet inverse : Sophie en fut encore plus dévastée.

On n'abandonne pas son enfant comme ça. Tout le problème était là.

*

À plusieurs reprises, Arnaud avait essayé de rappeler Bastien. Sans succès.

Il avait été tellement heureux de retrouver son fils, il ne voulait pas le perdre à nouveau. Même si, comme l'avait souligné Elliott avec un humour douteux, que le manque de tact dont il avait fait preuve devant les enfants de son mari rendait furieux contre lui-même, et donc agressif, « tu t'en fous, tu vas en avoir un tout neuf ! ». Arnaud l'aurait tué.

Les semaines passaient, le ventre d'Arnaud affichait un bon six mois contre lequel il ne pouvait rien : il était tellement angoissé qu'il mangeait tout le temps, et n'importe quoi. De préférence n'importe quoi, du gras et du sucre jusqu'à la nausée. À l'image de ce qu'il éprouvait vis-à-vis de lui-même. D'être gros, d'être faible, de ne jamais s'affirmer de peur de perdre celui qu'il aimait : Arnaud se dégoûtait. Et il se complaisait dans cette fange en en rajoutant, kilos de graisse et de sucre, afin de se dégoûter encore plus.

Même Delage, avec sa manie de raccourcir les séances et de le laisser à chaque fois une patte en l'air pour complaire à M. Lacan, ne parvenait plus à l'aider.

Noyé dans ses bourrelets, Arnaud pataugeait en plein conflit de loyauté. Il pataugeait parce qu'il savait.

Il assumait parfaitement son homosexualité, il s'y sentait bien, il s'y sentait lui. Il ne regrettait pas son mariage non plus, il était sincèrement amoureux d'Elliott, même si celui-ci se comportait parfois en mari abusif. Et il avait été heureux de ces déjeuners du dimanche où ses enfants et sa petite-fille les retrouvaient rue de Sévigné. Pendant quelques semaines, il avait cru atteindre un équilibre que jamais, même du temps de Lorraine, il n'avait éprouvé.

Un équilibre fragile pourtant, que cette histoire de bébé avec deux mères c'est-à-dire aucune, et un père dû au hasard, avait fait s'effondrer. Il voulait tout le reste, mais cet enfant, comme ça, il savait qu'il n'en voulait pas. Il n'en voulait pas pour lui, et ne voulait pas l'imposer à Louise et à Bastien, les enfants qu'il avait déjà et qu'il considérait comme ses vrais enfants.

Arnaud commençait à comprendre qu'on ne jouait pas avec la vie des gens. On ne jouait pas avec la vie tout court.

Il comprenait aussi qu'il était coincé.

— Bonjour, je voudrais parler au professeur euh…
Soudain, le trou. Julie ne se souvenait plus du nom que Victor lui avait donné, et était incapable de remettre la main sur le Post-it où il était noté. Portable à la main, elle alla dans la cuisine pour voir si par hasard elle ne l'aurait pas mis sur le frigo. Tout ce qui se collait ou s'aimantait était bien sur le frigo… sauf, évidemment, le papier qu'elle cherchait.

— Là, je ne vais pas pouvoir vous aider !

La standardiste avait de l'humour, c'était déjà ça.

— Non mais… oh ! C'est dingue, ce truc ! Le professeur qui a un nom de peintre, là ! Celui qui fait des taches partout…

— Ah, vous voulez parler du professeur Francis ! glousse la fille. Il fallait le dire plus tôt. Sam Francis, le magicien des bébés… tout le monde connaît !

— Voilà ! triompha Julie.

Elle se dit qu'elle aussi, elle connaissait un magicien des bébés. Et de mille autre choses.

— Qui dois-je annoncer ?

— Dites-lui que je l'appelle de la part de l'autre magicien des bébés. Victor Le Crétois !

— Ah oui, il me semble avoir déjà entendu ce nom-là ! Bon, restez au bout, je vais voir si je peux vous le trouver. Victor le quoi, déjà ?

— Le Crétois !

— Le Crétois comme Grec ?

— Le Crétois comme Crétois ! Allez, soyez gentille, passez-le-moi !

— Nan mais je plaisantais ! C'est parce qu'on aime bien rigoler avec les noms, ici, il faut dire qu'on en a des incroyables ! Tenez, par exemple, l'anesthésiste, vous savez comment elle s'appelle ? Je vous le donne en mille : elle s'appelle Mme Boudully. Et je ne vous parle même pas du chirurgien esthétique Lucien Krater ! Krater quand on fait de la chirurgie reconstructrice, c'est pas beau, ça ? Moi à sa place, soit j'aurais changé de nom, soit je n'aurais pas fait ce métier !

Julie sourit. Avec son accent chantant et ses longues diatribes sans queue ni tête, cette fille lui rappelait la Dordogne. Tiens, il faudrait qu'elle voie avec Lorraine si l'idée qu'elle lui avait soufflée avait fait son chemin. C'était une bonne idée…

— Bon, je vous mets en attente…

« Un Américain à Paris » emplit le téléphone bordelais, suivi d'une voix tonitruante.

— Ah, Julie ! – Comme s'ils se connaissaient depuis toujours. – Comment va notre bon Victor ?

— Vous ne vous êtes pas parlé hier ou avant-hier ?

Au bout du fil, la voix partit d'un grand rire.

— Si ! Mais il m'a tellement parlé de vous qu'il a oublié de me parler de lui !

— Il… il va très bien ! répondit Julie, touchée.

— C'est un très grand ami, vous savez ! J'ai beaucoup d'admiration pour lui ! Bon, je vois ce que je peux faire pour vous, et je vous rappelle ! À bientôt, Julie, je peux vous appeler Julie ?

Elle n'avait même pas répondu qu'il avait déjà raccroché. Rapide, bourru mais chaleureux, efficace, sûrement : il connaissait l'objet de son coup de fil et n'avait pas jugé bon de s'éterniser.

Elle appela Noémie pour lui dire que l'entretien s'était bien passé. Sans savoir vraiment ce qui en découlerait – il faut dire que Sam avait été pour le moins allusif –, elle sentait qu'en effet, c'était avec ce genre de personnalité, que les choses avaient les meilleures chances d'avancer.

*

En Dordogne, la roseraie était en pleine résurrection. La vue de Victor avait donné à Jean une deuxième jeunesse, et il avait laissé de côté ses prérogatives de petit vieux pour se consacrer de nouveau à ses fleurs. Et, comme à chaque occasion importante, il avait créé une nouvelle variété.

C'était une fleur très pâle, évanescente, dont le bouton strié de rose s'ouvrait en une large corolle qui devenait de plus en plus claire au fur et à mesure de sa maturité. L'âme d'Ama l'ayant accompagné durant tout le projet, il avait failli la lui dédier quand il s'était souvenu que l'aïeule semblait s'être logée dans les yeux de son arrière-petite-fille. Il revoyait le regard impassible et immense de la gamine au bout de la table, qui siégeait exactement comme Ama, et que, comme elle, on avait oubliée.

Cette grande présence dans un si petit être ne lui avait pas échappé, lui qui, à l'époque, s'était détaché de tout et n'avait plus envie de rien. Il ne faisait plus attention à ce qui l'entourait, mais ça, il l'avait vu. Il l'avait perçu, il l'avait senti : Marie avait un regard qui forçait le regard, et qui avait attiré le sien.

La rose, dont par ailleurs le parfum poudré rappelait le talc et le bébé, fut baptisée Petite Marie. Il en envoya un pied à Lorraine, afin qu'elle le plantât devant la fenêtre de sa fille.

— Papa, mais elle est extraordinaire ! le remercia Lorraine, dès qu'elle eut ouvert le paquet. Et cette odeur…

Confinée dans une boîte pendant les vingt-quatre heures d'acheminement, la fleur laissa exploser ses délicats effluves à peine libérée. De la vanille, de la poudre de riz, du lait et une touche légèrement poivrée : on en aurait mangé.

— Il lui faudra beaucoup de soleil… il y a du soleil devant la chambre de la petite, non ? Ça me ferait plaisir qu'elle se réveille en sentant la fleur que je lui ai inventée ! On vous voit quand, au fait ?

— Tu parles comme maman, maintenant ?

La voix de Lorraine contenait un sourire.

— Ah, non alors ! Ta mère se serait plainte que vous ne venez jamais, moi je vous demande quand on vous voit : nuance !

Lorraine sentit la joie l'envahir. Son père avait retrouvé son humour, et il avait une bonne voix.

— Je crois que Loulou a l'intention de venir avec Octave et le bébé cet été, botta-t-elle en touche.

Louise avait effectivement émis cette possibilité, partageant leurs vacances entre la Dordogne et la maison familiale d'Octave à l'île de Ré.

— C'est ta mère qui va être contente ! Et toi ? Et Juju ? Vous me manquez, mes filles ! Mes filles me manquent ! déclama-t-il, grandiloquent.

Il avait décidément repris du poil de la bête.

— On va s'organiser ! Je suis contente que tu ailles bien, papa ! Et puis…

— Quoi, ma grande ?

— Rien…

Elle avait failli dire qu'elle avait une idée. Mais elle se retint de justesse : ils n'en avaient jamais reparlé avec Mario, et elle ne voulait pas donner à son père de fausses joies. Elle l'embrassa, raccrocha, et composa le numéro de Julie dans la foulée.

Jean était ressuscité. Et elle savait à qui elle le devait.

La veillée avait lieu devant l'Assemblée nationale.

La loi de bioéthique revenait sur le tapis, et parmi les sujets traités, celui, épineux et controversé de la GPA. Si la France était restée en retrait, alors que de nombreux autres pays avaient déjà légalisé le recours aux mères porteuses, le mariage pour tous avait donné à certains des envies de bébé. Ils revendiquaient même un droit à l'enfant, un oxymore…

Et les élus, pour s'assurer les suffrages des minorités et des bien-pensants qui étaient prêts à tout accepter du moment que cela ne les concernait pas, avaient bien l'intention d'en faire une généralité.

Le récit de Louise et Bastien, qui avaient raconté par le menu le projet de vie de leur père et de son nouveau mari, avait fait sortir Mario de ses gonds. Et il n'était pas bon être sur le chemin d'un Italien qui s'enflammait.

— C'est ni plus ni moins de l'eugénisme ! L'eugénisme pour tous, tiens ! avait-il tonné, devant Lorraine et les enfants, sidérés.

Jamais ils n'avaient vu Mario prendre une position aussi virulente. C'était plutôt un homme de compromis, ouvert d'esprit, qui détestait le conflit. Mais là, pour lui, la question ne méritait pas de quartier.

— Vous imaginez les conséquences ? avait-il poursuivi, il y avait longuement réfléchi, et probablement débattu, du sujet. On *sélectionne* la donneuse, on *sélectionne* les ovocytes, on *sélectionne* les spermatozoïdes, on *sélectionne* les embryons, on *sélectionne* la mère porteuse… et quitte à faire son shopping, on ne va pas prendre les plus nuls ! Alors vous voyez le problème que ça va poser à l'école, et dans l'ensemble de la société : vous aurez d'un côté des espèces de surenfants, plus beaux, plus doués, plus intelligents – je pourrais dire plus blonds aussi, ça va nous rappeler des trucs… –, et de l'autre tous ceux qui auront été conçus *normalement*. Qui seront moins bien, forcément, parce qu'ils n'auront pas été bénis par la fée génétique…

Louise avait regardé Marie. C'est vrai qu'elle n'aimerait pas que sa fille se retrouvât en classe avec des gamins fabriqués, auxquels on aurait donné toutes les qualités.

— Et je ne vous dis pas, quand ils deviendront adultes… On a déjà vu ce genre de connerie dans l'histoire, et ça s'est très mal terminé.

L'ombre de Mengele avait plané sur le dîner.

— Tu exagères un peu, Mario, non ? avait hasardé Lorraine. C'est de la science-fiction !

— Ce n'est *pas* de la science-fiction, *tesoro*. C'est la science sans la conscience. On y arrive, on y est !

Tout le monde s'était regardé en silence. Du coup, ils étaient tous venus à la veillée.

Marie aussi, qui garda les yeux grands ouverts jusqu'au bout de la nuit.

*

Dans l'appartement de la rue de Sévigné, la chambre du petit garçon était prête. D'un beau bleu rehaussé de blanc cassé, la pouponnière avait un côté gustavien qui rappelait la maison où Elliott avait été élevé.

Plusieurs fois par jour, le galeriste entrait dans la pièce, l'aérait, ajoutait un détail ou le corrigeait. Il était fou de joie, et impatient de recevoir le bébé. Seul bémol à son bonheur : Arnaud ne semblait pas le partager.

— Tu veux l'appeler comment ? demanda Elliott en venant gentiment caresser la nuque de son mari.

Même si Arnaud l'agaçait avec ses kilos et ses réticences mal placées, il avait décidé d'être gentil. Il ne désespérait pas de l'amadouer avant l'arrivée du petit. Il voulait l'attendre à deux, et pas tout seul dans son coin.

— Je sais pas, El…

Comme avec ses propres enfants, Arnaud avait démissionné. Il avait laissé à Lorraine le soin de les élever ; il laisserait à Elliott le soin d'accueillir le nouveau-né, conscient de s'être laissé embarquer dans une aventure sans issue qui lui faisait de plus en plus l'effet d'une mascarade.

Il espérait juste qu'avec le temps, cet enfant, il parviendrait à l'aimer. Et le nommer en effet, le rendre réel lui qui pour l'instant n'était que virtuel, pourrait peut-être l'aider.

— Je pensais à quelque chose qui ne soit pas trop genré, suggéra Elliott. Tu sais, qu'on ne lui impose pas son sexe psychologique d'emblée en lui collant un prénom trop marqué… qu'il puisse décider en grandissant s'il se sent plutôt garçon ou plutôt fille…

Arnaud regarda son mari avec circonspection, se demandant s'il était vraiment sérieux ou s'il se fichait de lui.

— Attends, rassure-moi, El… tu n'es pas sérieux, là ? Tu me fais marcher !

— Mais pas du tout !

Le galeriste alla chercher tout un tas de magazines et de livres en anglais qui évoquaient la question. À la pointe du progrès et très documenté sur le sujet, il croyait vraiment ce qu'il disait.

— Ce n'est pas parce que tu nais avec une bite que tu es nécessairement un garçon. Regarde-moi, par exemple : ma part féminine l'emporte largement sur ce à quoi la nature m'a fait ressembler ! Au fond de moi, je me sens plus une femme. Une femme forte, OK, qui fait bouillir la marmite et tout – et toc ! –, une femme moderne en somme mais une femme quand même ! – Il vint s'enrouler contre Arnaud, qui était scotché au fond du canapé. – Je suis ta petite femme mon amour, minauda-t-il. Il ne faut pas être aussi manichéen, tu sais…

Arnaud soupira. Il commençait à se demander si son mari n'était pas complètement perché. Et si ce qu'il avait pris pour de la fantaisie, et qui l'avait séduit, n'était pas purement et simplement de la folie.

— Si, mon vieux, je suis désolé, s'il y a bien une chose sur laquelle on peut être manichéen, c'est sur le sexe que la nature t'a donné ! Tu as une paire XX, ou tu as une paire XY, enfin merde ! On peut dire et faire tout ce qu'on veut, ça ce n'est pas négociable. Quand même !

— Si ! Parce qu'il y a tout l'aspect psychologique qu'on ne peut pas négliger. Et puis on est libre, après tout : si j'ai envie de décréter que je suis une fille, je suis une fille…

— Si tu es une fille, moi je t'aime plus ! plaisanta Arnaud, pour qui le rire avait toujours été le meilleur paravent contre l'adversité. Je suis pédé et j'aime les mecs !

— Oh, Arn… tu exagères ! – Elliott le gratta entre les deux yeux. – Mon gros chat… Bon, revenons à nos moutons. On va l'appeler comment, cette petite merveille ?

Il avait entre les mains la deuxième échographie, qu'il regardait avec amour.

Arnaud se força à s'y intéresser à son tour : regarder le bébé, c'était l'incarner. Il avait un sacré boulot à faire de ce côté, et plus beaucoup de temps pour y arriver.

— Que dirais-tu d'Evelyn ? C'est à la fois français et anglais, mâle et femelle…

— C'est mâle en anglais et femelle en français. Ça marche pas…

Déformation professionnelle, Arnaud était pointilleux sur tout ce qui touchait au langage.

— Dominique ? proposa Elliott en mimant une scène du *Parrain*. Ou Claude, tiens, qu'est-ce que tu dis de Claude ?

— Ringard au possible ! Claude, non mais ça va pas ? J'aime pas !

— Oui mais tu es chiant, Arn, en ce moment ! T'aimes rien ! C'est à se demander si tu m'aimes moi, au fond ! Parce que tu fais preuve de tellement de mauvaise volonté…

Arnaud se leva, et alla se faire une tartine de Kiri.

— Je t'aime, toi ! dit-il posément, une fois qu'il eut le ventre calé. Je suis fou de joie de t'avoir rencontré, et de t'avoir épousé. Mais en effet, cette histoire de gosse me fait flipper…

— Tu verras quand il sera là, mon chou. Tu ne pourras pas faire autrement que de l'aimer !

Elliott avait réponse à tout. Arnaud espéra qu'il disait vrai.

— Tu verras, quand il sera là… C'est génial !

Louise mit les mains sur le ventre de Sophie. Le bébé vint immédiatement s'y lover.

Pour fêter leur passage en deuxième année – toute la classe avait été reçue, on avait même parlé d'une classe « modèle » et le directeur de l'école se demandait s'il n'allait pas s'en inspirer – Bastien avait invité les filles à manger des crêpes aux capucines et à la gelée de framboise maison rue Marcadet.

C'est ainsi que Sophie fit la connaissance de Louise, dont Bastien lui avait beaucoup parlé mais qu'elle n'avait jamais rencontrée ; et de Marie.

Le courant était immédiatement passé entre les deux jeunes femmes. Louise désireuse d'encourager Sophie en une période qu'elle savait difficile, elle-même avait tellement paniqué en voyant la date de son accouchement approcher, et Sophie contente de recevoir les conseils avertis de la sœur de son ami.

Perchée dans sa chaise haute, Marie avait planté ses yeux dans ceux de Sophie. Elle tendit ses petites mains vers le gros ventre de la jeune fille, qui se mit à bouger.

— Qu'est-ce qu'elle fait ? demanda Sophie, troublée par ce regard et par le silence qui l'accompagnait.

— Elle te devine ! s'empressa de répondre Bastien, en faisant sauter une crêpe.

Il échangea avec sa sœur un coup d'œil complice. Marie avait cette manière d'accaparer l'attention, par la seule immensité de son regard, qui laissait pantois ceux qui n'y étaient pas habitués.

Le plus étonnant, dans le cas de Sophie, était que le regard de Marie avait fait bouger le bébé. Comme si, par un fil invisible, une sorte de wi-fi télépathique, les deux petits êtres communiquaient.

Sophie se pencha pour embrasser Marie sur le sommet du crâne, qui était recouvert d'un duvet blond comme les blés. La petite fille posa alors ses mains à plat sur le ventre de Sophie, l'entourant d'un regard interrogateur dont la présence était palpable. Le bébé vint se caler doucement entre les petites mains, qui se mirent à le caresser.

Sophie éclata en sanglots.

— Oula… qu'est-ce qui se passe ? demanda Louise, abandonnant son pot de Nutella.

Pour elle, les crêpes se mangeaient avec du Nutella, ou ne se mangeaient pas. Sara accourut, laissant Hélène et Bastien se bécoter.

— Qu'est-ce qu'il y a, ma Sophie ? demanda la jolie brune en prenant son amie dans ses bras.

— Je ne peux pas faire ça… Je ne peux pas ! cria Sophie, redoublant de larmes et d'une colère longtemps enfouie.

— Chut…, voulut la rassurer Louise, forte de son expérience. C'est normal que tu flippes mais tu vas voir, tout va bien se passer ! Tu n'y penseras même plus quand le bébé sera là…

— Je veux parler à Julie ! Il faut que je parle à Julie, Bast ! Les filles ! Il faut que quelqu'un m'emmène chez Julie, s'il vous plaît !

Hélène, à son tour, tenta de l'apaiser.

— Calme-toi ! intima-t-elle, assez fort et avec suffisamment d'autorité pour attirer l'attention de son amie. Calme-toi, c'est mauvais pour le bébé !

— Mais je m'en fous du bébé c'est même pas…

Elle stoppa net, et regarda les autres d'un air hébété.

— Je t'accompagne ! décida Louise en prenant la main de Sophie. Comme si elle avait tout compris. Bast, préviens Juju qu'on arrive, il y a urgence, là !

— Quoi ? Ne me dis pas qu'elle va accoucher ! C'est trop tôt !

— Appelle Juju. Dis-lui qu'on est en route, on la retrouve au Perchoir. Si elle est à la clinique et qu'elle préfère qu'on aille là-bas, tu m'appelles sur le portable. – Elle entraîna Sophie. – Allez, on y va ! Oh ! Et Bast ! Je vous confie Marie !

Avant de franchir la porte, elle s'empara d'une cuiller qu'elle remplit de Nutella. Elle la tendit à Sophie, toujours en train de pleurer.

— Tiens, mange ! C'est bon pour le bébé !

Elles disparurent dans la rue, une grande silhouette imposante et une toute menue. C'était la menue qui avait le dessus.

*

Allongée sur une chaise longue devant les plantations, Julie les attendait. La journée était belle, et les feuilles de tomates, la rhubarbe et les framboisiers embaumaient. Elle se précipita vers les filles en les voyant apparaître sur le toit.

— Qu'est-ce qui se passe ? demanda-t-elle, un sentiment d'urgence dans la voix. – Elle posa les yeux sur Sophie. – Tu ne vas pas nous faire un prématuré ?

Sophie secoua la tête, et les larmes se remirent à couler.

— Je crois qu'elle est vraiment dans la merde…, murmura Louise à l'oreille de sa tante. Bon, je vous laisse !

— Non, reste ! – Sophie la retint par le bras. – Tu me jures que tu ne diras rien !

Julie et Louise échangèrent un nouveau regard. Julie prit Sophie par le coude, et la guida vers la maison. Louise les suivit.

Quand Sophie fut installée dans le canapé, Julie lui servit une citronnade et s'agenouilla devant elle, lui tenant les poignets.

— OK, dis-moi tout ! encouragea-t-elle avec une grande douceur.

Elle reprenait les gestes qu'elle avait pour apaiser les petites filles, en Afrique. Sophie la regarda, et secoua la tête, incapable de parler. Louise se glissa à ses côtés, et la berça comme un bébé. Aussi incongrue fût-elle, l'image était belle : la petite sœur cajolant la grande, ou quelque chose d'approchant. La petite expérimentée ; la grande complètement paumée. Cela rappela à Julie des moments identiques. Ceux, si nombreux, où Lorraine l'avait consolée.

— Tu peux tout me dire, tu sais… Tu dois tout me dire, si tu veux que je puisse t'aider…

Sophie ferma les yeux et posa les mains sur le bébé qui s'agitait. Lui aussi avait senti quelque chose, forcément. Forcément.

— Je… Je crois que j'ai fait une grosse bêtise, bégaya-t-elle, luttant contre les larmes qui, de nouveau, menaçaient.

Louise la serra plus fort. Julie ne la quittait pas des yeux.

— Frank n'existe pas. Il n'a jamais existé. Je porte un bébé qui n'est pas à moi. Ni de moi. Je vais devoir le rendre quand il sera né.

Les mots que Sophie prononçait la brisaient. Dire la vérité, c'était la rendre tangible. C'était enfin s'y confronter.

Presque aussi longue qu'un accouchement, la confession dura plus d'une heure et demie. Au bout de laquelle le destin de Sophie était entièrement entre les mains de Julie.

— Mais ta famille est au courant ?

La question s'imposa à Julie, même si elle était quasiment sûre de la réponse. Sophie secoua la tête. Elle n'avait rien dit à sa mère, et devait, depuis que sa grossesse se voyait, mentir encore, louvoyer pour ne pas descendre à Bordeaux, alors qu'elle en mourait d'envie. Sa famille lui manquait. En n'allant pas les voir, elle se faisait du mal, et leur faisait du mal. Encore une implication à laquelle elle n'avait pas pensé.

Cela commençait à faire beaucoup.

— Mais non..., murmura-t-elle, ses larmes coulant silencieusement. J'ai pas osé leur dire, et maintenant c'est trop tard... J'ai honte...

— Bon, on a un gros problème, commença Julie quelques heures plus tard.

Elle était installée avec Victor dans le même canapé, en train de siroter un verre de chardonnay glacé.

— Enfin… Sophie a un gros problème, et il n'est pas question de la laisser tomber !

Victor se resservit un verre, et s'étira en posant ses pieds nus sur la table basse. Dans son jean ultra doux tellement il avait été porté – comme sa peau, tellement elle avait été portée –, une chemise en lin les manches retroussées, c'est fou ce qu'il était sexy.

— On ne peut pas arrêter de parler boutique ? se lamenta-t-il dans un soupir. On a dit que quand on était à la maison, la boutique était fermée…

Il embrassa les cheveux de Julie, qui le repoussa. Avec tendresse, mais fermeté.

— Et qui te parle de la laisser tomber, d'ailleurs ?

Il avait compris qu'elle ne lâcherait pas l'affaire, alors autant s'en débarrasser. Et puis cela ne lui déplaisait pas de voir Julie battante et déterminée.

— Toi, peut-être… – Elle caressa la joue de Victor. – Enfin… j'espère pas…

Après que Sophie lui eut tout raconté, elle avait longuement hésité. Devait-elle mettre Victor dans la confidence, ou continuer de suivre Sophie comme si de rien n'était ? Il serait toujours temps de trouver une solution au moment de l'accouchement.

Et puis elle jugea que c'était trop risqué.

Ne rien dire à Victor, c'était lui mentir, et elle ne le voulait pas. Ne lui avait-il pas fait promettre de lui dire tout ce qui la tourmentait ? Elle aimait cette transparence entre eux, et la situation, si critique fût-elle, ne méritait pas qu'elle y dérogeât.

Bien sûr, il y avait la possibilité que Victor se mît en colère, et refusât de laisser Sophie accoucher à Sainte-Marguerite. Il ne voulait pas de ça chez lui, il ne s'était jamais privé de le faire savoir et de le répéter. Il était contre la GPA, et refusait d'en entendre parler.

— Elle fait mère porteuse comme job étudiant.

— Pardon ? – Victor se redressa d'un coup, renversant un peu de vin sur son pantalon. – Hé merde…

Il se leva pour aller chercher un chiffon humide.

— Comme tu dis… Alors on fait quoi ?

Julie épongea la tache, et embrassa la main de Victor. Elle lui sourit par-dessus ses doigts. Victor réfléchit longuement.

Il ne voulait pas de ça chez lui, certes, mais il aimait bien Sophie et d'une manière ou d'une autre se trouvait devant le fait accompli. Il n'imaginait pas une seconde de la laisser en plan maintenant, en plein désarroi apparemment et à deux mois de l'accouchement. Il faudrait simplement faire les choses discrètement, notamment au moment de la passation du bébé. Et éviter toute forme de publicité. À cet égard, il se félicitait de s'être débarrassé de Mélanie : avec elle, tout le monde aurait été au courant, il en était persuadé.

Et puis il voyait que Julie prenait toute cette histoire à cœur, et lui en aurait voulu de laisser tomber.

— Elle fait ça pour qui ? questionna-t-il après un long moment.

— Elle ne sait pas. Elle ne sait pas qui est le père, ni la donneuse. Et eux-mêmes ne la connaissent pas. L'insémination s'est faite en Angleterre, où elle est enregistrée sous le pseudo de « Mademoiselle Julie ». En plus… – Elle lâcha un demi-sourire. – Elle, elle ne fait que porter… tu te rends compte ?

— Je me rends compte que c'est un sacré merdier ! Et j'imagine que sa famille n'est pas au courant. – Plus qu'une question une affirmation. – De toute façon on s'en fout elle est majeure…, ajouta-t-il, s'adressant à lui-même.

Julie remplit les verres, et tendit le sien au chirurgien.

— Alors c'est oui ?

— Je suppose qu'on ne peut pas faire autrement… Julie le serra dans ses bras. Cet homme était un génie, un humaniste hors pair, un être foncièrement généreux et elle l'adorait.

Devant cette explosion de joie, Victor eut un pincement au cœur. S'il avait capitulé aussi facilement, c'est que lui aussi avait quelque chose à annoncer à Julie.

Qui ne lui ferait pas plaisir.

*

Pendant que Sophie fabriquait un bébé qui aurait un sérieux problème avec ses origines – deux mères anonymes, et le hasard d'un père –, Noémie et Julie à ses côtés continuaient de militer pour la levée de l'anonymat des donneurs.

Une levée non seulement future, mais rétroactive – si Julie n'était pas vraiment pour, Noémie y tenait –, ce qui rendait la chose plus ardue. Si la plupart des enfants émettaient à un moment ou à un autre le souhait de connaître leur ascendance, il n'en était pas de même pour les donneurs. D'aucuns l'avaient même fait précisément parce que l'on ne saurait jamais qui ils étaient, et n'avaient pas du tout envie que leur identité fût dévoilée. Sans compter toutes les obligations afférentes, dont ils ne voulaient surtout pas entendre parler. Les détracteurs du projet soulignaient que la levée de l'anonymat risquait de faire baisser dramatiquement le nombre de dons, privant ainsi de nombreux parents potentiels de leur « droit à l'enfant ».

L'avocate avait néanmoins fondé une association, et, chacune faisant du lobbying dans sa sphère professionnelle – Julie auprès des sommités médicales, Noémie dans le milieu du droit, des affaires et de la politique –, elles avaient réussi à avoir un nombre impressionnant de signatures pour une pétition qui serait prise en compte au moment du réexamen de la loi.

Et il avait suffi que des personnalités soutiennent le projet pour que la presse s'empare du sujet, qui fut pour quelque temps au cœur des conversations, sans que personne soulevât le paradoxe. D'un côté, on reconnaissait que pour se construire un enfant avait besoin de savoir qui étaient son père et sa mère biologiques. De l'autre, on en fabriquait qui ne le sauraient jamais et pour cause : un père et une mère à part entière, ils n'en auraient pas.

Pour le seul confort des parents, qui se souciaient de leur bien-être sans tenir compte de celui de l'enfant.

— Alors, tu t'es entendue avec Sam ? demanda Victor à brûle-pourpoint.

Ils venaient de terminer un dîner de langoustines et de mayonnaise sur le toit, où ils avaient vu le ciel rougir et le soleil se fondre dans l'horizon. Le chirurgien avait mis un disque de Diana Krall, et ils s'étaient mis à danser, langoureusement enlacés.

Depuis quelque temps, depuis qu'il avait accepté de s'occuper du cas de Sophie, en fait, Julie sentait chez Victor une certaine mélancolie. Comme une tristesse, qui allait en s'intensifiant à mesure que les jours passaient. À la clinique, il paraissait débordé, et à plusieurs reprises elle avait senti son regard sur elle, qui brillait d'une curieuse intensité. Elle s'était même demandé si ce qu'elle prenait pour de l'intensité n'étaient pas des larmes. Mais tout allait si bien entre eux, pourquoi Victor aurait-il eu envie de pleurer ?

Se pressant contre lui, Julie prit son visage entre ses mains et voulut l'embrasser. Mais il se détourna.

— Je vais te dire quelque chose qui ne va pas te faire plaisir, Julie.., commença-t-il d'une voix malheureuse. J'ai beaucoup réfléchi…

Julie ressentit comme un coup de poing dans le ventre, sous le choc duquel elle vacilla.

— Noooooon ! cria-t-elle, les larmes déferlant de ses yeux. Non, non, non, noooooon !

Non, il ne pouvait pas la quitter, elle qui s'était complètement livrée, remise entre ses mains, elle qui lui avait fait confiance et s'était abandonnée. Elle avait laissé tomber une à une toutes ses carapaces, elle lui avait donné tout son amour, son souffle, son cœur, sa vie… il ne pouvait pas l'abandonner.

Pourquoi fallait-il qu'elle ratât tout ce qu'elle entreprenait, à commencer par sa propre vie ? Julie sentit ressurgir tous ses fantômes, dont elle avait pourtant cru être débarrassée mais qui manifestement continuaient de rôder. Et parmi eux, celui de Patrice. Une image revint, une odeur qui la prit à la gorge jusqu'à la nausée : celle de la semelle de cuir sur le point de l'écraser.

Elle s'accrocha en sanglotant à Victor, qui la serrait dans ses bras sans savoir comment continuer. Jamais il ne se serait attendu à une telle réaction de la part de Julie, et il était conscient de s'être mal exprimé.

— Mais ce n'est que pour quelques mois, mon amour !

Il lui embrassa les cheveux, lui-même au bord des larmes.

Victor avait longuement réfléchi : l'idée de se séparer de Julie, ne serait-ce que pour quelques mois, ne l'enchantait pas. Il avait trop conscience de la chance qu'ils avaient de s'être trouvés, et du fait que chaque instant de la vie comptait. Le temps qu'ils ne passeraient pas ensemble ne reviendrait jamais.

Paradoxalement, car Victor était un homme de paradoxes dès qu'il s'agissait de sa vie privée, c'était aussi, et surtout, la raison de son départ : pour la première fois, Victor se sentait prêt à s'engager auprès d'une femme. L'éternel célibataire, qui jusque-là avait mis un point d'honneur à ne jamais tomber amoureux, était fou de Julie. Elle faisait partie de lui et il ne pouvait pas s'en passer. Avant de la demander en mariage, il voulait être sûr. Car, à sa grande surprise, c'était l'idée qu'il caressait en secret – qui précédemment l'avait toujours terrifié, et qui, là, s'imposait comme une évidence. Être *encore* plus sûr, même s'il savait pouvoir se fier à son instinct, et était déjà relativement persuadé de ne pas se tromper.

Victor avait besoin de cette dernière épreuve pour vérifier qu'il était vraiment prêt à passer le restant de sa vie avec Julie. Il avait besoin de ressentir le manque, d'être certain qu'il ne pouvait le supporter. Et il avait besoin de l'infliger à Julie pour qu'elle aussi, après tout ce qu'elle avait vécu, ne s'engage pas à la légère, ou à contrecœur. Il ne voulait pas que Julie se sentît obligée.

— Ce n'est que pour quelques mois, répéta-t-il, aussi pour se rassurer. – Il essuya doucement la joue de Julie avec la manche de sa chemise. – Paul m'a demandé de l'aider, et je ne pouvais pas refuser…

En fait, c'était lui qui avait contacté son frère, qui lui avait offert, sur un plateau, un prétexte tout trouvé.

Comme Julie ne comprenait pas, et ne semblait pas rassurée, il expliqua :

— Il part en Irak former des obstétriciennes. Depuis que les gynécos hommes n'ont plus le droit d'exercer, les spécialistes femmes sont surbookées et elles ne sont pas assez nombreuses pour assurer tous les accouchements. Du coup, ils ont plein de problèmes, la mortalité infantile atteint des scores moyenâgeux, et on perd aussi les mères… Il m'a demandé de venir avec lui…

Victor joua avec une mèche de Julie.

— Mais je peux venir avec toi ! s'exclama-t-elle, la voix pleine d'espoir.

Des missions humanitaires, elle en avait déjà fait, et Paul Le Crétois était le premier à vanter ses mérites.

— On y a pensé avec Paul, il garde un excellent souvenir de toi, tu sais ? – Victor la tint serrée contre lui. – Mais c'est moi qui ne veux pas, c'est trop dangereux…

— La Mauritanie *aussi* c'était dangereux ! On ne fait pas ce genre de chose si on a peur du danger ! Je suis grande, je sais ce que je fais. – Julie s'écarta de Victor, et le fixa droit dans les yeux. – Je pars avec toi.

Victor secoua la tête. Il devait se faire violence pour ne pas se laisser tenter. Mais ces quelques mois loin de Julie faisaient partie du process : ils étaient la promesse de toute une vie.

— Non, ma chérie, là c'est beaucoup trop dangereux ! Ils sont en guerre, et ils sont fous. Jamais je ne te laisserai te fourrer dans un pareil guêpier ! – Il lui sourit. – D'ailleurs, on a décidé de n'emmener que des hommes. Une mission d'hommes pour former des femmes parce que les hommes là-bas n'ont plus le droit d'exercer… tu vois la beauté du truc ?

Ce que Julie voyait surtout, c'est qu'elle allait passer de longs mois loin de l'amour qu'elle venait à peine de trouver. Et que c'étaient des mois gâchés. Alors la beauté du truc… il n'y avait là-dedans aucune beauté.

— Et puis j'ai besoin de toi ici, pour faire tourner la clinique…

Julie se raidit.

— Mais je ne pourrai jamais !

— Oh, que si !

Victor la prit par les épaules, et lui sourit. L'amour qu'elle lut dans son regard la rassura enfin, et la confiance qu'il lui faisait. Par-delà la tristesse, elle était transformée.

Jamais elle ne s'était sentie valorisée ainsi dans le regard d'un homme. D'ailleurs, s'était-elle jamais sentie valorisée dans le regard d'un homme ?

— Ça aussi, j'y ai réfléchi. Mais je t'ai vue à l'œuvre, ma chérie. J'ai remarqué – tout le monde a remarqué, à vrai dire – l'assurance que tu as prise. Mick le premier. Il est tout à fait d'accord pour que tu diriges mon service en mon absence… d'autant que je t'envoie du renfort, c'est pour ça que je te demandais où vous en étiez avec Sam. C'est lui qui assurera la partie technique !

Victor avait pensé à tout. Tout organisé. Voilà pourquoi, ces derniers temps, il lui avait paru si occupé.

— Et tu pars quand ?

Même si elle était heureuse de s'être trompée, et qu'elle était maintenant rassurée sur les intentions et les sentiments de son amant – il ne la quittait pas, il l'aimait, et c'était tout ce qui comptait –, sa voix tremblait. Julie était bouleversée.

— Le mois prochain…

— Tu ne seras même pas là pour t'occuper de Sophie !

C'était une affirmation plus qu'une question. Victor n'entendit pas. Ou ne releva pas. Ils avaient quatre semaines devant eux, durant lesquelles Julie était la seule personne dont il avait envie de s'occuper. Quatre semaines, dont il avait bien l'intention de profiter.

Mais le mois fut triste. Avec l'imminence de la séparation, qui devenait une réalité au fur et à mesure que la date du départ approchait, ni l'un ni l'autre ne fut capable de l'apprécier.

— Vous devez être Julie ?

Un homme d'une cinquantaine d'années se trouvait en bas de l'escalier. Grand, les cheveux poivre et sel, le visage bronzé. Beau mec.

Il lui tendit la main.

— Sam. Victor m'a dit de venir vous chercher ce matin, il pensait que vous seriez un peu chamboulée.

Chamboulée, le mot était faible. Depuis qu'elle avait laissé Victor à l'aéroport la veille au soir, et regagné seule le Perchoir, Julie n'avait cessé de pleurer. Elle essayait de se convaincre qu'il n'y avait pas lieu, que ce n'était que pour quelques mois et qu'il l'aimait mais rien n'y faisait : tout son être était déchiré. Elle ressentait un vide abyssal, le manque était inscrit dans sa chair. Et surtout, elle avait peur. Peur qu'il n'arrivât quelque chose à Victor, et qu'il ne revînt jamais.

Son regard se posait sans cesse sur le délicat bouquet de myosotis qu'il lui avait offert avant de l'étreindre une dernière fois, avec force et à plusieurs reprises – il ne parvenait pas à se détacher d'elle. « Tu sais ce que les myosotis te disent ? » avait-il demandé, le visage enfoui dans ses cheveux ? Comme elle ne répondait pas, il avait poursuivi, la voix étrangement nouée : « *Forget me not*. Ne m'oublie pas… » Il s'était détaché brusquement et avait disparu derrière le dispositif de sécurité.

« Ce que tu peux être fleur bleue », avait-elle murmuré à la grande silhouette qui, de dos, s'éloignait. Puis elle avait mis ses lunettes de soleil et avait commencé à pleurer.

— Je vous voyais beaucoup plus vieux ! répondit Julie en guise de salut, avec une ébauche de sourire que ses yeux bouffis de larmes démentaient.

Elle avait envie d'être seule, elle avait envie de marcher. Elle n'avait pas envie que l'on vienne la chercher. Qu'on lui parle encore moins.

Mais Sam était là, il lui tenait maintenant la portière de la voiture, et le coude pour l'aider à monter – c'était un 4 × 4 dont la moquette avant était incrustée de sable. Il était cool, comme auraient dit ses neveux, et se donnait un mal fou pour essayer de la dérider.

Et puis, professionnellement, ils allaient devoir cohabiter.

— Victor m'a tout expliqué. – Sam fit un geste vers une mallette usée, qui gisait à côté d'un maillot de bain sur la banquette arrière. – Il y a là la liste des patientes, et tout ce qu'il n'a pas eu le temps de me raconter. – Il lui fit un clin d'œil. – Il m'a dit que vous pourriez compléter. Ah ! Et puis il m'a parlé de Sophie.

Au risque d'emboutir les voitures en stationnement, il se tourna vers Julie.

— Qu'est-ce qu'on fait ?

Julie redressa le volant en poussant un cri, et le regarda, hébétée.

— Euh… Peut-être qu'on ferait mieux de se garer.

— Oui, je sais…, soupira-t-il en consultant sa montre. Mais on n'a pas vraiment le temps, là.

Il regarda à nouveau Julie, et lui sourit avant de se détourner.

— Le truc, c'est que je suis incapable de parler à quelqu'un sans le regarder.

— Votre maman vous a bien élevé !

Finalement, Victor avait pris une bonne initiative en demandant à Sam de venir la chercher. L'homme avait une jovialité contagieuse, qui lui mettait du baume au cœur. Victor, toujours aussi attentionné…

— Allez, ne pensez pas à lui ! dit Sam, comme s'il lisait dans ses pensées.

En fait de pensées, c'était dans ses yeux qu'il lisait : ses cils étaient ourlés de larmes, qui ne demandaient qu'à couler.

— Ou plutôt si. Putain, il me tuerait s'il m'entendait : pensez à lui, et dites-vous que vous allez bientôt le retrouver.

— Bientôt, bientôt… vous en avez de bonnes, vous !

— Dans un mois, dans trois mois… – La voiture fit une embardée. – Merde ! Qu'est-ce qu'elles sont étroites, les rues, chez vous ! Oui, un mois, trois mois, même six… c'est bientôt vous allez voir ! Le temps passe très vite avec moi !

Il sourit à nouveau, et négocia sur deux roues – c'était en tout cas l'impression que cela donnait – le virage pour accéder à la clinique.

— En attendant, boulot. Alors, vous ne m'avez pas dit, pour la petite Sophie : c'est quoi, le plan ?

*

Sophie devait accoucher sous X à Sainte-Marguerite. Julie préviendrait alors l'organisme anglais, qui dirait au père où et quand venir chercher le bébé. En échange de quoi on remettrait à Julie une enveloppe : le solde du montant de la transaction.

Mais les plans se passent rarement comme prévu. Lorsque Elliott et Arnaud se présentèrent à la clinique, il n'y avait pas de bébé.

Dès l'instant où Julie avait posé son fils sur le ventre de Sophie, celle-ci avait compris qu'elle ne pourrait jamais l'abandonner. Elle l'avait baptisé Frank sans c, et décidé de le garder.

— Mais c'est du vol !

Elliott brandissait le mail de l'organisme anglais stipulant qu'ils pouvaient venir récupérer le bébé à la clinique Sainte-Marguerite comme si c'était une preuve irréfutable. Un bout de papier contre un bébé.

— Vous voyez bien, c'est écrit, là : 31 août, clinique Sainte-Marguerite. – Il regarda autour de lui. – C'est bien ici, non ?

Julie était atterrée. Bien sûr, elle avait eu vent du projet de son ex-beau-frère, par Lorraine et par les enfants. Mais pas une seconde elle n'aurait imaginé qu'il s'agît précisément du bébé de Sophie. Le monde était minuscule, décidément.

Elle regrettait d'avoir suivi le protocole et appelé les Anglais à la naissance du bébé. Mais, à ce moment-là, Sophie n'était pas encore décidée. Elle pensait pouvoir aller jusqu'au bout et donner l'enfant.

Il fallait maintenant être créative, et tenir bon. Elle n'avait pas le choix. Elle essaya d'imaginer ce que Victor aurait fait à sa place, et la réponse lui vint, immédiate et d'une extrême clarté. Il les aurait envoyés bouler.

Un sourire passa dans ses yeux à la pensée de son amoureux, avec qui les contacts étaient épisodiques. Le téléphone là-bas était aléatoire ; quant au mail, il ne fallait même pas y penser. Mais elle lui avait parlé ce matin, et il avait l'air d'être en forme.

Elle se campa en face des deux hommes, les mains sur les hanches, décidée à ne pas se laisser démonter.

— Écoutez, je ne sais pas quoi vous dire, je suis désolée. Il doit s'agir d'une erreur. Nous ne faisons pas ce genre de choses ici…

— Quoi, pas ce genre de choses ? C'est écrit noir sur blanc ! Clinique Sainte-Marguerite. Je ne l'ai pas inventé !

Elliott tournait comme un loup en cage, avec l'envie d'en découdre et de forcer le passage. Si on ne voulait pas lui donner son bébé, il irait lui-même le chercher.

— Je ne peux rien pour vous, désolée, répéta Julie. Et je ne comprends même pas que notre nom soit mêlé à ça, je…

Elle secoua la tête en signe de dénégation. Elle se révélait bonne comédienne.

— Vous n'avez pas une « Mademoiselle Julie », ou une Julie, parmi les femmes qui ont accouché ?

Elliott la scrutait, dubitatif.

— Non. Et je vous répète que nous ne mangeons pas de ce pain-là. C'est dommage que le propriétaire de la clinique ne soit pas là en ce moment, il vous l'aurait expliqué mieux que moi. C'est même l'un de ses chevaux de bataille, si vous voulez tout savoir. Il est contre la GPA, et il ne s'en cache pas !

Elle était sur le point d'en rajouter en disant que mademoiselle Julie, c'était elle. Mais la détermination d'Elliott, et l'air enfariné de son ex-beau-frère l'en découragèrent. L'heure n'était pas à l'humour, loin de là.

Arnaud ne disait rien. Il restait en retrait, comme s'il était honteux d'être pris la main dans le sac par la tante de ses enfants. Il aurait préféré que cette histoire ne vînt pas en plus côtoyer ses proches. Pas de bol, pensa-t-il. Mais la tournure que prenaient les événements lui donnait une pointe d'espoir. Qu'il ne devait surtout pas laisser paraître devant son mari : Elliott le tuerait.

Mais Elliott était à présent plus occupé à feuilleter le registre que, complaisamment, Julie lui avait montré. Il n'y avait pas de risque, Sophie était inscrite sous son nom, que ni Elliott ni l'organisme ne connaissaient.

— Vous voyez, je ne vous raconte pas d'histoire ! conclut Julie en refermant le cahier. Nous avons eu cinq naissances, mais aucune Julie !

Elle jubilait.

— Je suis sûr que vous me cachez des trucs ! s'emporta Elliott qui refusait de capituler. Qu'est-ce que c'est fourbe, les bonnes femmes, alors ! Mais je reviendrai… et elle sera bien obligée de nous donner notre fils, la petite, où qu'elle soit ! On a payé !

— Vous avez peut-être payé, mais vous ne pourrez jamais rien prouver.

Julie ne put s'empêcher de le tacler. Ce type qui prétendait s'acheter un bébé la dégoûtait.

— Enfin, tout ça ne me concerne pas ! J'ai du travail, messieurs !

Elle les conduisit vers la porte.

— C'est du vol ! – Elliott criait maintenant. – J'ai payé ! On m'a volé mon argent, et on m'a volé mon sperme !

— Qu'est-ce que t'en sais… C'est peut-être le mien…

Arnaud, qui n'avait rien dit jusqu'à présent, monta sur ses ergots.

— Alors là, ça m'étonnerait !

— T'en sais rien…

Et c'est ainsi, en se chamaillant sur la paternité d'un bébé virtuel et qui le resterait – au grand soulagement d'Arnaud, qui avait de plus en plus de mal à le cacher –, qu'ils s'en allèrent enfin, sous les regards sidérés des passants.

Julie les suivit des yeux, contente d'elle comme jamais. Et attendit qu'ils eussent disparu au coin de la rue pour courir dans la chambre de Sophie.

— C'est fait ! dit-elle simplement.

Omettant l'identité des pères : la jeune fille n'avait pas besoin de ça. Sophie la serra contre elle et commença à pleurer.

Dissous d'un coup dans cet accès de larmes, le stress de l'accouchement, qui s'était incroyablement bien passé, contrairement à tout ce que Sophie avait craint au fur et à mesure que la date approchait, cédait le pas à une autre forme d'angoisse : celle du saut dans le vide.

Et maintenant, quoi ?

Le baby blues de Sophie dura cinq jours et cinq nuits. Le temps nécessaire pour évacuer le cauchemar, et s'ancrer dans sa nouvelle réalité.

*

— Ah ! Julie !

Julie allait rentrer chez elle quand Sam l'interpella, essoufflé.

— Je vous ai cherchée partout ! Je voulais… Victor m'a demandé de vous emmener dîner !

À la grande surprise de Julie, l'homme rougit. Julie hésita à peine. Elle avait faim, et elle aimait bien le côté surfer un peu déjanté de Sam, qui ne l'empêchait pas d'exceller dans son métier.

— Euh… D'accord, si vous voulez !

Ils partirent en voiture jusqu'au Café de la poste, où ils étaient sûrs de trouver une table : Julie était maintenant une habituée.

— Et vous ? demanda Julie au médecin après avoir largement entamé la bouteille de La Bégude rosé, et raconté par le menu les péripéties de la journée. Vous auriez fait quoi, à ma place ?

Sam piocha dans l'assiette de serrano finement tranché, et leva la main pour en commander une autre.

— Ce jambon est vraiment une tuerie ! – Il sourit à Julie. – Moi, j'aurais fait exactement comme vous ! Dans ce genre d'histoire, vous savez, la seule mère indiscutable est la femme qui accouche. La preuve est comment dire… matérielle. Le reste n'est que spéculation sur un bout de papier !

Ils dînèrent en refaisant le monde, et quand Sam la déposa chez elle en 4 × 4 qui sentait la plage et le soleil, elle réalisa que l'odeur du cuir dont il était tapissé ne l'avait pas dérangée.

— Bonne nuit, Julie ! cria Sam par la vitre baissée. Victor a raison de vous aimer : vous êtes une fille formidable, vous savez !

Je sais, pensa Julie en lui faisant un signe de la main, avant de s'engouffrer dans l'escalier. Aujourd'hui, j'ai été une fille formidable.

— Ça ne va pas, Juju ?

Lorraine entra dans la cuisine de la rue Marcadet avec une brassée d'hortensias bleus, et trouva sa sœur attablée devant un chocolat viennois, régressif à souhait. Le front plissé, elle faisait tourner sa cuiller dans la chantilly d'un geste mécanique, et la portait à ses lèvres à intervalles réguliers. Vide.

— Elle en est à son quatrième sucre, souffla Bastien qui, malgré tous ses efforts et ses clowneries, ne parvenait pas à dérider sa tante. Veut rien dire…

Lorraine s'approcha de Julie, et lui posa la main sur l'épaule dans un geste qu'elle voulait réconfortant. La dernière fois qu'elle l'avait vue aussi soucieuse, c'était lorsqu'elle lui avait annoncé qu'elle allait partir en Afrique pour mettre le plus de kilomètres possible entre elle et Patrice. Et qu'elle avait besoin de son aide pour y arriver.

Un banana split remplaçait le chocolat viennois, mais la ride du lion sur le front de Julie et la quantité de chantilly qu'elle touillait dans un va-et-vient distrait étaient les mêmes.

Julie se prit la tête dans les mains et soupira.

— Je… Je crois que je suis en train de merder…

Bastien haussa un sourcil. Il s'apprêtait à enchaîner et à l'assaillir de questions, quand sa mère lui fit signe de se taire. Julie allait parler, il fallait juste ne pas la brusquer.

— Tu crois que c'est raisonnable de laisser une gamine de dix-neuf ans élever un enfant toute seule ?

Les choses étaient relativement rentrées dans l'ordre pour Sophie. Elle avait fini par tout raconter à sa mère et était allée passer la fin des vacances à Bordeaux avec le bébé. Il avait fallu toute l'autorité et l'ingéniosité de sa grand-mère pour avoir raison de la colère, puis des larmes de Jeanne, blessée que sa fille lui eût caché un événement aussi important de sa vie de femme, et aussi grave. Mais Julie commençait à avoir des doutes sur le bien-fondé de sa décision. Ou plutôt de ce qu'elle avait laissé faire, et même couvert, permettant à Sophie de prendre la décision qui, avait-il semblé à Julie à l'époque, lui appartenait.

Elle n'en était plus si convaincue maintenant, et se demandait si elle n'avait pas abandonné à une femme trop jeune – et insouciante pour ne pas dire un poil irresponsable, la nature de son acte l'avait démontré –, la charge d'un enfant qui n'était pas complètement le sien, et ne connaîtrait jamais son père. Elle se demandait si, par une erreur de jugement qui se justifiait par la sympathie qu'elle avait pour l'amie de Bastien et la pitié qu'elle lui avait inspirée, elle n'avait pas fabriqué un orphelin.

— C'est sûr que c'est pas évident…, hasarda Lorraine, qui se souvenait des premiers mois de Marie et des angoisses de Louise. Surtout si elle doit mener ses études de front. Mais d'après ce que tu m'as raconté, elle n'avait pas le choix…

C'était fait, c'était fait. L'enfant était né, et il appartenait à Sophie de décider si elle allait – si elle *pouvait* – ou non le donner. Voilà ce que Julie avait dit à Lorraine. Ce qu'elle n'avait pas dit, c'était le rôle qu'elle avait joué dans l'éviction des pères. Et surtout, qui ils étaient.

Car Julie était la seule à connaître leur identité ; mis à part Elliott, peut-être, qui ne lâchait pas l'affaire et continuait de harceler la clinique, mû par le même flair que celui dont il faisait preuve dans son métier. Et qui lui réussissait.

Même Sophie, que Julie avait voulu protéger en se taisant – cela faisait ressurgir de vieux souvenirs –, l'ignorait.

— Moi je trouve ça formidable ! intervint Octave, qui rentrait de balade avec Louise et Marie. Regarde-moi… – Il posa sur sa fille un regard rempli de tendresse. – Au début j'ai un peu paniqué – il fit un clin d'œil à Louise, qui lui renvoya un sourire éclatant –, mais en fait c'est génial ! Quand Marie aura dix-huit ans, je serai encore un tout jeune homme ! On pourra faire plein de trucs ensemble ! Non, franchement Julie, tu ne devrais pas t'en faire, elle va vraiment kiffer, Sophie !

Julie regarda sa nièce, son amoureux et leur bébé. Ils avaient l'air heureux, sereins, organisés… Mais cela n'avait rien à voir : leur bébé était vraiment leur bébé.

Julie s'était mal exprimée.

— Oui, mais cet enfant-là, le bébé de Sophie, je veux dire… il ne saura jamais qui est sa mère, enfin, l'œuf… Ni qui est son père !

Car le savoir, c'était admettre que le contrat n'avait pas été respecté. C'était le rendre, nécessairement.

— Tu parles d'un sacré merdier ! s'écria Bastien, reprenant l'expression favorite de Victor.

Julie sourit. Entendre les mots de Victor dans la bouche de son neveu lui mit du baume au cœur. Il lui manquait, mais plus le temps passait, plus elle était sereine. L'éloignement ne faisait qu'intensifier leur amour. Elle l'attendait.

— De toute façon, elle n'avait pas le choix, répéta Lorraine. Si ?

Julie ne répondit pas. Elle prétexta que c'était l'heure de skyper Victor pour s'éclipser.

*

Lorraine attendait sa sœur à la terrasse de leur café attitré, quand son portable se mit à sonner. Elle plongea dans son sac pour décrocher, et faire cesser l'aboiement qui lui attirait déjà les regards courroucés des consommateurs installés aux tables voisines. Que cette intrusion sonore, dans la quiétude du dernier rayon de soleil de l'été, dérangeait.

— *Ciao, amore !* entonna Mario. *Dove stai ?*

— J'attends Julie. Tu sais, c'est notre apéro de filles, là..., répondit Lorraine d'une voix enjouée. Mais je serai là pour dîner ! Depuis qu'elle faisait partie des Consciences, les relations avec Mario étaient au beau fixe.

— Ah !

Mario paraissait contrarié. Non, impatient, plutôt que contrarié.

— J'avais quelque chose d'important à t'annoncer... Je ne sais pas si je vais pouvoir attendre !

— C'est quoi ? demanda Lorraine, percevant un sourire dans la voix de son amant. Dis-moi...

Mario hésita. Mais il était tellement heureux de ce qu'il venait d'organiser qu'il voulait le partager avec Lorraine sans tarder.

— J'ai eu ton père...

— Quoi ? Quand ça ?

— Là, à l'instant. Ils nous attendent en Dordogne le week-end prochain pour voir comment on s'organise mais en gros, on peut être prêts pour planter en octobre ! Et ta mère nous donnera un coup de main pour la logistique. Ils sont fous de joie, soit dit en passant !

Lorraine sentit une vague de tendresse la submerger. L'idée, qu'elle avait lancée comme une bouteille à la mer, et qu'elle croyait tombée à l'eau, avait fait son chemin dans l'esprit de Mario. Voilà pourquoi, s'il ne lui avait pas parlé de la Dordogne, il n'avait plus évoqué non plus les toits à louer ou à acheter !

Son esprit se mit à vagabonder. Elle voyait déjà les grandes balades à deux dans la nature, libérés quelques jours par semaine des contraintes de leur quotidien parisien. Les conversations en amoureux devant le feu – à la ville, c'était une des choses qui lui manquaient le plus, le crépitement et la bonne odeur d'un feu de cheminée –, les confitures qu'elle se remettrait à confectionner avec les fruits de leur verger… Peut-être même pourrait-elle les vendre dans la boutique ? Les confitures de Lorraine… elle était sûre que ses clients allaient se les arracher.

— Je voulais te faire une surprise, *tesoro* ! J'ai pas été cool, la dernière fois !

Après la dispute avec Lorraine, et le sentiment de malaise qu'il avait ressenti plusieurs jours durant, même s'il essayait de ne pas y penser, Mario avait compris à quel point il tenait à elle. Et combien il avait envie de construire quelque chose de plus grand qu'une simple cohabitation. L'idée de la Dordogne, qu'il avait si violemment rejetée, s'était finalement imposée, évidente. Leur projet commun serait leur bébé.

Folle de joie, Lorraine ne vit même pas Julie approcher. Lorsque celle-ci se laissa tomber sur la chaise en rotin, Lorraine réalisa que sa sœur venait d'arriver.

— Et pourquoi tu ne nous rejoindrais pas ? On est au café à l'angle de la rue des Martyrs ! On pourrait aller dîner tous les trois pour fêter ça ! Je t'aime, *tesoro* ! souffla-t-elle dans le téléphone avant de raccrocher. C'est bon pour la Dordogne, annonça-t-elle à Julie en l'embrassant. C'est pas génial ? C'est bon pour la Dordogne !

Julie répondit d'un oui oui évasif, beaucoup moins enthousiaste que ce à quoi Lorraine s'attendait.

— Bah quoi ? Ça ne te fait pas plaisir ? C'était ton idée !

— Si, si… – Julie entortilla une mèche autour de son poignet. – C'est juste que… Putain, je sais pas comment te dire ça… Bon… – Elle finit d'un trait le verre de sa sœur. Le sien n'était pas encore arrivé. – Moi aussi j'avais un truc à t'annoncer.

Julie prit les deux mains de Lorraine dans les siennes, et la regarda droit dans les yeux.

— Le père du bébé de Sophie. C'est Elliott. Ou Arnaud. Enfin, l'un des deux…

Lorraine la fixa sans rien dire. Puis elle fut secouée d'un spasme et son visage se fendit d'un grand rire.

— Non ? Énorme ! – Elle en pleurait tellement elle se marrait. – Mais comment tu sais ?

Julie se détendit. Le rire de sa sœur la rassérénait. C'est vrai que l'histoire était cocasse, si l'on y réfléchissait.

— Je les ai vus… Quand ils sont venus chercher l'enfant, la gueule enfarinée…

— Mais comment tu as fait ?

— J'ai fait la conne. Je leur ai dit que ça devait être une erreur, et que je n'étais au courant de rien. Et que nous ne mangions pas de ce pain-là… De toute façon, qu'est-ce que tu veux qu'ils fassent, ils ne peuvent rien prouver. Ils ne connaissent même pas le nom de Sophie…

Lorraine ne pouvait s'arrêter de rire. L'idée que le petit stratagème de son ex et de son jules – pardon, son mari ! – eût échoué la réjouissait.

— C'est bien fait, tiens ! Ça leur apprendra à se croire plus forts que la nature !

— Sauf que maintenant, je me demande si c'était une bonne idée…

Lorraine regarda Julie attentivement. Son rire stoppé net.

— Qu'est-ce que… Tu ne vas pas le leur rendre, quand même ?

— Ben je sais pas. D'un côté, je suis horrifiée par ce genre de pratiques, tu me connais. Mais de l'autre, l'enfant est là maintenant et je n'ai pas le droit de le priver de père sciemment… surtout sachant qui il est.

— C'est indémerdable, ton truc !

Lorraine sentait que sa sœur n'avait pas tort, parce que l'enfant était là et qu'il fallait agir dans son intérêt. Ce qui la chagrinait, c'est qu'il s'agissait de réparer une situation qui n'aurait jamais eu lieu d'être. Et que dans ce contexte, aucune solution ne serait vraiment bonne : restait à déterminer celle qui serait la moins mauvaise.

— Et Sophie, elle en pense quoi ?

— Je ne lui en ai pas encore parlé. Là encore je… je ne sais pas ce qu'il faut faire. Tu comprends, Lolo : on est face à une situation nouvelle, et grave. Je… Je ne sais pas ce qui est *bien*.

— *Rien* n'est bien : c'est pas bien de ne pas avoir de père, mais c'est pas bien non plus de ne pas avoir de mère ou d'en avoir deux moitiés. Il ne s'agit pas de faire ce qui est bien, mais ce qui est le moins mal ! Putain, mais les gens font vraiment n'importe quoi !

Maintenant, Lorraine enrageait. Elle comprenait que la bonne leçon qui consistait à piquer le bébé à ses deux géniteurs n'était pas la meilleure, de même qu'on ne pouvait pas le priver de l'amour et de la douceur de celle qui l'avait porté et mis au monde. Sans parler de l'autre mère, qui resterait à jamais une moue boudeuse sur papier glacé.

Alors quoi ? Réinventer le ménage à trois ? Ou à quatre, ou à cinq tant qu'on y était ? Afin que tous les parents, biologiques, porteurs, ou d'intention puissent mettre la main à la pâte dans l'éducation de leur rejeton ? Déjà qu'à deux, ce n'était pas simple…

— En plus, ça risque de faire un sacré pataquès sur le plan juridique…

Julie réfléchissait à haute voix. Si l'on ne pouvait contester que Sophie était la mère – la loi voulait, en toute logique, que la mère fût celle qui accouchait –, il faudrait probablement faire un test ADN pour prouver la paternité d'Elliott ou d'Arnaud. Changer d'avis maintenant impliquait de revenir sur l'accouchement sous X, et de déclarer qu'il y avait un père. Or le contrat avec l'agence étrangère était illégal en France, et les deux hommes n'allaient certainement pas s'en vanter.

Julie se retrouvait dans la position de l'arroseur arrosé.

— En tout cas, c'est génial, pour la Dordogne !

Julie changea de sujet, s'accordant un sursis. Le temps de décider comment elle allait présenter les choses à Sophie.

Julie attendit la reprise des cours pour avoir une discussion avec Sophie. Elle n'avait pas voulu la déranger alors qu'elle se reposait dans sa famille, reconstruisant avec sa mère et ses frères un lien qu'elle avait laissé se distendre malgré elle, et prenant les marques de sa maternité.

Par ailleurs, Julie estimait qu'une rencontre fortuite rue Marcadet, ce qui ne manquerait pas d'arriver une fois l'année scolaire redémarrée, serait plus appropriée. Elle n'avait ni l'intention de faire la morale à Sophie, ni de lui dicter sa conduite : elle voulait juste l'amener à réfléchir, et lui prodiguer des conseils d'amie pour l'aider à dénouer l'écheveau d'une situation compliquée.

À réfléchir, comme elle-même l'avait fait.

La chance sourit à Julie le jour même de la rentrée. Elle était venue donner un coup de main à Lorraine, en plein dans les préparatifs du départ de Mario pour la Dordogne, où il devait passer quinze jours avec Jean à planter trois hectares de potager et deux hectares de verger. Lorraine et lui envisageaient à l'avenir de vivre la moitié de la semaine sur la propriété, et l'autre moitié à Paris. Julie tomba nez à nez avec Bastien qui rentrait bras dessus, bras dessous, avec sa meilleure amie.

Elle laissa sa sœur avec ses cartons et ses états d'âme, et se précipita vers Sophie pour l'embrasser. Lorraine était en pleine crise d'angoisse, se demandant comment, dans sa nouvelle organisation dont elle percevait à présent la réalité et l'imminence, elle allait pouvoir se partager entre la boutique, l'exploitation, et les enfants. Enfants qui n'en étaient plus, d'ailleurs, une autre réalité à laquelle elle allait devoir se faire, et avec elle la conscience du nombre des années.

— Sophie, ma chérie ! s'exclama Julie qui prit les mains de la jeune fille et s'écarta pour la regarder. Je suis si contente de te voir, tu es rayonnante ! Alors, comment ça se passe avec le bébé ?

— Il est supercool mais alors dis donc, si j'avais su… Moi qui croyais que le plus dur serait de le porter… Je suis crevée ! Sophie se laissa tomber sur la chaise que lui offrit Bastien, avant de s'éclipser.

La jeune fille, bien que bronzée par l'été indien bordelais, avait en effet le visage creusé. Des cernes violets soulignaient le miel de ses yeux. La maternité lui avait ajouté quelques années.

— Il faut que tu te reposes ! Avec tes études… Tu t'es organisée ?

Sophie eut un mouvement d'humeur. Pendant tout le mois de septembre, sa mère n'avait cessé de lui seriner qu'elle devait reprendre des forces, se reposer, et comment allait-elle faire pour ses études, et comment allait-elle s'organiser, elle y avait pensé ? Pour finalement lui proposer de garder le bébé à Bordeaux pendant la semaine. Sophie n'aurait qu'à venir le week-end, et pendant les vacances. Jusqu'à ce qu'elle ait fini son école. Après, on verrait.

Devant les questions des adultes, qu'elle ne pouvait, hélas, se permettre d'ignorer, Sophie se sentait coincée. Sa mère avait raison, bien sûr, et elle s'était vite rendu compte qu'elle allait avoir besoin d'elle pour s'occuper de Frank. Elle prenait toute la mesure de ce en quoi consistait avoir un bébé.

Certains jours, elle se disait qu'elle aurait mieux fait de se contenter de le faire – « pondre » était un terme que, dans ses accès de mauvaise humeur, elle affectionnait –, et de le livrer à la naissance comme il était convenu au départ. Mais il lui suffisait de sentir contre elle les battements de cœur de son fils, ou sa bouche qui cherchait le lobe de son oreille pour téter, pour que tous ses doutes s'évanouissent, laissant place à un océan de tendresse dans lequel elle était emportée.

En neuf mois plus un, Frank était devenu pour Sophie sa raison de vivre. Même s'il lui compliquait la vie.

— Il est chez maman…, répondit-elle du bout des lèvres. À Bordeaux.

Elle avait peur de décevoir celle qui lui avait tenu la main pendant toute sa grossesse, et qui avait tour à tour été sa grande sœur, son médecin, sa mère quand elle ne pouvait plus se montrer devant sa mère, son amie… Celle qui l'avait aidée, avait bravé pour elle les interdits et mis de côté son sens de la déontologie pour lui permettre d'avoir ce bébé, et surtout de le garder. Tout ça pour ça, allait penser Julie. Tout ce binz pour, finalement, abandonner Frank à ma mère à six cents kilomètres de là parce que je ne suis pas fichue de m'en occuper. Sa mère, dont son plan initial avait été d'alléger la tâche. Eh bien, c'était réussi.

Non seulement Sophie n'avait pas été d'une grande aide ces derniers temps, mais elle laissait maintenant sa mère avec la charge d'un enfant de plus. Un bébé, qui ne faisait pas ses nuits, elle qui les avait déjà si courtes.

— Dis-moi, So… – Julie se pencha vers la jeune fille, et lui posa doucement la main sur le bras. – Je me disais un truc… – Elle se racla la gorge. – Qu'est-ce que tu dirais si, finalement, on confiait un peu l'enfant à ses pères… Ça te déchargerait… Et puis ça permettrait à ta mère de souffler…

Sophie regarda son amie. Dire qu'elle ne s'était pas elle-même posé la question aurait été mentir. Bien sûr, elle y avait songé ! Dans ses accès de lucidité, les yeux ouverts par sa mère qui, en femme du Sud-Ouest bien plantée, n'avait pas hésité à la mettre devant ses responsabilités et à lui faire voir toutes les contraintes qui en découlaient, elle avait réalisé qu'elle avait surestimé ses capacités. Elle s'était crue invincible, plus forte que tout, juste parce qu'elle venait de mettre au monde un bébé ! Et maintenant elle se sentait toute petite. Beaucoup plus petite encore que celui qui dépendait désormais d'elle, et dont elle devait s'occuper.

— Les pères…, murmura-t-elle avec, au bout, comme une interrogation. Les pères ? Tu les connais ? Elle venait de percuter.

— Disons que je sais qui c'est…

Julie préféra rester évasive. Au cas où Sophie ne se résoudrait pas à partager le bébé, mieux valait ne pas trop s'avancer.

— Tu crois ?…

L'espace d'un instant, Sophie se prit à rêver. D'insouciance, de liberté. Être de nouveau une jeune fille de dix-neuf ans, à qui la vie souriait.

Julie ne dit rien. La maïeutique devait se faire toute seule dans l'esprit de Sophie. Julie attendait.

— Non. Il n'en est pas question ! Pas question une seconde que je donne mon bébé ! C'est mon bébé !

Sophie éclata en sanglots. Parce qu'elle ne voulait pas se séparer de son fils. Et parce qu'elle était tout à fait consciente, même si elle avait fait de son mieux pour l'oublier, que, précisément, il n'était pas complètement son bébé. La sensation était bizarre…

— Mais tu n'es pas obligée de le donner, observa Julie d'une voix douce.

Elle y avait beaucoup réfléchi, pour arriver à l'ébauche d'une solution qui, peut-être, pourrait contenter tout le monde…

— On pourrait, comment dire… on pourrait inventer une sorte de garde alternée…

Là, Julie s'avançait. Elle n'avait aucune idée de la manière dont Arnaud et Elliott le prendraient. Et elle savait qu'une fois qu'elle aurait craché le morceau, il ne serait plus possible de revenir en arrière.

Mais elle voulait savoir ce à quoi Sophie était prête – si tant est qu'elle fût prête à quoi que ce soit, d'ailleurs –, avant d'aller plus loin.

— Tu crois ? demanda Sophie à nouveau. Tu veux dire, comme les couples divorcés ?

— Un peu… Julie poussa son avantage. J'imagine que tu pourrais l'avoir une semaine sur deux…

— … et la moitié des vacances scolaires, poursuivit Sophie en souriant. Peut-être, mais je veux être sûre que ça se passera comme ça, qu'ils ne vont pas changer d'avis et m'empêcher de le voir parce que ça… la voix de Sophie se brisa… ça je ne le supporterai pas. Et puis je veux savoir qui est le père !

Julie observa longuement la jeune fille. Elle lui parut convaincue, et, d'une certaine manière, presque soulagée.

— Je crois que je peux t'arranger ça…

— C'est mieux d'être deux… enfin trois, rectifia Sophie avec un pétillement dans ses yeux encore mouillés de larmes, pour élever un enfant…

*

— Ah non, mais non ! Il n'en est pas question ! s'insurgea Arnaud quand Julie lui annonça qu'elle avait peut-être retrouvé leur bébé. Qu'est-ce que c'est que cette histoire ? Je n'en veux pas de ce gniard, moi !

Si Julie s'était attendue à une réaction de la part de son ex-beau-frère, ce n'était certainement pas celle-là. De la joie, de la méfiance, peut-être même une forme de chantage – elle l'avait vu à l'œuvre quand il avait divorcé de Lorraine, et pas sous son meilleur jour –, mais pas ça.

Qu'il refusât de prendre le bébé qu'après tout, Elliott et lui avaient commandé, la sidérait.

— Mais vous ne l'auriez que la moitié du temps ! La mère est d'accord pour le prendre en garde alternée ! argumenta Julie. Enfin c'est dingue, quand même, vous commandez un gosse, et quand il est prêt vous n'en voulez plus ! Essaie de faire ça avec un Birkin, tiens ! hasarda Julie, sachant qu'elle touchait là une corde sensible.

Elle regarda Arnaud qui scrutait sa montre. Il semblait nerveux.

— Je ne ferais jamais ça avec un Birkin ! C'est trop dur à avoir…

Arnaud se leva soudain et attrapa son manteau. De l'autre main, il saisit le poignet de Julie et l'entraîna vers la sortie.

— Allez viens, je t'emmène prendre un pot !

Lorsqu'elle avait appelé pour lui dire qu'elle avait une révélation importante à lui faire, il lui avait donné rendez-vous rue de Sévigné. Mais, devant l'énormité de ce qu'elle était en train de lui raconter, il se disait que mieux valait qu'elle ne tombât pas sur Elliott. Qui, lui, ne serait pas du même avis.

— Écoute, Julie, commença-t-il quand ils furent attablés au café du coin. Il y a cinquante pour cent de chances pour que ce nain soit de moi et moi… – il se retint de verser du sucre dans son café ; il avait commencé un régime, et pour une fois s'y tenait – … je n'en veux pas.

La défection de Sophie l'avait bien arrangé. Même si cela n'avait pas été sans dommages collatéraux : Elliott avait sombré dans la déprime et recommencé une psychanalyse. Quant à lui, il culpabilisait du soulagement qu'il éprouvait d'avoir vu leur projet capoter, et s'était remis à voir Delage trois fois par semaine, pour tenter de démêler ce que cela pouvait bien cacher.

— Et puis que veux-tu que fasse un moutard dans un couple de gays déprimés ? On passe notre temps chez le psy à essayer de savoir qui on est : on ne va pas élever un gamin si on ne sait même pas nous-mêmes à quel saint se vouer ! Non franchement, grommela-t-il en avalant d'un coup son sucre et celui de Julie, c'est pas un service à lui rendre !

— Mais enfin c'est invraisemblable, Arnaud ! Il ne s'est pas fait tout seul, ce gosse. Vous l'avez voulu ! Vous êtes allés donner votre… vos… enfin tu vois, merde ! Et puis l'insémination et les mères, c'est vous qui avez lancé ce bazar ! Il faut assumer !

— Il a une mère. Elle n'a qu'à le garder. Tiens, je ne peux pas te dire mieux… Je le lui donne ! D'ailleurs, elle n'avait qu'à pas se rétracter au dernier moment, elle l'a voulu, elle l'a. Ça lui apprendra…

Arnaud se passa la main dans les cheveux, et se regarda dans l'écran noir de son portable. Julie l'observa, dégoûtée.

— Et s'il est à euh… d'Elliott ?

Julie frissonna de son propre lapsus. À force d'entendre parler de l'enfant comme d'un objet, sa langue aussi commençait à fourcher.

— Laissons-lui le bénéfice du doute, lâcha Arnaud en prenant les mains de Julie. Écoute, Juju, je t'ai toujours bien aimée. Et après tout, on est en famille alors… – Il plongea dans le sien un regard étonnamment déterminé. – Tu ne veux pas qu'on oublie cette histoire, et qu'on laisse tout ça derrière nous ?

— Et le bébé ? demanda Julie. Il est là, maintenant, alors on en fait quoi, du bébé ?

Prise d'une inspiration soudaine, elle sortit son portable de son sac et montra la dernière photo de Frank que Sophie lui avait envoyée. Avec ses grands yeux qui commençaient à tirer sur le vert et le duvet brun qui couvrait son crâne parfait, c'était le portrait d'Elliott. Arnaud eut un choc, et son visage commença à fondre dans une expression de douceur que Julie ne lui avait jamais vue.

Il toucha l'écran de sa main.

— Oh ! C'est El petit… regarde. C'est les mêmes ! Ça alors ! Il prit dans son portefeuille une photo qui ne le quittait jamais.

Devant la réplique exacte de l'homme qu'il aimait, Arnaud sentit ses défenses se briser.

— Garde alternée, tu dis ? demanda-t-il après un long moment. Vous n'avez qu'à venir dimanche après le déjeuner. On fera la surprise à Elliott.

Julie s'abstint du moindre commentaire, lui donnant le temps d'intégrer sa paternité non désirée. Puis elle prit son manteau et se leva. Arnaud la retint par le bras.

— Garde alternée, hein !

— Juré !

Elle se pencha pour l'embrasser sur la joue. Une chose qu'elle n'avait jamais faite auparavant.

Un bon feeling passa tout de suite entre Elliott et Sophie. Elle sut qu'il était le père, et il réalisa l'importance de la mère.

Prévenue par Julie que les pères acceptaient le principe de la garde alternée, elle était allée chercher Frank à Bordeaux et l'avait ramené le dimanche matin, pour se rendre ensuite rue de Sévigné. Julie lui raconta en chemin la première réaction d'Arnaud, qui la rassurait au fond dans la mesure où elle garantissait à peu près que le couple n'aurait pas la velléité de garder l'enfant à cent pour cent et d'écarter Sophie.

— Mon bébé ! s'exclama Elliott avec un immense sourire, en prenant son sosie des bras de sa mère.

Car c'était vraiment son sosie – mêmes yeux, mêmes traits mais aussi même forme de visage –, qui vint naturellement se lover contre le torse de son papa. Une évidence qui provoqua chez Sophie des sentiments mitigés : une pointe de jalousie, que l'enfant trouvât si facilement sa place contre le corps d'un autre, et le soulagement de le savoir entre de bonnes mains.

La joie d'Elliott avait quelque chose de communicatif. Elle irradiait. Il n'y avait plus aucun signe de déprime dans ce sourire-là.

Arnaud observait la scène, légèrement en retrait. Intimidé ? Furieux de s'être laissé faire, et d'avoir si facilement capitulé ? Jaloux, parce qu'il se sentait écarté.

— Quelqu'un veut un café, un thé ? offrit-il à la cantonade.

Il avait besoin de sucre, et le café était un bon moyen de le masquer.

— Viens d'abord voir ton fils, Arn !

Même le ton d'Elliott avait changé : il y avait dans sa voix une douceur que son mari ne lui connaissait pas. On ne donne pas le même amour à son amant qu'à ses enfants, et cela s'entend.

Arnaud prit le bébé maladroitement, qui se mit aussitôt à pleurer. Il le tendit à Sophie, par réflexe, comme il avait tendu Louise et Bastien à Lorraine du temps où ils étaient mariés.

— Tu vois… J'ai jamais été très bon avec les bébés, moi…

Une pointe de nostalgie dans la voix, et l'envie soudaine d'appeler Delage. Mais on était dimanche, et il n'avait pas envie de tomber sur la bonne femme du répondeur. Il ne la supportait pas.

C'est reparti pour un tour, songea-t-il en revoyant ses ados bébés : la naissance, les premières vacances, les biberons de nuit qu'il n'avait jamais donnés parce que ses voyages, disait-il, le fatiguaient. Et puis les devoirs qu'il n'avait pas aidé à faire, les caresses qu'il avait été incapable de prodiguer. Et l'abandon, la fuite, qu'il ne s'était pas pardonné. Et malgré tout cela, ses enfants l'aimaient. Louise, de manière inconditionnelle, Bastien avec la retenue que l'on connaissait. Mais ils l'aimaient.

Peut-être celui-là l'aimerait-il à son tour ? Il l'espérait. Mais pour l'instant il avait le sentiment d'accueillir un étranger dans son foyer. Qui allait se mettre entre lui et l'homme qu'il aimait.

En regardant Sophie donner le biberon, Elliott penché vers elle qui les couvait d'un œil mouillé, Arnaud eut l'impression que c'étaient eux, le vrai couple. Elliott et Sophie, qui se retrouvaient autour de leur enfant. Le couple, la famille qu'il croyait former avec Elliott lui apparut soudain comme une mascarade, une usurpation. Un malaise. Personne n'était à sa place.

— Moi, je veux bien du thé..., dit Julie, qui sentait confusément qu'Arnaud, pour qui elle n'avait pourtant jamais eu de grande affinité, avait besoin de réconfort.

Elle voyait le tourment qui l'habitait, et tout à coup il lui fit pitié. Il était faible mais au fond, il était bon. Il se débattait dans la vie comme il pouvait, avec son ancienne famille, sa sexualité, le regard des autres, et maintenant un modèle qu'il fallait inventer.

L'après-midi s'étira comme un dimanche. Sophie ne pouvait se résoudre à rentrer, et à passer cette longue semaine sans son bébé. Elle avait pourtant obtenu d'un Elliott que le bonheur rendait conciliant de l'avoir presque tous les week-ends, et la plus grande partie des vacances scolaires, pour coller à son emploi du temps. Ce qui ne changeait pas grand-chose au fond. Les garçons prenaient en quelque sorte le relais de sa mère. C'était en tout cas comme cela qu'elle avait décidé de voir les choses, afin de se raconter une histoire qui tenait debout.

Encore une histoire. Mais qui, celle-là, s'accommodait un peu plus de la réalité.

De leur côté, Elliott et Arnaud voyaient avec une certaine inquiétude approcher l'heure où ils seraient seuls responsables de cette petite vie, qu'il faudrait nourrir, changer, bercer… Même Elliott, qui avait pourtant l'expérience de sa grande fratrie, se trouvait intimidé.

Après le dernier biberon, Sophie alla coucher son fils dans la petite chambre à laquelle les deux hommes n'avaient pas touché – même quand ils pensaient devoir mettre une croix sur le bébé. La jolie couleur bleue, la lampe qui projetait des étoiles au plafond, la boîte à musique ancienne dont le cylindre tournait dans un raclement doux et désuet… c'est mieux que ce que j'ai à lui proposer, se dit Sophie en embrassant la tête de Frank.

Il la regarda avec de grands yeux, et elle commença à lui parler. Abandonnant son doigt à la petite main qui le serra.

— Tu vois, mon bébé. Tu vas rester chez tes deux papas… Moi, j'ai une autre maison. Je ne serai pas ta maman de tous les jours mais je serai là pour te guider. Quand tu auras besoin de moi, je serai toujours là… – Sophie sentit sa gorge se nouer. – D'où que je sois, je vais garder un œil sur toi, mon bébé. Je serai ta bonne fée, ta bonne étoile…

En larmes à présent, elle n'avait pas senti Julie s'approcher. Son amie la prit dans ses bras, et détacha un à un les petits doigts du bébé.

— Tu le revois samedi…, souffla Julie dans la chevelure de Sophie. Allez, viens, je t'emmène rue Marcadet, Bastien nous a préparé un bon dîner.

C'était une idée de Lorraine, qui avait décrété qu'on ne pouvait pas laisser Sophie seule après ça.

— C'est dur…, sanglota Sophie. Et puis c'est bizarre… c'est bizarre comme situation.

La jeune fille était paumée. Émus, Elliott et Arnaud l'étreignirent sans un mot. Ils attendirent que la porte se fût refermée pour aller, main dans la main, regarder dormir le bébé.

*

En rentrant au Perchoir ce soir-là, Julie trouva sur la table de la cuisine un bouquet de myosotis qui l'attendait. Avec juste ce mot : « Roissy, mardi, 6 heures ? »

Des myosotis le dimanche. Julie reconnut les cartes de la boutique de Lorraine. De mèche avec son amant, sa sœur avait dû déposer les fleurs en son absence, lui laissant la surprise de les découvrir. Et le message qu'elles portaient.

Mardi, Victor serait dans ses bras. Julie sentit la joie monter en elle, puissante, irrépressible, qui illumina tout son visage.

Mardi.

Du même auteur :

Sous le nom de Valérie Gans-Mc Garry :

La Vie crumble, Jean-Claude Lattès, 2000.
L'Horloge bio, Jean-Claude Lattès, 2002.
Le Sac, Jean-Claude Lattès, 2004.
Seule dans mon grand lit blanc, Jean-Claude Lattès, 2005.
Le marié était trop beau, avec Patrick de Bourgues, Jean-Claude Lattès, 2006.

Sous le nom de Valérie Gans :

Julia et ses toy boys, First, 2006.
Charity Bizness, Payot, 2007.
L'Enfant des nuages, Payot, 2009.
Amour, Botox et trahison, Marabout, 2009.
Petits meurtres en ligne, Marabout, 2010.
Les Toxiques, Marabout, 2011.
Le chef est une femme, Flammarion, 2012.
Le Bruit des silences, Jean-Claude Lattès, 2013.

PAPIER À BASE DE FIBRES CERTIFIÉES

Le Livre de Poche s'engage pour l'environnement en réduisant l'empreinte carbone de ses livres. Celle de cet exemplaire est de :
350 g éq. CO_2
Rendez-vous sur www.livredepoche-durable.fr

Composition réalisée par NORD COMPO

Achevé d'imprimer en avril 2016 en Allemagne par
GGP Media GmbH, Pößneck
Dépôt légal 1re publication : mai 2016
LIBRAIRIE GÉNÉRALE FRANÇAISE
31, rue de Fleurus – 75278 Paris Cedex 06